Die Frau auf dem Dach
und andere Erzählungen

PETER B. ZUNKE

Die Frau
auf dem Dach

und andere Erzählungen

Bibliografische Information der Deutschen Nationalbibliothek

Die Deutsche Nationalbibliothek verzeichnet diese Publikation in der Deutschen Nationalbibliografie; detaillierte bibliografische Daten sind im Internet über http://dnb.dnb.de abrufbar.

© 2016 **PETER B. ZUNKE**

Satz, Umschlaggestaltung, Herstellung und Verlag:

BoD – Books on Demand

ISBN 978-3-7431-2151-5

Inhalt

DIE FREUNDIN MEINES GROSSVATERS 7

DER SCHATZ 63

DER SOMMER MIT AISHE 87

DIE FRAU AUF DEM DACH 121

DIE FREUNDIN MEINES GROSSVATERS

1

Das erste Mal hörte ich ihren Namen beim Mittagessen. Wir saßen wie immer im Esszimmer mit den grünen Seidentapeten auf den hohen dunklen Eichenstühlen mit den Lederpolstern, nur Opas Stuhl hatte bequeme Armlehnen. Mein Großvater saß mit dem Rücken zu der reich geschnitzten Anrichte mit den Gläsern und Kelchen im Aufsatz, zu seiner linken saß meine Mutter, sie hatte an dem Tag ein helles Kleid an. Gegenüber von Opa war Vaters Platz, er hatte immer das große Fenster im Rücken, das war ihm nur lieb, weil er zu helles Licht wegen seiner Kopfschmerzen nicht gut vertragen konnte. Und gegenüber von Mama an Opas rechter Seite saß ich.

Es muss im Frühling gewesen sein, denn auf dem kleinen Tisch unter dem Bleiglasfenster mit dem Bild einer dunkelhaarigen Frau – als ich kleiner war, hat dieser Frauenkopf mir Angst gemacht, ich dachte immer, die kann alles hören, was in meinem Kopf an Gedanken herumtollt - stand eine chinesische Vase voll gelber und weißer Osterglocken, die in der Mittagssonne richtig strahlten.

Und dann erzählte Opa etwas und da fiel erstmals der Name dieser Frau, Hannah Burgdorf. Aber er ging durch meine Ohren, ohne sich im Hirn festzusetzen. Denn ich dachte mittags eher an die Spiele am Nachmittag, die ich fest mit Karlchen verabredet hatte, oder an das Wettpinkeln mit Kättgen und Rudi quer über den Schulgraben, auf jeden Fall hörte ich selten zu, wenn die Erwachsenen etwas beredeten. Meist ging es ja auch um Schwierigkeiten mit dem Personal oder Beschwerden von Patienten oder Ärger mit den Lieferanten, kurz, für mich als Zehnjährigen war das alles nur Erwachsenenkram, uninteressant und nicht beachtenswert. Es sei denn, es ginge um Ferienziele oder um den Ausflug oder ein Fest. Denn wir machten zur damaligen Zeit...Aber am besten beginne ich wohl ganz von vorn.

Also, bei diesem Mittagessen erklärte mein Großvater, dass er unser Hausmädchen Ursel damit beauftragt habe, den gelben Salon fertig zu machen, denn er erwarte zum Wochenende diese Frau Burgdorf; er habe sie auf der letzten Kur in Bad Nenndorf kennen gelernt und dann eingeladen und jetzt sei es soweit, sie habe ihm geschrieben, dass sie seine Einladung annehme und gern komme.

Mein Vater schaute etwas unglücklich drein und aß langsam weiter, für mich machte er also nur das, was er ohnehin immer mittags tat, er aß zur Nahrungsaufnahme, aber ohne sichtlichen Appetit, das Essen war für ihn eine reine Zweckmäßigkeit, um den Körper zu erhalten. Meine Mutter hingegen, die gern aß – und auch gern selber kochte, wenn auch selten, die oft etwas Neues ausprobierte - schaute wie ungläubig den Opa, ihren Vater, an und fragte, ob er sich das auch gut überlegt habe. Opa schnitt seine Frikadelle klein und sagte, ohne Mutter anzuschauen, dass er schon wisse, was er tue. Und außerdem sei ihm diese nette Frau so sympathisch und sie habe es im Leben so schwer gehabt, er wolle ihr einfach etwas gutes tun. Und wenn sie dann hier sei, wolle er ihr nach ein paar Tagen Eingewöhnung das Kloster zeigen und vielleicht auch zum Steinhuder Meer fahren und er hoffe, dass die ganz Familie ihn in dem Bemühen tatkräftig unterstützen werde, dieser Frau ein paar wundervolle Tage zu bereiten.

Vater trank von seinem Mineralwasser und Mutter presste ihre Serviette an den Mund und meinte mit großen Augen, dass es vielleicht einige Schwierigkeiten geben könne, denn in der nächsten Woche seien die Abrechnungen für das Quartal vorzubereiten und außerdem müsse sie die neuen Mädchen aussuchen, die sich vorstellen wollten, um dann in der Heilstätte zu arbeiten. Und dann wäre ja auch noch...

Mit einer eindeutigen Handbewegung schnitt Opa ihr das Wort ab und sagte nur, dass er jetzt wohl seine Wünsche klar gemacht habe und es darüber keine Diskussionen geben würde. Er knüllte seine Serviette zusammen, stand auf und ging ins Herrenzimmer zu seinem hohen Ledersessel, auf seinen Mittagsschlaf mochte er nie verzichten.

Mutter schaute Vater an, dann Opas leeren Stuhl, sie atmete ein paar Mal tief durch und meinte nach einem kurzen Blick auf mich zu meinem Vater, dass sie sich mit der ungewohnten Situation schon arrangieren würden, es sei eben ein hartnäckiger Kurschatten, und vielleicht würde es dem Opa sogar gut tun, wenn er sich nach Omas Tod wieder um eine Frau kümmern könne. Vater nickte nur und sagte, dass er alles erst in Ruhe überdenken müsse, aber im Grunde sei die ganze Angelegenheit doch nicht von Wichtigkeit.

Ursel brachte dann den Nachtisch, Vanillepudding mit Obstsauce. Ich löffelte schnell meine Schüssel aus, schaute die Eltern bittend an und leerte dann auch Opas Glasschüssel.

Die Schulaufgaben waren rasch gemacht, so viel war es ja auch nicht, -ich war ein guter Schüler, jedenfalls in der Volksschule noch, das sollte sich erst später auf dem Gymnasium ändern, die Erwachsenen nannten das dann »Auswirkungen der Pubertät« oder so –und ich zog mich um für den Wald. Mit Karlchen Drebber wollten wir zur Lärchenlichtung fahren, dort trafen sich oft an sonnigen Nachmittagen Liebespaare, die sich in den lauschigen Plätzen, versteckt in den jungen Schonungen auf dem sprießenden Gras küssten und wälzten und anderes mehr taten, was wir nur zu gern beobachtet hätten, besonders dieses andere mehr, von dem Kättgen uns erzählt hatte.

Wir wollten uns in dem Lärchenring verstecken, das war unser geheimes Waldquartier, da waren aus Zufall oder vom Förster so gewollt acht Lärchenbäume ringförmig um einen freien weichen Platz gewachsen. Wir hatten es im vorigen Jahr entdeckt und ihn den »Ring des Todes« getauft. Immer wieder hatten wir alte Äste und Buschwerk zwischen die einzelnen Stämme gesteckt und tief eingegraben, so dass es von außen keinen Einblick mehr gab. Wir lagen dann gern auf weichem Moos und trockenen Nadeln und alten Armeedecken, die wir beim Umherstreifen in den Wäldern gefunden und mitgenommen hatten und schauten hinaus auf die lichte Schonung. Gelegentlich sahen wir einsame Patienten der Lungenheilstätten spazieren gehen, mitunter auch ein Liebespaar, aber leider hatten wir bisher noch nicht das

Glück gehabt, das zu sehen, was uns Kättgen wie selbstverständlich als »Liebe machen« oder »Ficken«, je nach seiner Tagesform, benannt hatte und er erzählte einfach Unerhörtes darüber, das wir ihm kaum glauben konnten.

Ich hatte das Wort ficken einmal in Gegenwart meines Vaters gebraucht und von ihm eine heftige Ohrfeige erhalten und eine ernste Ermahnung, ich möge solche Worte nicht in den Mund nehmen, das sei unter unserer Würde, und außerdem sollte ich nicht immer all den Unsinn nachäffen, den manche Erwachsene von sich gäben. Ich hielt mir die Wange und schlich in mein Zimmer. Mit diesem »Ficken« war etwas besonderes los, das war mir klar. In den nächsten Tagen fragte ich meinen Opa, was das denn sei, und der begann laut aufzulachen, freute sich sichtlich, klopfte mir auf die Schulter und meinte nur, das würde ich noch früh genug herausbekommen, ich solle meine eigenen Erfahrungen sammeln, er wolle und könne mir jetzt dazu keinen heißen Tipp geben, aber wenn ich erst einmal Bescheid wisse, dann wäre er gern bereit, all meine Fragen zu beantworten, jetzt sei das aber noch viel zu früh.

So fuhr ich denn mit meinem Fahrrad zu Karlchen Drebber, dem Sohn des Tischlers. Er hatte ganz helle blonde Haare ohne Scheitel und blitzende blaue Augen; er war zwar in meiner Klasse, aber deutlich kleiner als wir anderen alle, aber äußerst gelenkig, wir mochten ihn alle sehr, denn er konnte uns aus der Werkstatt seines Vaters den Rohstoff für unsere Holzschwerter besorgen, mit denen wir dann Attilas Hunnen und Kampf um Rom oder Karl der Große und die Heiden oder Sigurd nachspielen konnten. Diese Geschichten, vor allem die klassischen alten Heldensagen der Germanen, hörten wir in der Schule, wenn der Lehrer, der davon sehr begeistert schien, den höheren Klassen aus dem dicken Sagenbuch etwas vorlas.

Mit unseren Rädern fuhren Karlchen –so nannte ihn seine Mutter immer und wir hatten keinen Grund, daran etwas zu ändern – und ich vorbei am Tränenteich zu den Feldern von Aderholt und bogen in den scharfen Knick zu der Schonung. Wir traten mächtig in die Pedale, so etwas wie eine Gangschaltung hatten wir nicht, auch Lampen fehlten an unseren etwas kleineren Kinderrädern. Immerhin waren sie wendig und robust, sie mussten ja auch so manchen Stoß und häufiges Hinschmeißen aushalten.

Der Sandweg wurde schmaler und kurviger, das Unterholz dichter, die Reifen summten lautlos, Karlchen fuhr voraus und schrie plötzlich laut auf; ich bog um die Kurve und konnte nicht mehr rechtzeitig bremsen und fuhr hinein in ein Liebespaar, das es sich auf dem warmen Sandweg gemütlich gemacht hatte. Karlchen war in hohem Bogen samt Fahrrad über sie hinweg in ein Erlengestrüpp geflogen, ich purzelbaumte ohne Rad in eine Brennesselansiedlung, der Mann, ein roter Kopf, ein Karohemd ohne Schlips, bis zum Gürtel geöffnet, er zerrte an seinem Hosenreißverschluss und fluchte und drohte uns mit der Faust, die Frau, eine üppige Blondine, knöpfte ihre bunte Bluse zu und warf nur hin und wieder scharfe und vielleicht belustigte Blicke zu uns herüber.

Der Mann stand etwas mühsam auf, klopfte sich Erde und Blätter von Hemd und Hose und schimpfte laut, drohte auch mal mit den Fäusten und trat ein paar Mal gegen mein Fahrrad; die Frau konnte sich nur mühsam ein lautes Loslachen verkneifen. Ich humpelte zu Karlchen Drebber hinüber, der sich den Kopf rieb und etwas benommen in den Himmel starrte. Aber er war weiter nicht verletzt, ich konnte kein Blut sehen. Dafür hatte ich einen tiefen Kratzer am rechten Knie, der blutete schon nicht mehr, die Wunde begann sich zu verschorfen, und es tat überhaupt nicht weh. Jedenfalls spürte ich keinen Schmerz. Da noch nicht, am Abend zu Hause konnte ich nicht einmal die Bettdecke auf dem Knie ertragen, es wurde auch etwas dick und die Wunde brannte wie Feuer, obwohl Ursel mir ein Pflaster vorsichtig darauf geklebt hatte. Aber jetzt und hier auf dem Rain von Aderholts Feld schauten Karlchen und ich den beiden Erwachsenen zu, wie sie langsam den Weg zurück zum Dorf gingen, die Blondine schaute sich noch einmal um und winkte uns verstohlen zu, der Mann gestikulierte mit beiden Armen und schimpfte weiter laut vor sich hin. Karlchen und ich nahmen unsere Räder, zum Glück waren sie beide noch intakt, wir fuhren langsam weiter zum Lärchenring, wo wir uns in die Sonne legten und in Ruhe über unser Abenteuer nachdachten und redeten.

Karlchen seufzte: »Wenn wir nur ein bisschen später um die Kurve gekommen wären, dann hätte diese Frau sicher schon die Bluse ganz aufgeknöpft und vielleicht auch den Busenhalter abgenommen und dann hätten wir ihre Brust gesehen, was meinst du?«

»Aber sicher. Ich hab vor lauter Aufregung gar nicht richtig hingeschaut, vom Busen hab ich nicht viel gesehen. Ich hatte nur die Fäuste des Mannes vor Augen.«

»Aaaach, als ich da über die beiden geflogen bin, da war ich ihren beiden Brüsten so nahe... Der war ganz rosa, dieser Busenhalter, weißt du, so mit Spitze verziert, wie das Taschentuch meiner Oma.«

»Und der Mann, der hatte so viele Haare auf der Brust, der sah fast aus wie ein Affe.«

»Das war sicher einer von den Neandertalern. Lehrer Lange hat uns doch letzte Woche von denen erzählt.«

»Ein Neandertaler! Der hat sich in unsere Welt gerettet. Der ist aus der Steinzeit übriggeblieben. Durch eine Granate ist er wieder ausgebuddelt worden und dann hierher geschleudert und nun will er es sich gut gehen lassen, er sucht sich die schönsten Frauen, er hat ja auch mindestens tausend Jahre geschlafen oder so, jetzt will er das alles nachholen.«

Und so spannen wir die Geschichte vom Neandertaler und seinen Wünschen nach vielen blonden Frauen weiter und allmählich ließ die Anspannung nach und es blieben von diesem Ausflug nur die Phantasien vom rosa Büstenhalter und die tiefe Schramme an meinem Knie.

2

Im Laufe der Woche wurden meine Eltern zunehmend unruhiger. Ich dachte mir, dass es wohl wie häufig am Betrieb läge, denn es gab dort immer wieder Probleme, mal hatte eine Putzfrau etwas gestohlen, mal war eine Krankenschwester mit einem Patienten in inniger Umarmung erwischt worden, einmal war auch ein Patient richtig verrückt geworden und mit einem Küchenmesser bewaffnet durch die Heilstätte gelaufen, er schrie ganz laut und schrill und wollte allen die Hälse durchschneiden. Mein Vater musste die Polizei holen, und die beiden Dorfpolizisten haben es dann zusammen mit einigen kräftigen Pflegern geschafft, den rasenden verwirrten Mann zu überwältigen und gefesselt in einer grünen Minna abzutransportieren.

Jetzt aber war es wohl diese Hannah, die meinen Eltern Sorgen machten. Mein Großvater ging am Donnerstag extra zum Frisör Bartels und am Freitagnachmittag kam sie dann endlich an, die neue Freundin meines Opas. Hannah Burgdorf. Ich sah sie erstmals bei uns im Garten bei den Johannisbeerbüschen stehen, zusammen mit Opa und meiner Mutter.

Sie war etwa so alt wie Mama, aber viel schlanker, sehr groß und hielt sich sehr gerade. sie hatte braune Haare, die in leichten Wellen auf ihre Schultern fielen; sie trug einen Tweedrock und eine leichte Bluse mit Rosen und anderen Blumen, ich mochte ihre Stimme, sie klang so tief, sie erinnerte mich an diese Schwedin, Vater hörte so gern ihre Platten, ja, Zarah Leander. So ähnlich klang Hannah Burgdorf auch. Opa strahlte richtig, wenn er sie ansah, und Mama, nun ja, sie war höflich wie zu allen Leuten.

Weil es ein schöner warmer Maientag war, hatte Ursel für uns im Garten gedeckt unter dem Kirschbaum. Ich weiß noch, es gab Aprikosentorte mit Sahne und frischen Butterkuchen. Ich genoss den Kuchen und hörte dem Gespräch zu; diese Frau Burgdorf erzählte von ihren beiden Töchtern, die seien auf dem Gymnasium und sehr ehrgeizig, weil sie einmal nach dem Abitur studieren wollten. Oder sollten, so klang es mir jedenfalls. Ich mochte ehrgeizige Mädchen nicht besonders, aber ich kannte auch keine. In unserer Dorfschule gab es natürlich auch kluge Mädchen, Dorlein oder Carola, aber die waren genau wie wir auch zu Streichen bereit und machten unsere Spiele mit, sie gehörten eben dazu. Dieses Wort »Streber« hab ich erst viel später in der Stadt gelernt und gehört.

Und dann erzählte mein Opa von fremden Ländern, die er als Matrose bereist hatte und Hannah Burgdorf berichtete von ihren Reisen nach Russland und Frankreich. Mama goss Kaffee nach, nickte hier und da und schien ganz interessiert. Ich hörte auch ganz gespannt zu, denn ich mochte es sehr, wenn Opa von fremden Küsten erzählte. Ich stellte mir dann vor, dass ich auch eines Tages wie ein großer Forscher in fremde Gestade eintauchen und neue Ländereien erforschen würde. Und diese Frau Burgdorf hatte offensichtlich ähnliches gemacht, war ganz allein mit dem Auto durch die Wüste Gobi gefahren und hatte dort mit wilden Stämmen Tee getrunken und wer weiß was erlebt. Ich konnte jetzt gut verstehen, warum mein Großvater sie zu seiner neuen Freundin gemacht hatte. Und mir schien es, als ob meine Mutter auch langsam warm mit der Burgdorf wurde. Der Nachmittag im Garten war für mich ganz gemütlich, und dann gab es auch schon Abendbrot, da war mein Vater auch wieder aus dem Büro zurück und dann musste ich ins Bett.

Am nächsten Tag fuhren Mama, Opa und Frau Burgdorf nach Steinhude, Opa wollte ihr unbedingt den heiligen Stein auf der Insel dort zeigen und mittags wollten sie dort Aal essen. Vater hatte in der Heilstätte zu tun und ich war mit Dorlein zum Spielen verabredet.

Mama fuhr den dunklen Mercedes, Opa hatte seinen Führerschein schon vor Jahren abgegeben, es waren wohl seine Augen gewesen, die nicht mehr so gut funktionierten, er brauchte jetzt auch zum Lesen eine starke Brille. Im Auto saß er auch lieber hinten und schaute sich die Gegend an. Wenn wir alle zusammen unterwegs waren, saß ich meist neben ihm und er erzählte dann einige seiner merkwürdigen Geschichten. Ich wusste nicht immer, wann sie wahr waren oder ob er wieder sein Seemannsgarn spann, er kannte viele Anekdoten und Sagen aus unserer Gegend und las auch gern und viel, und so manches aus den Büchern bekam ich dann als selbst erlebtes Abenteuer mit vielen Details ausgeschmückt geschildert.

Am Abend saßen meine Eltern mit Opa und der Frau Burgdorf noch recht lange im großen Zimmer und sie tranken Wein; ich sah die leeren Flaschen am nächsten Tag im Kücheneimer. Am Mittag musste Frau Burgdorf schon wieder abfahren, ihr Zug ging um zwei; Opa brachte sie mit Mutter im Auto zum Bahnhof. Als sie zurückkamen, sah Opa ganz zufrieden aus, und auch Mutter gab Vater einen Kuss und meinte, dass dieser Besuch an sich doch sehr erfreulich gewesen sei.

Der Heizer Albrecht hat die wohl treffendste Bemerkung über meinen Großvater abgegeben. Er sagte an einem schönen Maiennachmittag, als wir unter den Linden am Tränenteich saßen und Albrecht seinen gläsernen Bierseidel fast geleert hatte, dass mein Großvater wohl ein bemerkenswerter Herr sei. Und Albrecht musste es eigentlich wissen, denn die beiden kannten sich schon lange vor dem Krieg, dem letzten Weltkrieg, ich meine den von 1939 bis 45.

Ja, ein bemerkenswerter Herr, das war er in der Tat. Ich erinnere mich noch genau, wie er aus dem Kurpark aus dem Schatten der Kastanien in das Sonnenlicht trat, hellgrauer Anzug mit Weste natürlich, an der die goldene Uhrkette mit dem chinesischen Geldstück schimmerte, der schwarze Stock mit dem Silbergriff, den Rücken hoch aufgereckt und den doch ziemlichen Bauch stolz vorgeschoben. Immer trug er ein weißes Hemd und einen dunkelblauen Binder; das Gesicht etwas gerötet, ein Oberlippenbart und ein dreieckiger Kinnbart, ziemlich kurz. Bart und auch die Haare waren schon silbergrau. Seine hellblauen Augen blitzten frisch und neugierig umher, wenn sie sich dann auf mich richteten und er mit seiner oft dröhnenden Stimme fragte:

»Na, was hast du denn da in deiner Tasche?«

Dann fühlte ich mich ertappt, und oft musste ich die Dinge, die ich »gefunden« oder ergriffen hatte, den gestrengen Blicken präsentieren. Fanden diese Objekte dann Gnade vor den großväterlichen Augen, dann durfte ich sie wieder einstecken und damit weiterspielen, wenn aber die vorgezeigten Dinge seinen Unwillen erzeugten, weil etwa es sich um eine ›mitgenommene‹ Schachtel Stumpen aus dem kleinen Tabakladen von Witte handelte oder einen noch lebenden Frosch aus dem Teich des Apothekers oder gar ein kleines Töpfchen scharfer Senf, den ich aus dem Speisesaal der Anstalt hatte, dann kannte mein Großvater keinen Pardon.

Bei sogenannten mitgenommenen Dingen schob er mich mit seinem Spazierstock in die jeweiligen Läden und ich musste den entwendeten Gegenstand auf die Ladentheke stellen und meine Schuld eingestehen. Oft waren ein rotes Gesicht und das schlimme Gefühl des ertappten Diebes das Ergebnis dieser großväterlichen Erziehung, aber ein paar Mal ist es auch vorgekommen, dass der Ladenbesitzer mit Erlaubnis meines Großvaters mir eine schallende Ohrfeige geben durfte. Das wog sehr viel schwerer, denn es machte mir wieder einmal klar, wie sehr ich in dem kleinen Ort vom Wohlwollen des Großvaters abhängig war.

Was auf der positiven Seite allerdings auch dazu führen konnte - denn mich kannten ja alle, so wie ich auch jeden kannte, - dass ich in einen Laden gehen und etwas aussuchen konnte, dem Inhaber oder Verkäufer dann ein hochnäsiges »Schreiben Sie es bitte auf das Konto für meinen Großvater!« zuzuwerfen und dann mit dem Gegenstand meiner Begierde unterm Arm hinausspazierte.

Vielleicht sollte ich etwas näher erklären, wo ich wir denn damals gelebt haben. Es war ein kleiner Ort, ein richtiges Dorf nahe dem Steinhuder Meer in Niedersachsen, also eine, wie es bei dem großen Dichter heißt: »anmutige Gegend« mit vielen Wäldern und Hügeln, ein paar Seen und Mooren dazwischen. Dieser Ort war ein sogenanntes Straßendorf, in Ortsmitte kreuzten sich zwei Landstraßen, und just an dieser Kreuzung besaß mein Großvater sein Kurhaus für Lungenkranke. Das war ein hohes vierstöckiges weißgestrichenes Gebäude, dort wohnten über hundert Patienten, sie wurden dort untersucht und behandelt, es gab einen großen Speisesaal und Räume für die Ärzte, lange Holzveranden mit Liegestühlen, nach Süden ausgerichtet, denn die Patienten mussten ja in der Sonne liegen, stundenlang. Es gab in diesem Ort insgesamt fünf solcher Anstalten, aber nur zwei davon waren in privater Hand. Die eine gehörte einem Arzt, der sich gleich nach dem Krieg mit der Witwe seines Vorgängers eingelassen hatte, die andere hatte mein Großvater schon Mitte der dreißiger Jahre gekauft. Nun war er aber kein Arzt, er war von Beruf Koch. Schiffskoch, um es genauer zu sagen. Er war seinerzeit bei der kaiserlichen Marine in Diensten gewesen und hatte abenteuerliche Reisen auf der S.M.S. «Derflinger» und »Moltke« unternommen, dann war der erste Weltkrieg gekommen. Opa hatte ihn unverletzt überstanden, seine Abenteuerlust war jetzt aber gestillt, er wollte irgendwo zur Ruhe kommen. Also suchte er sich eine Frau und heiratete, und durch glückliche Erbschaften bekam er eine stattliche Summe auf sein Konto, mit diesem hatte er dann die Lungenheilstätte kaufen können. Seine Frau war die erste Prokuristin in Deutschland, und ihr Geschäftssinn hatte wohl auch mit dazu beigetragen, dass er sich auf solch ein Unternehmen eingelassen hatte. Opa und Oma zusammen, das war schon ein gutes Team. Sie stellten Ärzte ein und Personal, Opa hatte natürlich die Oberaufsicht in der Küche und überwachte den Einkauf der Lebensmittel, Oma machte die Buchführung und alles Finanzielle, sie hatten einen Geschäftsführer eingestellt und alles lief bis zum Ausbruch des zweiten Krieges ziemlich gut. Dann kamen die Ärzte an die Front, es gab nur noch Hilfsärzte und an Personal nur Fremdarbeiter, die Zahl der Tuberkulosepatienten wurde zwar größer, aber die ganze Versorgung mit Medikamenten und Lebensmitteln wurde im Verlaufe des Krieges immer schlechter. Dann überrollten die alliierten Truppen Deutschland und auch in diesem kleinen Ort wurde eine englische Besatzung eingerichtet, natürlich im besten Haus des ganzen Dorfes, in der an der Hauptstraße günstig gelegenen schönen großen Villa meines Großvaters. Der hatte die Villa extra nach den Wünschen meiner Großmutter bauen lassen nach eigenen Entwürfen mit einem kleinen Türmchen, vielen Balkonen und einem enormen Vorratskeller. In dieser hochherrschaftlichen Villa wurde nun der Besatzungskommandant mit seinem Stab einquartiert und meine Großeltern mussten zusammen mit meinen Eltern, die in Hamburg ausgebombt worden waren, sowie drei fremden Flüchtlingsfamilien im sogenannten Arzthaus leben. Die Heilstätte wurde umfunktioniert zu einer Art Durchgangshotel für Fremdarbeiter, die auf dem Weg zurück in ihre jeweilige Heimat waren. In jenen Monaten und Jahren nach dem Krieg bis Anfang der Fünfziger Jahre waren die beiden Dorfstrassen voller polnischen, ungarischen, russischen und französischen Laute. Dann endlich nach Gründung der Bundesrepublik Deutschland bekamen alle neues Geld und eine Weile später erhielt auch mein Opa erst seine Villa und dann die Heilstätte zurück. Der Zustand der Gebäude war vor allem in der Heilstätte desolat, und in den nächsten beiden Jahren waren viele Handwerker dabei, die Zimmer und großen Säle wieder instand zu setzen, und das war letztlich auch die Zeit, in der mein agiler Großvater seine guten Ruf als korrekter Geschäftsmann und vertrauenswürdiger Partner aufgebaut hat.

Er beschäftigte vorwiegend Handwerker aus der Umgebung, und als die Heilstätte dann langsam wieder ihren Betrieb aufnahm, kaufte er die notwendigen Lebensmittel bei den Bauern der umliegenden Dörfer ein. Mein Vater wurde Geschäftsführer und machte die Büroarbeit, meine Mutter war für das Personalwesen zuständig.

Meine Eltern waren im Krieg ausgebombt worden, all ihre Habe war in einer Bombennacht in Hamburg vernichtet worden; zu der Zeit lag mein Vater noch im Lazarett in Göttingen und meine Mutter hatte nur ein paar wichtige Familienpapiere und einen kleinen Koffer Kinderkleidung für mich retten können. Seitdem wohnten sie hier bei meinen Großeltern.

Von der Nachkriegszeit mit den Eiswintern und vielen Hungertoten weiß ich nichts mehr, ich erinnere mich nur noch dunkel an die Enge des Hauses, in dem wir damals wohnen mussten, Großeltern, Mutter und ich und später kam Vater noch dazu, alles in einem engen Zimmer, und nur ein kleiner Ofen in der Küche, die wir mit fünf anderen Familien teilen mussten. Ich erinnere ich an kratzende lange Strümpfe, die an einem Leibchen festgemacht wurden mit hellen Knöpfen, an endlos lange Wege nach Münchehagen an Mutters Hand, Vater war dann weg, auf Hamstertour, erzählten die Erwachsenen, und ich dachte noch, wie kann ein so großer Mann in ein so kleines Hamsterloch nur hineinkommen. Mutter ging mit mir gelegentlich durch den Wald in das Nachbardorf zu den Wesemanns, die Frau Wesemann war schon lange vor dem Kriege die Schneiderin für unsere Familie gewesen, und dort wurden mir Hosen und Mäntel aus abgelegten Kleidungsstücken buchstäblich auf den Leib genäht. Das dauerte oft den ganzen Tag, denn auch Mutter brauchte neue Kleidung. Sie hatte einen grünen Rucksack, in dem sie ihre Tauschware zu den Wesemanns trug, auf dem Rückweg lagen darin sorgsam verpackt die umgearbeiteten neuen Kleider. Wir gingen morgens los und kehrten abends wieder zurück, mittags aßen wir in der großen Küche mit allen Wesemanns zusammen; meist gab es eine Art Eintopf, aber ich erinnere mich auch an so etwas wie eine köstliche Sahnetorte, die gab es, als die Tochter Astrid Geburtstag hatte.

Auf den Rückwegen schleppte meine Mutter sich ganz schön ab mit dem schweren Rucksack, in dem die erworbenen Kleider steckten. Ich weiß noch, ich musste die alten Anzüge meines Onkels auftragen, natürlich auf meine Größe umgeändert, aber es war mir irgendwie peinlich. Die anderen hatten alle Trainingsanzüge, in braun oder dunkelblau, in denen liefen sie außerhalb der Schulzeit rum, und ich musste immerzu diese umgeänderten Anzüge tragen, und Vater sagte, ich solle froh sein, das sei ein so guter Stoff, so etwas bekäme man heute nicht mehr. Er selbst trug gern Anzüge, schon vor dem Kriege hatte er sich immer welche machen lassen, und jetzt, er war ja auch ziemlich abgemagert wie die meisten Erwachsenen, da schlotterten ihm besonders die Jacketts um die Schultern. Ich wusste, dass ich trotz meiner sonderbaren Anzüge von den anderen in der Klasse gemocht wurde. Meistens zog ich auch das Jackett schon im Garten aus und versteckte es im kleinen Schuppen hinter dem Feuerholz, das Hemd auch, dann lief ich im Unterhemd zu den anderen; so konnten keine Dreckspuren oder Risse in meine Sachen kommen, wenn wir durch Feld und Flur streiften oder im Wald nach Überresten des Krieges suchten. Knochen lagen dort in einer Senke, viele Knochen, auch Schädel, vor denen gruselte es uns ein wenig; gelegentlich fanden wir Koppel mit Hakenkreuz am Schloss und manchmal einen Dolch, wie neu, noch eingefettet in der Scheide, oder einen Karabiner, der Kolben zersplittert und das Schloss angerostet. Wir hofften dann, dass noch eine Kugel im Lauf stecken möge und versuchten, das Gewehr abzuschießen. Wenn aber alles zu verrostet war, was meist der Fall war, zum Glück für uns, dann machten wir ein Feuerchen und legten das Gewehr dort hinein, oft genug gab es dann nach einer Weile einen Knall und dann wussten wir, es war noch Munition im Karabiner gewesen. Überall im Wald fanden wir noch Spuren des Krieges.

Merkwürdigerweise aber wurde bei uns zu Hause nie über den Krieg gesprochen, meine Eltern schwiegen und meine Großeltern auch, und wie ich von den anderen Spielkameraden hörte, war es in den anderen Familien auch so. Niemand redete über den gerade beendeten Krieg. Ich dachte mir, das es vermutlich daran liege, dass Deutschland den Krieg verloren hatte; und ich kannte das ja aus unserer Bande und vor allem von mir selbst, dass man über irgendwelche Niederlagen nicht gern redet und diese am liebsten verschweigen möchte. Ich gab mich daher mit dem Schweigen der Erwachsenen zufrieden und lauschte um so begieriger den Erzählungen meines Großvaters über die Geschehnisse im ersten Weltkrieg. Der Krieg war für mich, für uns Kinder so etwas wie unser Indianerspielen, nur eben für Erwachsene und »im richtigen Leben«. Wir stellten uns das so vor wie bei Lederstrumpf oder Winnetou.

So bin ich also auf dem Lande aufgewachsen und war alles in allem dort ziemlich fröhlich und hatte eine glückliche Zeit.

3

Die Tage und Wochen nach Frau Burgdorfs Abfahrt hielt die gute Laune meines Großvaters an. Er bekam auch einmal in der Woche Post von dieser Frau, er nahm dann den Brief und zog sich in sein Arbeitszimmer in seinen schweren Ledersessel zurück. Meine Eltern redeten nicht weiter über Hannah Burgdorf, jedenfalls nicht, wenn ich dabei war, also beim Essen, und dann saß ja auch noch Opa mit am Tisch. Ich war meist mit meinen Gedanken schon bei einem der wichtigsten Ereignisse im Jahresablauf, dem Schützenfest.

Wie überall in Niedersachsen wurde die Tradition der Schützen auch hier hochgehalten, und wer immer im Ort etwas galt oder Anerkennung suchte, der musste in den Schützenverein eintreten. Dies war fast noch wichtiger als die Mitgliedschaft in der Feuerwehr, denn in der Schützengilde wurden neben der Dorfpolitik auch die großen Geschäfte abgeschlossen; ob es um eine neue Asphaltierung der Straße ging oder die Umwidmung von Brachland zu Baugelände, um den Verkauf eines Zuchtstieres oder die Verlegung von Telefonkabeln, alles wurde meist am Sonntag beim Schoppen im Schützensaal beschlossen. Der alte Bürgermeister, er selbst war schon zweimal Schützenkönig gewesen, pflegte dort mit dem Glas in der Hand gründlich zuzuhören und aus den vielen Vorschlägen und Meinungen kristallisierte er die Einstellung der wichtigen Einwohner heraus, diese Ansicht wurden dann in der nächsten Gemeinderatssitzung als Beschluss verkündet. So erfolgreich fuhr der Bürgermeister damit, dass er zwanzig Jahre lang immer wieder gewählt wurde, obwohl er in keiner Partei Mitglied war.

Mein Großvater war natürlich auch Mitglied in der Schützengilde, und beim großen Umzug am Schützensonntag ging er stramm in der vierten Reihe mit in seiner grünen Jacke und dem aus meiner Sicht lustigen Jägerhütchen. Für mich sah er wie verkleidet aus, besonders, wenn er statt einer Flinte seinen Spazierstock geschultert hatte. Den größten Eindruck auf mich damals aber machte jedes Jahr der Gärtner Aderholt, der als Hauptmann der Garde auf einem Pferd gleich hinter der Kapelle ritt; er trug einen blauen Dreispitz und reckte einen blitzenden Säbel in die Luft. Wir Kinder begleiteten den Umzug durch den ganzen Ort und warteten gespannt darauf, wann der Hauptmann Aderholt vom Pferd fiel. Denn der Zug der Schützen hielt an jedem Haus, in dem ein ehemaliger Schützenkönig wohnte, dort gab es Schnaps für alle und Flaschenbier zum Herunterspülen, und der Schützenhauptmann hielt sich für sehr trinkfest. Aber in jedem Jahr kam der Moment, wo er sich nicht mehr im Sattel halten konnte und meist stumm zur Seite herabsank.

Einmal allerdings war es richtig spannend, da hatte nämlich eine Bremse das Pferd gestochen, dieses sprang wiehernd hoch und galoppierte dann querfeldein. Hauptmann Aderholt schwankte hin und her wie eine Kasperlepuppe, bis er schließlich in einem Schlehenbusch landete und mit zerkratztem Antlitz mühselig humpelnd den Weg heimwärts suchte, schwer auf seinen Säbel gestützt, den Dreispitz hatte er verloren. Albrecht, unser Heizer, fand ihn wenig später in einer Ackerfurche und brachte ihn dann zum Haus, dort gab ihm die verärgert dreinblickende Frau Aderholt eine ganze Flasche Rum aus der Vorratskammer. Die nächsten Tage beklagten sich meine Eltern immer wieder bei Tisch über Albrechts miserable Arbeitshaltung.

Der Schützenumzug durch den ganzen Ort war für die meisten Männer der Höhepunkt des Festes, denn da gab es den Schnaps umsonst. Für die Frauen war der anschließende Tanz im Festzelt der Höhepunkt. Auf der Festwiese von Bäcker Linsenhoff wurde jedes Jahr ein großes Zelt aufgestellt, in dem eine Tanzkapelle aufspielte. Der Spielmannszug trat erst gegen Mitternacht auf das Podium, wenn die etwas schiefen Töne der Querflöten die Ohren der Angetrunkenen nicht mehr so quälen konnten.

Für uns Kinder aber waren die Höhepunkte des Schützenfestes die Fahrgeschäfte und Buden mit türkischem Honig, Büchsenwerfen und die Losbude. Allein schon dieser verführerische Duft von Fischbrötchen, Räucheraal, gegrillten Würstchen, verbranntem Fett, Schmalzgebäck, gebrannten Mandeln und Erdnüssen ließ uns das Wasser im Munde zusammenlaufen. Diese großen Schaugeschäfte wie Autoscooter oder Geisterbahn oder Riesenrad und Achterbahn, die gab es damals noch nicht. Das wenn auch kleine Kettenkarussell war die Attraktion für alle Heranwachsenden, die Mädchen in züchtigen Kleidern juchzten und schrieen, wenn sie an den Ketten fast waagerecht durch die Luft flogen. Die Jungen versuchten im Fluge die Ketten der Mädchensitze zu ergreifen, sie an sich zu ziehen und den ganz mutigen gelang es sogar, ganz kurz ihre Lippen auf Haar oder Kragen des jeweiligen kreischenden Mädchens zu pressen.

Meist schlenderte ich mit Dorlein Behre und Henning über den Festplatz. Dorlein war des Apothekers Töchterchen, sie hatte lange dunkle Zöpfe und braune Augen und für mich besonders spannend ein Planschbecken im Garten. (Heute nennt man so etwas wohl Swimming Pool, wir sagten damals dazu Planschbecken.) Es war zwar groß, aber nicht tief, und im Sommer lagen wir meist darin und darum und spielten im Wasser. Es war sehr praktisch, dass Dorlein unsere Nachbarin war und in die gleiche Klasse ging wie ich.

Ich weiß noch, wie sehr wir gekichert hatten, als wir zusammen unter dem Gebüsch lagen und die Zwiebeln gegessen haben. Dorleins Vater, der Apotheker, war ein großer Blumenfreund und hatte sorgfältig Zwiebeln in die Erde gesteckt, und zwar den ganzen Zaun entlang, der unsere beiden Grundstücke trennen sollte. Dorlein und ich waren gerade bei uns und spielten mit den Indianerfiguren im Gras. Als wir den eifrigen Freizeitgärtner so beobachteten, kam uns die Idee, dass im allgemeinen Zwiebeln ja sehr gut essbar sind und manche, vor allem die großen roten, ganz schön süß schmecken können. Wir warteten also ab, bis der Herr Apotheker wieder im Hause war. Dann schoben wir uns unter dem Zaun hindurch und buddelten eine ganze Menge von den Zwiebeln wieder aus. es war sehr praktisch, dass das

Planschbecken gleich zur Hand war, wir wuschen die Erde ab und legten uns unter einen dichten Busch; ich zerteilte die Zwiebeln mit meinem Fahrtenmesser. Sie schmeckten uns köstlich, wenn wir auch immer wieder den Blick zum Haus wandten, um zu schauen, ob Dorleins Vater wiederkäme. Wir waren richtig gesättigt und fühlten uns gut. Erst als der Apotheker beim Abendbrot voller Stolz erzählte, dass er heute an die fünfzig Tulpen in die Erde gesetzt habe, wurde Dorlein etwas übel. Ich hatte keinerlei Beschwerden, auch nicht am nächsten Tag, als Dorlein mir das von den Tulpen mitteilte. Vielleicht ist es ja so eingerichtet, dass schöne Blumen auch gut schmecken.

Mit Henning war es etwas anderes, er war erst vor einigen Jahren in den Ort gezogen als einziger Sohn unseres Zahnarztes, er hatte rote Haare, viele Sommersprossen und eine empfindliche Haut. Immer musste er sich eincremen oder in den Schatten setzen, wenn er einen Sonnenbrand bekam, wurde seine Haut fast so rot wie die einer Tomate. Aber er war ein prima Kumpel, konnte gut schlittschuhlaufen und er hatte als einziger von uns eine elektrische Eisenbahn, mit der wir vor allem im Winter hin und wieder spielten konnten.

Wir teilten uns die Riesenportion der weißen duftigen Zuckerwatte, die auf der Zunge sich in nichts auflöste und so angenehm im Gesicht kleben blieb, kauften vom Rest des angesparten Taschengeldes –und das muss ich sagen, mein Opa gab mir immer zum Schützenfest drei Mark zum »sinnvollen Verprassen«, wie er mit einem Lächeln dazu sagte, - ein paar Lose und gewannen eine Lakritzschnecke oder eine große Tüte Schaumwaffeln.

Dann schlichen wir uns an die Rückseite des Festzeltes und lugten unter der gelockerten Zeltplane hindurch;– vorne kostete es nämlich Eintritt, und wir Kinder wurden gar nicht erst hereingelassen; erst nach der Konfirmation durfte man in den Schützenverein eintreten und hatte dann auch die Gewähr, an den Feierlichkeiten im Festzelt teilnehmen zu dürfen. Wir freuten uns jedes Jahr, wenn schon am frühen Nachmittag die ersten bleichen Jünglinge sich aus dem Zelt schlichen und bei Aderholt in die Büsche kotzten. Einmal war einer fast im Bach ertrunken, er war ohnmächtig geworden oder vom vielen Schnaps bewusstlos, er hing mit dem Kopf halb im Wasser. Kättgen fand ihn, als er pinkeln ging, und zog ihn auf die Wiese. Dort lag der arme Junge in seiner nagelneuen Uniform, bis seine Eltern ihn in einen Schubkarren hievten und nach Hause schoben.

Mein Großvater saß am Eldertisch, bei den Honoratioren. -Ich hab mich lange gewundert, was das wohl zu bedeuten habe, Honoratioren; erst dachte ich, es käme von den Hortensien, Mutter besorgte immer wieder welche bei Gärtner Aderholt. Dann dachte ich, es müsse sich um eine Art Geheimbund handeln, ich las gerade voll Begeisterung den »Grafen von Monte Christo« und war in meinen Phantasien oft in Degenduelle verwickelt und in die Rettung schreiender schöner Witwen und Waisen. Dann wieder meinte ich, Honoratioren sei einfach die Bezeichnung für Menschen über sechzig, wenn man höflich sein und das Wort Greise vermeiden wollte. Als aber dann der neue praktische Arzt, Doktor Claasen, in den Ort zog und auch schon bald zu den Honoratioren gerechnet wurde, dabei war er nicht viel älter als fünfunddreißig, da brach meine Theorie zusammen und ich fragte eines Nachmittags meine Mutter, was denn Honoratioren seien. Mutter wunderte sich zuerst, wie ich auf so etwas käme, aber dann erklärte sie mir ausführlich, dass in einer Gemeinschaft, und auch unser Dorf sei eben auch eine Gemeinde, da bemesse man die Unterschiede der Menschen nicht nur nach arm und reich, alt und jung, gesund und krank, sondern auch nach Bildung und Stand. Das käme sicher noch von früher her, wo es in allen Ländern deutlichere Klassenunterschiede gegeben habe, ich soll mal nur an die Ritter und freien Bauern und Tagelöhner und Freisassen und Sklaven denken. Im Allgemeinen sei es bei uns jetzt so, dass Leute wie der Pastor, der Arzt und der Bürgermeister zu den sogenannten Honoratioren zählten. Eventuell der Schulleiter oder Lehrer sei noch mit dabei. In unserem Dorf aber seien die Vorstände von Kirche, Feuerwehr und Schützenverein auf jeden Fall dazu zu zählen, und ein paar verdiente Bürger ebenfalls. Und zu der letzten Gruppe gehörte auch mein Großvater, denn er habe sehr viel für den Ort getan, all die Jahre immer wieder Spenden gegeben für die Armen, für den Straßenbau, für die Vereine oder den Schulausbau. Kurz und gut, sagte mir meine Mutter, die Honoratioren seien eben die Leute, auf die es ankäme, die etwas darstellten, die von allen anderen geachtet würden. Aha, jetzt wusste ich Bescheid.

Wenn wir Schulkinder dann später am Nachmittag unter der schweren Zeltplane hindurchlugten und das fröhliche Treiben des Schützenvolks betrachteten, dann waren viele der Honoratioren genau so betrunken wie das normale Volk. Natürlich nicht mein Großvater, der pflegte nach etwa zwei Stunden sein Glas Bier zu leeren, dann bestellte er beim Wirt an der Theke noch eine Runde Klaren für den Seniorentisch und entschuldigte sich bei den Umhersitzenden. Er wusste ja, wenn er erst einmal das Zelt verlassen hatte, dann vergaßen ihn die anderen so schnell wie sie ihre Schnäpse herunterkippen konnten.

Ich versuchte oft, meinen Opa dann zu erwischen, denn er war meist nach Verlassen des Festzelts in Spendierlaune, wie er es nannte. Oder er hatte die Spendierhosen an, so nannte mein Vater dieses Verhalten, wenn Opa seine Geldbörse zückte und mir ein Fünfmarkstück reichte. Überglücklich lief ich damit dann zu Rudi, Dorlein und Hennig und wir tranken davon erst mal eine gelbe Brause. Damals gab es eine Zeitlang diese Brauseflaschen mit einer Kugel in der Öffnung, dadurch floss der Inhalt ruhiger und sanfter, wir zerschlugen manchmal die Flaschen, nur um an diese hellen Glaskugeln zu kommen. Wir konnten sie gut beim Murmelspielen gebrauchen, ich weiß noch, für eine solche Glaskugel gab es zehn bunte Tonkugeln.

Nach der gelben Brause kauften wir meist für jeden Zuckerwatte, die zerging so prickelnd auf der Zunge und klebte an den Fingern. Und dann gab es da noch diese halbmondförmigen Membranen, die man auf den Gaumen legen musste und dann konnte man zwitschern wie ein Vogel. Ich kaufte gleich mehrere, denn ich wusste ja, dass spätestens nach ein zwei Wochen die zarte Membran durch Speichel und Kinderhand in Fetzen hing, dann konnte ich von den Ersatzvogelstimmen eine nehmen. Wir hatten nach kurzer Übungszeit ein wahres

Vogelkonzert zusammen, die Erwachsenen hielten sich schon die Ohren zu und drängten uns, damit aufzuhören. Wenn Lehrer Lange einen damit in der Schule erwischte, gab es mit dem Rohrstock einige Schläge.

4

Mai muss es wohl gewesen sein, ein recht sonniger Maitag, wir trafen uns am Nachmittag am Schulgarten, Henning, Rudi und ich und wollten eigentlich zum kleinen See hoch, da kam Kättgen um die Ecke in seinem Blaumann. Kättgen war schon sechzehn und konfirmiert, daher durfte er schon lange Hosen tragen; wir hatten meist unsere Lederhosen an, ich hatte meine –endlich! – zum Geburtstag bekommen, und zwar so eine richtige, mit der eingearbeiteten Tasche für ein Fahrtenmesser an der rechten Seite. Das Messer schenkte mir dann Onkel Erich, es war in einer braunen Lederscheide, oben war es mit einem Lederbändchen befestigt, die Klinge war etwa fünfzehn Zentimeter lang und der Griff aus Plastik einem Geweih nachgebildet; ich war sehr stolz darauf, zumal ich der zweite Junge mit solch einem Fahrtenmesser war. Teddy hatte schon eins, das lag sicher daran, dass sein Vater diese Messer in seinem Laden verkaufte.

Kättgen überragte uns Zehnjährige mindestens um einen Kopf hoch, aber er war unser Freund; er ging schon in die Lehre beim Tischler Drebber und er gab uns auch immer wieder einmal von seinen Zigaretten ab.

Wir fühlten uns dann sehr erwachsen. Meist rauchten wir hinter der Liegehalle im Gras oder in den gefliesten Badezimmern des alten Kurhauses mit dem zerbrochenen Stuck an den Decken. Die Fenster waren zerbrochen und notdürftig mit gebrauchten Sperrholzplatten abgedeckt, Schutt und Laub und aufgerissene Papiertüten mit Abfällen lagen in den Räumen, oft sahen wir Mäuse huschen oder Igel, und Rudi schwor, er wäre in einer der oberen Etagen von einem Rudel Ratten angegriffen worden. Aber das glaubten wir ihm eigentlich nicht, denn die Ratten hatten überall im Dorf genug zu fressen. Wenn wir kein Zigaretten bekommen konnten, dann drehten wir uns selbst welche aus trockenem Laub und alten Zeitungen, das hatten wir uns von Patienten abgeguckt, oder wir nahmen kurze Stücke von Peddigrohr, aber das schmeckte alles nicht so richtig. Meist kaufen wir daher bei Witte eine kleine Packung, es gab die schmalen mit fünf Zigaretten, Rudi oder Carola mussten meist gehen, deren Vater rauchte nämlich und so sagten sie, dass sie für ihn die Glimmstängel besorgen sollten.

Wir hatten eine Kriegskasse, aus der wir unsere wichtigen Einkäufe tätigten:

Kaugummi etwa, das brauchten wir zum einen, weil es so gut schmeckte und man damit diese platzenden Blasen formen konnte, zum anderen eignete es sich hervorragend zum Befestigen von zum Beispiel Zündhölzern an hohlen Baumstämmen, die wir zuvor mit Schwarzpulver aus aufgeklopften Patronen gefüllt hatten. Alte Munition lag ja noch massenhaft in den Wäldern und Büschen, meist in den Taschenresten von zermodernden Wehrmachtsmänteln, aber leider fand sich kein funktionsfähiger Karabiner, den hätten wir so gern gehabt. Wir zündeten das Hölzchen an und rannten in Deckung, dann kam der Knall und eine hohe Stichflamme; einmal ist auch der ganze Baumstumpf mit in die Luft geflogen und zerschlug einen Ansitz von Förster Hartwig.

Ansonsten brauchten wir unsere Kriegskasse für Farbstifte, wenn wir als Indianer auf den Kriegspfad gehen wollten, oder für Zigaretten, Brause und Kuchen. Rudi verwahrte sie. Gefüllt wurde die Kasse ‚wenn wir ein Geldstück auf der Straße fanden oder gelegentlich beim Einkaufen zu viel Wechselgeld herausbekamen oder auch durch den Einsatz unserer Wettspiele: wer kann am weitesten mit dem Bogen schießen, wer kann am schnellsten die Urne hochlaufen, wer kann im kleinen Waldsee am längsten unter Wasser die Luft anhalten oder eben wer kann am weitesten über den Graben pinkeln.

Der Graben kam als Bächlein vom kleinen See oben an der Urne und floss in einem leichten Bogen am Lehrergarten vorbei die sandige Randstraße den Friedhof entlang, er war nicht sehr tief, meist ging das Wasser mir bis zum Knie, und er war etwa einen Meter breit. Wir hatten ein richtiges Pinkelritual entwickelt: einer sprang über den Graben, stellte dort eine Kerze auf und zündete sie an. Dann kam einer nach dem anderen von uns an die Reihe, wir stellten uns an den Grabenrand und versuchten, die Flamme auszupinkeln. Das gelang nie. Selbst Kättgen, der häufig einen enormen Druck auf der Blase hatte – er durfte schon mal eine Flasche Bier trinken in der Werkstatt – hatte es nur ein- oder zweimal geschafft, soweit ich mich erinnere.

An diesem Maitag kam plötzlich Teddy angelaufen und rief uns zu, dass die Coyoten wieder da seien und den kleinen See besetzt hätten. Die Coyoten, das waren die Jungen aus dem Nachbardorf, mit denen lagen wir seit Urzeiten in Dauerfehde. Also schlichen wir so schnell wir konnten –aber leise, wir durften nicht auf Äste treten oder auf Steinen schurren, das hätte uns ja verraten können – also in einem weiten Bogen den Berg hoch und durch das Unterholz zum kleinen See. Dieser See war erst im Krieg durch eine Bombe entstanden, so hatte mir es unser Heizer Albrecht erzählt; der Bombentrichter hatte sich dann mit Wasser aus der Quelle gefüllt und, das war für uns besonders aufregend, im trüben und eher bräunlichen Wasser schwamm ein Stück eines abgeschossenen Flugzeugs, vielleicht die Kufe eines Wasserflugzeugs oder der Rest eines Geschosses, auf jeden Fall ein luftgefülltes längliches Metallrohr mit festgeschweißten Eisenteilen, an den man sich gut festhalten konnte. Wir hatten dieses Gebilde unser U-Boot getauft und bunt bemalt.

Wir konnten die Coyoten schon von weitem hören, sie hatten ein Feuer angezündet und brieten Würstchen an langen Stöcken, tranken Limonade und einige hatten ihre Cowboyhüte auf, die hatten sie noch vom Karneval, andere waren halbnackt und tanzten um den kleinen See herum und heulten wie Indianer, zumindest dachten sie, dass die Indianer derartige Laute als Kriegsgesänge gehabt hätten, es klang ziemlich schaurig in unseren Ohren. Diese indianischen Coyoten nun versuchten mit vereinten Kräften, unser U-boot aufs Land zu ziehen.

Das konnten wir uns natürlich nicht bieten lassen, wir stürmten mit lautem Gebrüll auf die Coyoten zu und schlugen, traten, bissen, zerrten, drückten, rollten uns mit aller Kraft in die Körper der Feinde, es gab erhebliche

Schwellungen, ein bisschen Blut floss aus Platzwunden, eine Schulter wurde ausgekugelt, ein Fuß verstaucht, blaue Flecke überall, Haare wurden büschelweise ausgerissen, Schmerzensschreie gellten durch den Wald, ein Magen durch Boxhiebe zum Erbrechen gebracht, auf beiden Seiten litten die Kämpfer an Verletzungen von Körper und Mut, schließlich zogen sich beide Seiten fluchend und racheschwörend zurück in Richtung ihres jeweiligen Dorfes.

Kättgen und ich blieben als Späher liegen, wir warteten, bis sich im Wald vor uns nichts mehr rührte, dann gingen wir zum kleinen See und löschten den Rest des Feuers sorgfältig. Die auf dem Schlachtfeld übrig gebliebenen Würstchen sammelten wir auf, wuschen sie im See und nahmen sie mit zu den anderen, die am Graben neben dem Lehrergarten warteten und ihre Wunden pflegten. Rudi hatte es am schlimmsten erwischt, er sah richtig grün aus, sein Bein schmerzte sehr und das rechte Knie wurde zusehends dicker, dazu hatte er ein blaues Auge. Henning hielt sein Taschentuch an seine blutende Unterlippe, er hatte außerdem eine verstauchte linke Hand, ich trug eine lange Schramme am rechten Bein, die nur wenig geblutet hatte, als ehrenvolle Narbe ein paar Tage voller Stolz. Henning brachte Rudi dann in die Praxis von Dr. Claasen, dort bekam Rudi eine Spritze und einen Salbenverband. Das mit der Spritze machte ihn zum Helden des Tages.

5

An schönen Tagen saß Großvater gern auf der Terrasse und rauchte seine Zigarre. Wenn ich mich dann zu ihm setzte und ihn lange bat, erzählte er von seiner Marinezeit. Wie er zum Beispiel auf der SMS »Derflinger« an des Kaisers Geburtstag mitten im Pazifik keine Torte backen konnte, weil auf dem Schiff keine Sahne mehr vorhanden war. Er habe dann kurzentschlossen ein paar seiner Kameraden gebeten, die Angeln auszuwerfen mit Möhren als Köder, damit hatten sie dann ein paar Seekühe fangen können. Diese wurden dann vorsichtig an Bord gehievt und gemolken. So sei er doch noch zu seiner Sahne gekommen und sie hatten des Kaisers Geburtstag richtig feiern können.

Oder die wilden Geschichten vom Boxeraufstand in China, da war Opa von Tsingtau nach Peking mitmarschiert. Schrapnelle flogen ihm um die Ohren, abgerissene Arme und Köpfe kollerten die staubige Straße entlang, überall brannten die Häuser, Gewehre knatterten, Kanonen donnerten, ein paar deutsche Doppeldecker warfen Bomben ab, in wilder Flucht rannten die schlecht bewaffneten Aufständischen mit wehenden Zöpfen und schmutzigen Kleidern weit, weit weg, hinein in das riesige Land und versteckten sich irgendwo.

Besonders eindrucksvoll erzählte mein Großvater von den Tempeln mit den vielen fremdartigen Gottheiten, den dunklen Opiumhöhlen, in denen schon allein der Geruch für die meisten Europäer abstoßend war, von den stillen Mädchen und Frauen, die geduldig alle Forderungen der oft laut schreienden Männer erfüllten.

Wenn er besonders gut aufgelegt war, holte er seine Fotoalben hervor, darin war er als fescher Marinesoldat abgebildet oder aber in einem nagelneuen Khakianzug, maßgeschneidert in Shanghai, und dann die Bilder der fremden Küsten, dazwischen klebten dann immer wieder Fotos, zum Teil handkoloriert, von asiatischen Schönen, japanischen Geishas mit bunten Papierschirmen, braune Südseemädchen mit nur einem kleinen Baströckchen an, sie hatten mitunter Knochen durch die Nase gezogen und in das dichte krause Haar bunte Bänder..

Da gab es Bilder vom Haifischangeln auf hoher See, von Manövern mit anderen Kriegsschiffen vor Tsingtau, von den Urwäldern auf Sumatra und den Menschenfressern auf Neuguinea, die sich die Zähne spitz gefeilt hatten, so erzählte es jedenfalls mein Großvater. Ich war immer ganz begeistert und konnte mich nicht satt sehen an den vielen leicht vergilbenden Fotos von Palmenwäldern, marschierenden deutschen Infanteristen mit Tropenhelmen und geschulterten Gewehren, von den barbusigen Südseeschönheiten, den geheimnisvoll lächelnden asiatischen Frauen und immer wieder mein Opa, mal in der Bordküche, mal mit seinen Kameraden am Stand, gelegentlich in einer verwinkelten Gasse in Hongkong mit steifem Kragen und flachem Strohhut.

Die klare befehlsgewohnte Stimme meines Großvaters in seinem Bariton füllte die Veranda voll aus, und wenn er von den Marinezeiten erzählte, blitzten seine blauen Augen. Besonders bei den immer länger werdenden Geschichten der Seeschlacht von Skagerak im ersten Weltkrieg.

Mein Opa war damals auf der SMS »Derflinger« als Hauptkoch, in der berühmten Schlacht beschossen die

Engländer die deutschen Schiffe und umgekehrt, die Schiffe lagen viele Seemeilen voneinander getrennt unter dem Horizont, sie konnten sich nicht direkt sehen, aber ihre Geschütze reichten sehr weit; nur die Aufklärungsflieger berichteten über Position und Trefferquote.

Mein Großvater »wollte nur mal eben nach dem Mittagessen mich etwas erleichtern, ich ging steuerbords auf das Klo im Zwischendeck, als es bei uns einschlug, es gab ein schmerzendes metallisches Quietschen, dann einen Donnerhall, ich war wie taub, das ganze Schiff zitterte; das war ein Volltreffer gewesen, und ich saß auf einmal im Freien. Die ganze Seite der Toilettenwand hatte es weggerissen, und ausgerechnet auf der Wand war die Rolle mit dem Klopapier befestigt gewesen. Tja, da saß ich nun, und dann begannen meine Hände zu zittern, so auf einmal, ich saß da auf der Schüssel und zitterte mich durch den Nachmittag, ich hab wohl die halbe Seeschlacht dort gesessen und mir die Ohren zugehalten, wenn unsere Geschütze abgefeuert wurden, ansonsten klapperten meine Zähne, mir blieb ja nichts übrig als in die Wellen zu schauen.«

Das hatte mich doch ziemlich beeindruckt und ich bewunderte Opas Mut, der es doch trotz aller Kriegseinwirkungen bis hierher geschafft hatte, er war in zwei Weltkriegen unverletzt geblieben und hatte hier für sich und seine Familie eine stabile bürgerliche Existenz geschaffen. Aber er hatte einen Sohn im zweiten Krieg verloren, meinen Onkel, den ich nie gesehen habe, meine Mutter hatte wohl sehr an ihm gehangen, sie besaß noch sein Kriegstagebuch und las gelegentlich darin. Ich versuchte heimlich auch, darin zu lesen, aber der Onkel hatte alles mit jetzt leicht verwischtem Bleistift und in alter deutscher Schrift geschrieben, das konnte ich nicht lesen. In der Schule hatten wir nur die jetzt überall gebräuchliche lateinische Schreibschrift gelernt, und wie ich aus den Gesprächen meiner Eltern herausgehört hatte, war diese altmodische Schreibweise auch deshalb verpönt, weil die Regierung des »Dritten Reiches« diese so sehr als urdeutsch propagiert hatte, dass die alliierten Besatzungstruppen es verboten hatten, weiterhin in dieser sogenannten deutschen Schrift die Jugend zu unterrichten. Zum Glück für mich gab es aber nur wenige Bücher, die in der alten Schrift, mein Opa nannte sie auch »Sütterlinschrift«, gedruckt waren. Oder aber es gab bei uns nur sehr wenige Bücher, die im Geist des dritten Reiches geschrieben worden waren; mein Opa stand den Nazis eher ablehnend gegenüber und war erst 1939 gezwungen worden, in die Partei einzutreten; man hätte ihm sonst keine Patienten mehr für die Heilstätte geschickt. Meine Eltern waren nie Mitglied der NSDAP gewesen, und auch nach dem Kriege konnten sie sich nie für eine der politischen Parteien endgültig entscheiden. Aber wie schon gesagt, die ganze Zeit des sogenannten dritten Reiches wurde bei uns zu Hause in Gesprächen ausgeklammert. Es wurde nur gelegentlich über Kriegserlebnisse geredet, wenn meine Eltern Freunde und Bekannte eingeladen hatten, zu Geburtstagen oder zu Faschingsfesten oder irgendwelchen Jubiläen. Dann hörte ich mit langen Ohren die Männer über ihre Erfahrungen mit strengen Vorgesetzten bei der Wehrmacht oder dem schlechten Essen in den Gefangenenlagern reden, die Frauen erzählten von solchen Dingen wie Arbeitsdienst oder Winterhilfswerk, damit konnte ich aber weniger anfangen als mit den Kriegserlebnissen, besonders gern hörte ich von Panzerangriffen oder erfolgreichen Flakeinsätzen, das regte meine Phantasie an und ich spielte vorm Einschlafen den großen Helden, der mit seinem Panzer durch die Reihen der Feinde fährt und dann natürlich den Sieg erringt.

6

»Bei Brinkmanns steht ein Esel im Stall!«

Teddy stürmte mit dieser Neuigkeit in unser Indianerlager im Wald, wir wollten diesen Nachmittag wieder auf Rehsuche gehen und hatten uns im Lärchenring getroffen. Ein Esel, das war doch mal etwas Neues. Sofort machten wir uns auf und liefen ins Dorf, wo am westlichen Ortsrand in einem der kleinen Kätnerhäusern die Familie Brinkmann wohnte. In diesen zwei, drei Straßen roch es immer irgendwie nach Sauerkraut. Ich war nicht ungern dort, auch Kättgen wohnte ja in einem der kleinen aber sauberen Häuser, und in jedem Jahr musste ich dorthin gehen, wenn in unserem Ort Konfirmation war. Mein Großvater pflegte jedem Konfirmanden einen gelben Briefumschlag mit einer Gratulation und einem Fünfmarkstück zu schenken. Jeder wusste davon und so war ich ein gern gesehener Gast in den Häuschen dort, ich bekam dort oft selbstgemachte Brause und Kuchen oder auch mal einen kleinen Korn, wenn ich den Umschlag an den Konfirmanden ablieferte.

Das rote Backsteinhaus der Brinkmanns mit dem einseitig schrägen Dach stand dicht an der staubigen ungeteerten Straße, daneben die alte Fachwerkscheune mit den hohen Holztoren, die standen weit offen. Wir hörten schon den Esel laut aus der Scheune schreien, als wir hinter der Schule um die Ecke bogen und schlichen uns nun vorsichtig näher. Denn Herr Brinkmann war allgemein als sehr jähzornig bekannt, er trank auch sehr viel, so hatte ich von den Erwachsenen gehört, und wir hatten ihn bei so mancher Schlägerei gesehen auf Schützenfesten oder Jahrmärkten oder einmal im Winter einfach so mit Fremden vor Hogreves Gasthof; sein Sohn Heinzi war eine Klasse unter mir und kam des öfteren mit blauen Flecken an Armen und Rücken zur Schule.

Der Esel schrie, nicht so laut, aber durchdringend, und wir schlichen uns näher an die offene Scheunentür heran. Henning deutete als Erster mit dem Arm nach oben auf das Dachgebälk. Dort hing Herr Brinkmann, er hing dort ganz reglos an einem Kälberstrick; seine Hände ragten weit aus dem dunklen Anzugjackett heraus, sie sahen seltsam weiß aus, sein Kopf war eher rötlich angelaufen. Er hatte Mund und Augen fest verschlossen.

»Das ist sein Sonntagsanzug.«

»Mit dem ging er immer zur Kirche.«

»Wenn er nicht gerade wieder mal besoffen war....«

Herr Brinkmann war der erste Tote, den ich gesehen habe. Für mich war es eher aufregend als gruselig, und den anderen erging es ebenso; wir redeten darüber, als wir Jungen später wieder im Lärchenring bei einer Zigarette zusammenhockten. Da hatten Nachbarn der Brinkmanns schon den Gendarm Harms geholt, auf einmal waren so viele Leute dagewesen und standen um den erhängten Selbstmörder herum, der Gendarm hatte mit Hilfe einer Leiter und Kättgen den Toten dann heruntergeholt, er war auf einen leeren Leiterwagen gelegt worden und Willi Aderholt hatte seinen Trecker davor gespannt und so war der tote Herr Brinkmann durch das ganze Dorf abtransportiert worden. Er lag nun im kühlen Steinhaus des Totengräbers Gerberding.

Wir überlegten, was nun aus dem Esel werden sollte. Den hatten wir nur kurz sehen können, denn der Gendarm hatte die Scheunentore schließen lassen. Als sich so viele Leute in der Scheune bewegten, hatte der Esel mit seinen Rufen aufgehört. Wir erfuhren dann ein paar Tage später von Heinzi, dass seine Mutter das Tier wieder verkauft hatte, denn der Esel hatte mit seinem Schreien die Witwe immer wieder an den Selbstmord ihres Mannes erinnert und das konnte sie nicht aushalten. Der Esel ging an einen Viehhändler aus Loccum. Von dem Erlös hatte Heini eine neue Lederhose bekommen, jetzt konnte er endlich mit uns anderen mithalten, wenn wir durch den Wald streiften.

Im Nachhinein ist es schon seltsam, dass der zweite tote Mensch, den ich gesehen habe, im gleichen Teil des kleinen Dorfes wohnte, oder besser gelebt hatte, nur eine Querstrasse vom Haus der Brinkmanns entfernt. Es war die Mutter unseres Milchmannes, ich kannte sie nicht.

Zu hause hatte wir überraschend Besuch bekommen, es waren wohl ein paar wichtige Leute, meine Mutter jedenfalls war sehr aufgeregt und zog nach dem Mittagessen eine neues Kleid an; auch mein Vater blieb nach dem Essen da; sonst ging er nach einem kurzen Mittagsschlaf immer zurück in sein Arbeitszimmer in der Klinik. Auf jeden Fall stürzte Mutter aus Opas Herrenzimmer, wo das Telefon stand, zu mir auf die Veranda, wo ich mit meinen Indianerfiguren spielte.

»Pack deine Siebensachen hier zusammen und bring sie schnell ins Kinderzimmer. Wir bekommen Besuch heute Nachmittag. Aber du kennst die Leute nicht, sie sind wichtig für den Betrieb. Ach ja, wir haben keine Sahne mehr, der Kuchen reicht noch, und auch die Milch für den Kaffee ist knapp. Also nimm dir die Kanne aus der Küche, dann gehst du schnell zum Milchladen und holst uns eine Kanne Vollmilch und einen halben Liter Schlagsahne. Und mach schnell. Wie siehst du nur wieder aus. Wenn du zurückkommst, dann zieh dir doch deine braune Hose an, ja?«

So ging ich also in der hellen Sonne in Richtung Schule und dann nach rechts die ansteigende sandige Straße hinauf bis zu dem langgesteckten weiß getünchten Haus mit dem rechteckigen Schild »MILCH BUTTER KÄSE«. Drei Stufen zum Eingang, aber es war geschlossen. Was nun? Ich überlegte und ging dann links herum in den Garten, dort fand ich eine Seitentür, die stand weit offen. Ich trat ein und sah auf einem Sofa eine Frau liegen. Sie schlief wohl. Ich ging zu ihr hin und sagte:

»Guten Tag, ich möchte gern etwas Milch haben.«

Sie rührte sich nicht. Ich wollte sie wecken und fasste an die auf der Brust liegenden gekreuzten Hände, sie fühlten sich ziemlich kalt an, und da kam auch schon durch die Zimmertür eine andere Frau, die war erheblich jünger und fragte erstaunt, was ich denn hier wolle. Ich sagte, dass ich Milch und Schlagsahne holen solle. Die Frau schaute von mir zu der anderen auf dem Sofa, wieder zu mir, fragte mich nach meinem Namen und nahm mich dann an der Schulter und zog mich in den leeren Verkaufsraum, wo sie mir einen Becher Sahne gab und die Milchkanne füllte. Dann schloss sie die Eingangstür des Ladens auf und schob mich nach draußen. Zu hause erzählte ich Mutter von der schlafenden Frau. Sie sah erst erschrocken aus und erzählte mir dann, dass sei sicher die Mutter des Milchmannes gewesen, die sei gestern verstorben und jetzt dort wohl aufgebahrt, so dass man sich von ihr verabschieden konnte, die Beerdigung sei morgen. Das war also der zweite tote Mensch, den ich gesehen habe.

Übrigens war es mit den Toten so eine Sache für sich, wir hatten alle immer wieder im Wald Skelette gefunden oder auch mal einen einzelnen Schädel, aber das waren für uns keine richtigen Toten, wir fanden ja auch Vogelskelette oder mal die Knochen einer Katze, und aus den Hühnerknochen von verschiedenen Sonntagsbraten hatten wir uns Halsketten gebastelt, denn Indianer trugen ja erbeutete Knochen und Teile ihres Totemtieres um den Hals, so jedenfalls hatten wir Gerstäcker, Cooper und Karl May verstanden. Es reizte uns natürlich, etwas Näheres über Tote zu erfahren. Und da gab es die schwarze Scheune.

Wenn man die lange Straße zum Bahnhof hinunterging, dann kam kurz vor der Waldgrenze rechts die Werkstatt vom Tischler Abel. Der machte aber im Gegensatz zu Drebbers keine Fenster und Schränke, sondern er war zuständig für die Särge des Ortes. Und wenn man den Sandweg dann noch etwa hundert Meter weiter ging, dann kam ein kleines Steinhaus mit zwei Schornsteinen, das war das Haus von Helene Gerberding, der Totenfrau. Und daneben zog sich die schwarze Scheune parallel zum Weg hin, sie war schwarz geteert und auch die Wände waren schwarz angemalt, und sie hatte keine Fenster.

Henning sagte, dass hier die Toten gelagert würden. »Wenn einer stirbt, dann kommt erst der Arzt und sieht zu, dass der wirklich tot ist und nicht nur scheintot. Und dann kommt Gerberding mit seinem Dreirad und fährt ihn in die Scheune, dort ist dann Helene zugange.«

Helene war ortsbekannt. Sie trug immer einen schwarzen Wollrock, auch im Sommer, hatte einen grauen Haarknoten im Nacken und meist einen schwarzen Schal um Schultern und Hals. Sie blinzelte auch im Nebel, ihre Augen machten uns Angst.

»Das sind Augen wie bei einem toten Karpfen!« sagte Rudi einmal. »Das kommt wohl von ihrem Beruf. Das färbt ab, so wie bei Lustfeld, der immer so buntes Zuckerzeug und Naschwerk verkauft, ihr kennt ihn ja alle, auch seine Hemden sind immer so bunt wie bei keinem anderen Mann hier im Dorf.«

So kam uns Helene Gerberding vor, als hätte sie manches von den Toten angenommen. Keiner von uns hatte sie je reden gehört. Um diese schwarze Scheune kreisten oft unsre Gedanken und Phantasien, was da wohl alles drin war und wie es da wohl aussieht und wie kommt man da nur rein? Natürlich schlichen wir uns ein paarmal hin, kletterten über den Zaun und suchten nach einem kleinen Astloch oder einem Spalt in der Holzwand, den wir mit einem Messer erweitern konnten, aber es war und blieb innen alles dunkel.

So blieb uns nur unsere eigene Fantasie, und wenn wir dann am hellen Nachmittag in unserem Lärchenring saßen und verbotene Zigaretten rauchten, dann sprachen wir mit einem wohligen Gruselgefühl über Scheintote und Untote und Wiedergänger und Monster und hofften darauf, dass bald der Kinomann wieder kommen möge.

Der Kinomann war für uns einer der wichtigsten Menschen. Er kam in der Herbst- und Winterzeit meist einmal im Monat und baute dann im großen Saal von Linsenhoff seinen Projektor und die Leinwand auf, dann zeigte er am Nachmittag Filme für uns Kinder, in schwarzweiß natürlich, »Kasperle und das Krokodil« oder »Lisas Geheimnis« , und am Abend gab es für die Erwachsenen Kino, aber richtig, mit einer Wochenschau vorher und Werbung für die nächsten Filme, dann kam ein Vorfilm und dann endlich lief als Hauptfilm oft ein Krimi oder ein spannender Kriegsfilm, oder es war etwas mit viel Liebe. Das Kino war immer voll, denn es bot zum einen Abwechslung im Alltag – denn das Fernsehen kam erst etwa Mitte der Fünfziger Jahre, und auch dann hatten es erst nur eine paar reichere Leute, es dauerte bis zum Ende der Sechziger, bis in fast jedem Haus dann ein Fernseher stand. - und zum anderen für die Patienten besonders die Gelegenheit, mit Damen, Frauen und Mädchen im Dunkeln beieinander zu sitzen und so.

Dieses und so machte uns natürlich neugierig, seit wir davon gehört hatten, und außerdem reizte es uns auch, die Filme für die Großen anzuschauen. Also schlichen wir, nachdem wir friedlich ins Bett gegangen waren, wieder in unseren Trainingsanzügen zu Linsenhoffs großem Saal und kletterten an der Rückseite zum Dach; dort hatten Karlchen Drebber und Teddy im letzten Sommer auf dem niedrigen Dachboden eine Diele losgesägt, die hoben wir an und konnten auf die Leinwand und das Publikum schauen. Dort haben wir Tom Mix gesehen und Hans Albers, Zarah Leander und Hans Moser, unheimliche Kriminalfilme, Wildweststreifen und Heimatfilme wie »Heidi« oder »Lumpazivagabundus.« Wir sind nie erwischt worden, und falls Herr Linsenhoff von unsren heimlichen Dachbodenbesuchen wusste, schwieg er darüber. Er war eigentlich immer nett und freundlich zu uns und schenkte uns gelegentlich auch ein Stück bunten Kuchen oder eine Tüte Kekse.

7

Über Opas Freundin wurde bei uns nur wenig geredet.

Einmal zu Beginn des heißen Sommers spielte ich unter der Veranda mit meinen Indianerfiguren, ich hatte gerade die drei Bände »Winnetou« von Karl May gelesen und wollte nun diese Geschichte nachspielen, da kam meine Mutter auf die Veranda, wo mein Vater bei Kaffee und Zigarre saß und in den Garten schaute.

»Glaubst du, diese Frau wird so bald wiederkommen?« fragte er.

Meine Mutter setzte sich zu ihm:

»Ich glaub das nicht, denn Opa hat ja die Absicht, nach Pyrmont zu fahren. Er wird sie sicher dort treffen wollen.«

»Da wird er ihr wohl das Hotel bezahlen.«

»Lass ihn doch. Er gibt doch sonst nichts aus für sich selber.«

»Nicht dass er noch auf dumme Gedanken kommt...«

»Ach was, was du dir immer so ausdenkst! Diese Frau Burgdorf ist eine Marinewitwe, und das hat ihn wohl so angesprochen, wenn ihr Mann auch auf einem U-boot gefahren ist. Außerdem ist sie eigentlich ganz nett und sehr interessant. Sie schreibt an einem Buch, wie ich hörte, etwas über Kunstgeschichte in Süddeutschland.«

»Weißt du, eigentlich kann ich das nicht verstehen, er ist doch Koch, und diese Frau hat etwas von einer Intellektuellen, das passt doch eigentlich nicht zusammen, oder?«

Mutter lachte und drückte seine Hand.

»Ist das denn anders als bei uns zwei beiden? Als ich dich kennenlernte, war ich als Dolmetscherin tätig, und du hast bis heute keine fremde Sprache gesprochen.«

»Das mit dem Deutsch reden ist schon schwer genug, wenn man klar und deutlich sagen möchte, was man will und was nicht und was die anderen machen sollen. Frag nur mal den Ebeling, der hat auch irgendwas nicht richtig verstanden, sonst hätte der schon längst geliefert!«

Das Gespräch wandte sich dann den innerbetrieblichen Angelegenheiten der Heilstätte zu, das interessierte mich nicht weiter. Ich dache nur bei mir, dass ich bei nächster Gelegenheit den Opa mal fragen müsste, was dieses intellektuell wohl zu bedeuten hatte.

Den Sommer über blieb die Hannah Burgdorf jedenfalls unsichtbar, der Opa fuhr im Juni nach Pyrmont, und ich spielte mit meinen Freunden im Wald. Dorlein

Behre erzählte oft Geschichten von ihrem Vater, der auch oft zur Jagd ging, und so kamen wir bei abenteuerlichen Jagdgeschichten irgendwie auf Schlangen, auf Kreuzottern, und dass man das Gift dieser Ottern für medizinische Zwecke gut gebrauchen könne.

Geld war bei uns schon immer Mangelware, also beschlossen wir, auf Kreuzotternjagd zu gehen. Henning, Teddy und ich gingen also zum Steinbruch, denn dort hatten wir schon des öfteren auf den sonnigen Heideflächen Schlangen liegen sehen. Wir hatte aber auch einen gehörigen Respekt vor den Giftzähnen, zumal der Albrecht uns einige Geschichten von vergifteten Dorfkindern erzählt hatte. Also dachten wir gemeinsam nach und entschlossen uns schließlich zu folgender Methode:

Wir kletterten auf eine ziemlich hohe Eiche und legten unten Schlingen aus Paketschnur mit Sand bedeckt ringsherum, als Köder hatte Teddy einige Stücke Blutwurst aus der Küche mitgehen lassen, dann warteten wir. Wir warteten ziemlich lange, unsere Kiefer schmerzten schon vom vielen Kaugummikauen, dann fragte Teddy:

»Können Schlangen eigentlich auch auf Bäume klettern?«

Und damit begann die große Unruhe in uns, die Verunsicherung wuchs und wuchs und wurde schließlich so groß, dass wir möglichst schnell den Baum wieder hinunterkletterten und mit unseren Schlingen zum Tränenteich liefen. Dort saßen wir in der Sonne, Henning holte vom letzten Taschengeld gelbe Brause vom Kiosk und wir schauten auf die kräuselnde Wasseroberfläche, immer wieder mussten wir unsere Augen schließen, weil sich Sonnenstrahlen darauf brachen und uns blendeten.

Keiner redete mehr über Schlangen in den nächsten Wochen, den Steinbruch mieden wir in diesem Sommer.

8

Es war gegen Ende der Sommerferien, da hatte Teddy Geburtstag. Selbstverständlich kamen wir alle am Nachmittag zu ihm, er wohnte in einer Seitenstraße nahe des Tränenteiches. Sein Vater, ein großer dünner Mann mit Brille und schütterem Haar, der hatte sich in diesem Jahr etwas Besonderes ausgedacht. Er wollte mit uns eine Schnitzeljagd veranstalten. Vom Tischler Drebber hatte er einen Sack Holzspäne geholt und war dann mit dem Rad durch die Gemarkung gefahren und hatte eine Spur gelegt. Wir mussten dann nach dem ersten Stück Geburtstagskuchen auf unsere Räder steigen und die Spur suchen. Im Pulk fuhren wir los, zuerst ging es an Aderholts Acker vorbei, dann hinunter zum Bahnhof.

Oh ja, wir hatten einen richtigen Bahnhof, wenn auch etwa einen Kilometer vom Ort entfernt. Es war ein Sackbahnhof, hier endete die Bahnstrecke von Wunstorf.

»Is ja man nur ne kleine Bimmelbahn!« sagte mein Opa oft. In der Tat war es eine Schmalspurbahn, die mit zwei Waggons und einer kleinen Dampflokomotive fleißig ihren Weg durch die Wiesen und Felder stampfte. In den Kurven konnte man absteigen und nebenher laufen, Blumen pflücken oder vorn wieder einsteigen, was wir gern taten, wenn wir mal mit der Bahn fahren konnten. Im Winter kam es allerdings auch gelegentlich vor, dass die Lokomotive in einer Schneewehe steckenblieb oder bei zu starker Eisbildung auf den Schienen an einer Weiche einfach umkippte. Es gab nur einen Bahnsteig, aber eine große runde Uhr oben am Dienstgebäude, drinnen waren der Fahrkartenschalter, ein kleiner Gepäckraum und eine Gaststätte.

Als wir bei der Schnitzeljagd am Bahnhof angekommen waren, sah Rudi, dass am Eingang ein paar Holzspäne an der Tür zur Gaststätte befestigt waren; wir gingen also hinein und wurden von einer älteren sehr freundlichen Bedienung empfangen: »Ich hab euch schon erwartet, aber nicht so früh. Ihr seid ja noch pünktlicher als der Zug. Hier, da hab ich was für euch.«

Und sie gab jedem von uns ein Glas gelbe Limonade und ein großes Stück Butterkuchen. So stärkten wir uns, dann ging es weiter. Durch den Buchenwald führt die Schnitzelspur, dann kamen wir an die Kreuzung, wo der Waldweg links zur Teufelsschlucht abfiel und rechts zur Urne hochführte. Wir waren uns unsicher, wo es weitergehen sollte, denn Holzschnitze waren auf beiden Wegen zu sehen.

»Dein Vater hat wohl gemeint, wir sollen den Rundkurs fahren, über das Matteschlösschen, ein Teil links und der andere Teil rechts herum, und dann treffen wir uns wieder hier und was dann?«

Henning schaute etwas ratlos drein, Teddy grinste:

»Das sieht meinem Vater ähnlich, das eine ist die richtige Spur, aber die andere führt in die Irre. Ich schätze, er möchte, dass wir erst den Weg hinunter zur Schlucht fahren, dort wird die Spur plötzlich aufhören und wir müssen umkehren. Dann wird der Rückweg beschwerlich, wie ihr wisst. also wird er bis an den Rand der

Schlucht die Spur gelegt haben. Aber ich gehe davon aus, dass der richtige Weg zur Urne führt. Denn schließlich soll ja am Ende der Fährte ein Schatz liegen, und den kann man doch besser oben im Birkenwald verstecken als in der Schlucht unten, wo dieser dreckige Bach den ganzen Weg in Matsch verwandelt. Und wenn wir alle dann dreckig nach Hause kommen, nein, das hat er sicher bedacht. Ich denke, wir fahren hoch zur Urne!«

Das taten wir dann auch, und siehe da, immer wieder fanden wir weiße Holzspäne, wir lagen also genau richtig mit unserem Weg. Noch weiter über die Urne hinaus hinter dem Birkenwäldchen, in einer kleinen Senke voller Blaubeerbüsche, fanden wir dann endlich das Ziel, den Schatz: ein in goldenes Papier gehülltes Paket.

Wir standen alle um ihn herum, als Teddy das Papier aufriss. Innen fanden sich eine richtige Indianerhaube mit Adlerfedern, ein finnisches Fahrtenmesser –»mit Blutrinne sogar!« sagte Teddy stolz, als er es in die Sonne hielt. – und Friedenspfeifen aus Lakritze mit roten und blauen Zuckerdeckeln über den Pfeifenköpfen, für jeden von uns war eine in dem Paket. Außerdem gab es da noch ein Kosmosheft über heimische Vogelarten und einen Piratenroman von Gerstäcker.

Wir saßen gemütlich in den Blaubeerbüschen und kauten an unseren Lakritzpfeifen. Auf einmal sprang Rudi auf und tanzte und fluchte und schlug sich auf Beine und Bauch:

»Diese verdammten Ameisen!«

Wir anderen erhoben uns ebenfalls und Henning begann zu lachen, zeigte auf die Stelle, an der Rudi gesessen hatte:

»Wer sich aber auch da hineinsetzen muss...!«
Tatsächlich. Hatte sich Rudi doch mitten auf einen Ameisenhaufen gesetzt. Wir bedauerten ihn zwar ausgiebig, aber konnten das Lachen nicht unterdrücken, und so tanzten wir alle um ihm und mit ihm und spielten fröhlich den Indianertanz um den Marterpfahl und schlugen mit den Händen gegen den Mund bei den gellenden Schreien, das gehörte ja dazu.

»Yauyouyujuchuyawahja« oder so ähnlich. Als Rudi sich etwas beruhigt hatte, fuhren wir dann zurück. Bei Teddy gab es im Garten ja noch Apfelbowle und Schokoladentorte.

9

Als die Sommerferien gerade vorüber waren, kam Opas Freundin, Frau Hannah Burgdorf, wieder. Sie wollte eine Woche bei uns wohnen und Opa freute sich sehr darüber. Es gab nämlich in Hannover ein Treffen von ehemaligen Marinesoldaten, auch deren Angehörige waren eingeladen, und diese Frau Burgdorf wollte da auch hin, jedenfalls den einen Nachmittag. Am Abend gab es einen Ball, und sie tanzte gern, so sagte sie jedenfalls. Von meinen Eltern wusste ich, dass sie jeden Mittwoch nach Wunstorf zur Tanzschule fuhren und dort eine Menge Spaß hatten, so jedenfalls erzählte es meine Mutter. Auch Opa als Kriegsteilnehmer des ersten Krieges durfte mit, und da sie beide nicht autofahren konnten, musste Mutter sie nach Hannover kutschieren. Aber sie wollte nicht ohne Vater auf den Ball gehen und so kam es, dass alle Erwachsenen das Haus verließen und ich freie Bahn hatte. Vorher aber musste ich noch die Kleider von Mutter und Frau Burgdorf bewundern und auch mein Vater in seinem Smoking sah blendend aus. Opa hatte sich als einzigen Schmuck die Nadel der Kap-Hoorniers angesteckt; die Nadel erhielten nur diejenigen, die das Kap Hoorn auf einem Segelschiff umfahren hatten. Alle waren guter Laune und stiegen fröhlich in unseren Benz, Mutter fuhr hupend los und ich hatte frei!

Erst hatte ich vor, mit Ursel, unserem Hausmädchen, Schaf und Wolf zu spielen, aber dann fiel mir etwas viel besseres ein. Das Wetter war gut, ein leichter Wind und klare Luft, die Sonne hatte Gras und Äcker gut angewärmt, also rief ich Henning und Rudi an und fuhr schnell mit dem Rad bei Karlchen vorbei, wir wollten auf Aderholts abgeerntetem Acker ein kleines Feuer machen und Würstchen grillen. Die Würstchen besorgte ich aus der Vorratskammer der Heilstätte und das Brot auch, Ursel nahm Senf, Zündhölzer, Brauseflaschen und eine Flasche Spiritus in ihrem Korb mit und so zogen wir fröhlich am Abend auf den Acker. Die anderen kamen auch bald und suchten trockene Äste und Papierfetzen, Karlchen brachte eine große Tüte Holzabfälle aus der Werkstatt mit und dann saßen wir alle um die züngelnden Flammen und hielten unsere Würste aufgespießt an grünen Zweigen hinein und ließen sie braun oder schwarz werden. Es schmeckte einfach wunderbar. Wir redeten über Filme, über Fußball und die Olympiade, Ursel erzählte eine traurige Geschichte von ihrer Mutter auf der Flucht, wie diese auf der zugefrorenen Ostsee eingebrochen war und beinahe ertrunken wäre, ich erzähle von Opas »Sitzung« auf der »Derflinger« in der Schlacht von Skagerak, es wurde allmählich dunkler, die Sterne funkelten klar und deutlich über uns, wir ließen das Feuer langsam ausgehen und wurden auch etwas bettschwer. zufrieden und satt traten wir das Feuer aus und zogen nach Hause. Die Eltern kamen erst spät in der Nacht zurück, und am nächsten Morgen saß ich allein mit Ursel in der Küche und frühstückte, sonst schlief alles im Haus noch. Zum Mittagessen sah ich die anderen wieder, alle schienen sehr zufrieden mit dem Festabend zu sein, Vater brachte sogar die Frau Burgdorf zum Lachen und Opa gönnte sich nach dem Essen auf der Veranda eine extra lange Zigarre.

Es war ein schöner und trockener Tag und so fuhr ich mit Rudi und Henning die Straße hoch bis zur Krone, das heißt, wir fuhren etwa die Hälfte der Strecke, den steilen Teil schoben wir unsere Räder.

Manchmal im Winter, meist an Sonntagen, wenn alles voller Schnee lag und keine Lastwagen fuhren, dann zogen wir die Schlitten auch diese steile Straße hoch und sausten dann die drei, vier Kilometer von der Krone – so hieß das Gasthaus dort auf der Bergkuppe – bis hinunter zum Bahnhof, alles in einem Rutsch und mit viel Gejuche. Wir durften uns nur nicht von dem Gendarmen erwischen lassen; auch unsere Eltern hatten etwa dagegen, da gab es so manchen rotgehauenen Hintern in der Zeit.

Heute jedenfalls ging es mit den Rädern in die kleine Lichtung zum Pilzesammeln. Aber als wir dort ankamen, waren da schon ziemlich viele Menschen, vor allem ältere Frauen, die auch auf der Suche nach Pilzen waren, so dass wir unseren Plan aufgaben. Das war auch insofern besser, als wir nicht so furchtbar viel Ahnung von Pilzen hatten. Wir fuhren dann also zurück, ich ließ das Rad einfach laufen und bekam ein tolles Tempo drauf, an der Kreuzung gab es einen heftigen Ruck, das Rad bockte, ich sauste über die Lenkstange und dann weiß ich nichts mehr.

Ich wachte zu Hause in meinem Bett auf und Mutter schaute ganz besorgt und der Doktor Claasen war auch da und mein Bein tat weh. Wie mir Rudi dann erzählte, war mein Vorderrad aus der Gabel gesprungen, da war ein Teil einfach weggebrochen, und ich war kopfüber gegen den Kantstein geknallt, die eine Strebe der Vorderradgabel hatte sich in meinen rechten Oberschenkel gebohrt. Mutter verpflasterte die Wunde, die Doktor Claasen desinfiziert und gesäubert hatte, er hatte einen Tampon hineingedreht und dieser wurde dann nach zwei Tagen wieder gezogen, das war das Schmerzhafteste überhaupt. Die Narbe habe ich heute noch.

10

An einem schönen Herbsttage begannen mein Großvater und ich, die Walnüsse zu ernten. Albrecht hatte uns zwei große Weidenkörbe unter den Baum gestellt und Opa nahm die stabile Gartenharke, die breite mit den zwölf Zinken, und begann damit, auf die Äste des Nussbaums zu schlagen und sonst die Zweige abzuharken, soweit er eben nach oben mit der Harke reichte. Ich sammelte die herunterfallenden Nüsse auf und warf sie in den Korb.

Dabei unterhielten wir uns fröhlich, Opa berichtete von der Teeernte in Afrika, die er miterlebt hatte, als er mit er seinem Schiff, der »Derflinger«, in Mombasa für eine Woche noch vor dem ersten Weltkrieg angelandet war. Wir schwitzten ganz schön und Opa zog nach einer halben Stunde sein Jackett aus und hängte es über einen Rosenbusch. Nach etwa einer Stunde war der erste Korb voller Nüsse und ich zog den anderen Korb an den Rand des Rosenbeetes, damit ich dort leichter die Nüsse hineinwerfen konnte.

Auf einmal schwang sich ein großer, dunkel gekleideter Mann mit einer schwarzen Pudelmütze vorm Gesicht, in die waren zwei Löcher für die Augen geschnitten, über die Buchsbaumhecke, ergriff den vollen Korb und wollte wieder zurück. Da holte mein Großvater aus und rammte dem dreisten Dieb die scharfen Zinken der Harke in den Hintern, so dass der Mann allein schon durch diesen Schwung mitsamt der schweren Last auf seiner Schulter flugs über die Hecke flog und dann wegrannte.

Ich habe meinen Großvater noch nie so fluchen hören; ich hätte mir gern das eine oder andere Wort gemerkt, aber ich stand da mit offenem Mund und schaute nur meinen Opa an, der mit drohender Faust dem Dieb nachbrüllte; er war ganz rot im Gesicht und ich denke, dieses Fluchen und Schimpfen in deutsch, englisch und anderen Sprachen dauerte wohl über zehn Minuten; endlich hatte er sich gefasst, wischte mit seinem Taschentuch übers Gesicht, sah mich an und begann zu lachen, ganz laut und ganz lange.

Dann ging er zu seiner Jacke, holte eine Zigarre heraus und zündete sie an:

»Weißt du, mein Junge,« wandte er sich an mich, »So etwas Freches hab ich lange nicht erlebt! Der war ja ganz gewandt, nicht wahr, und das soll ihm erst mal einer nachmachen, so mit einem Satz und dem schweren Korb über die Hecke, alle Achtung. Der hat sich seine Nüsse reich verdient, und er wird noch eine ganze Weile daran denken müssen, denn die Zinken der Harke sind ja ganz schön scharf.«

Ich holte für Opa die Harke und wir machten mit unserer Arbeit weiter, bis auch der zweite Korb voller Nüsse war. Dann holte ich Albrecht mit seiner Schubkarre und wir fuhren die Ernte in den Keller. Unterwegs erzählte Opa natürlich die Geschichte von dem Dieb, und Albrecht lachte auch. Ich aber bewunderte die Tatkraft und Zielsicherheit, mit der mein Großvater dem Kerl die scharfen Zinken in sein Hinterteil geschlagen hatte. Als wir bei Abendbrot dieses Abenteuer erzählten, musste sogar mein Vater schmunzeln.

Die von uns gesammelten Nüsse wurden sorgfältig im Keller gelagert, und im November wurden sie geknackt, meine Oma zerrieb sie dann in einer kleinen Handmühle, mit Zucker und Kakao rollte sie aus dem Nusspulver dann kleine Kügelchen, die zergingen auf der Zunge. In der Zeit vor den Weihnachtstagen bekamen wir immer wieder eine kleine Handvoll davon, als Vorfreude auf die schönen Feiertage.

Zum letzten Mal hörte ich von Hannah Burgdorf im Februar, als meine Eltern sich beim Abendessen über sie unterhielten, Opa war mit seiner leichten Erkältung seit einigen Tagen schon im Bett, und Mutter meinem Vater erzählte, dass Frau Burgdorf in den Osterferien ihrer Töchter mit allen beiden nach New York fliegen wolle, mein Großvater habe diese Flüge den dreien zu Weihnachten geschenkt. Vater zerschnitt seine Tomate und meinte nur, dann habe sich für diese Frau ja sicher die Bekanntschaft mit Opa gelohnt.

»Sei nicht so lakonisch!«, meinte Mutter, »Sie hat ihm richtig gut getan. Er ist doch wirklich aufgeblüht, denk nur, wie er im Sommer mit ihr herumgewandert ist. das hatte er ja schon jahrelang nicht gemacht. Er ist richtig mobil geworden. Sie war für ihn genau die richtige Medizin. Und sie ist ja ziemlich intelligent, am Telefon neulich haben wir genau über Opas Beziehung zu ihr geredet und sie hat deutlich gemacht, dass er für sie eher so etwas wie ein Onkel ist.«

»Ein Erbonkel.«

»Das sehe ich anders. Opa hat ihr gelegentlich ein paar Kleinigkeiten geschenkt, das ist wahr, aber das hat sich alles immer im Rahmen gehalten.«

»Aber so ganz billig wird es sicher nicht, ein Flug nach New York für drei Leute.« Vater schaute Mutter nachdenklich an.

»Ich denke, das können wir uns schon leisten. Und was gib er denn schon für sich selber aus, frag ich dich. Außer den Zigarren hat er doch keine Ausgaben, und so ein Flug kostet auch nicht die Welt. In den Büchern jedenfalls stehen wir doch ganz gut da, wie dir auch der Steuerberater erklärt hat.«

»Sicher, Petersen hat uns ein günstiges Jahr prophezeit. Aber ich meine, für drei Frauen so ein Flug, das war schon ein teures Geschenk.«

»Ich denke auch, dass die Burgdorf das so sieht. Aber

sie hat sich mehr als nur gefreut. Ich hab mit ihr gestern noch geredet, sie selbst hätte sich so etwas nicht leisten können. Aber sie hat eine gute Bekannte drüben, die nimmt sie bei sich auf, denn das Wohnen in den Staaten ist auch nicht gerade günstig, zumal im Big Apple.«

Ich wusste, dass Mutter auch schon in New York gewesen war, das war vor dem letzten Krieg, und sie war mit dem Schiff von Bremerhaven aus losgefahren, zusammen mit meiner Großmutter. Wenn ich in der Küche etwas naschen wollte, stieß ich oft auf den Silberlöffel mit dem Motiv des Centralparks, den sie von dort mitgebracht hatte.

Mein Vater war auch einmal auf einem Schiff gefahren, er fuhr damals nach England mit einem Dampfer der Aktion »Kraft durch Freude«; das war von Staats wegen für viele arbeitende Menschen eingerichtet worden, die sollten sich auf so einer Schiffsreise erholen. Aber mein Vater erzählte, dass er bei dem hohen Wellengang im Kanal vorn am Bug gestanden habe und sich ernsthaft überlegte, ob er nun ins Wasser springen solle oder nicht, dann würde dieses Würgen in der Kehle und die Übelkeit vom Magen her sicher aufhören. Zum Glück hat er es nicht getan, denn dann wäre ich ja nicht auf der Welt.

Im Winter wurde mein Großvater sehr krank und im Frühjahr verstarb er dann. Frau Burgdorf kam noch einmal zur Beerdigung, aber ich habe sie nicht sehen können, denn ich lag zu Hause mit einer Grippe im Bett, als die Trauerfeier stattfand.

DER SCHATZ

Ulla hatte nicht gut geschlafen. Sie hatte zwar in ihrem eigenen Bett gelegen, ein breites solides Holzbett mit der eigens für sie ausgesuchten bequemen Matratze, aber sie hatte sich immer wieder herumgewälzt und sogar ein wenig geschwitzt. Es war natürlich nicht das Bett, es war die ungewohnte neue Umgebung. Alles war fremd, alles roch so anders, keine vertrauten Geräusche in der Nacht, selbst die Dunkelheit erschien ihr weniger dunkel zu sein. Sie waren erst gestern umgezogen in diese neue Wohnung.

»Es wird langsam Zeit,« hatte ihr Mann Gerhard im November zu ihr gesagt, »ich merke es in den Oberschenkeln, und mein Rücken erst; diese Treppen, und auch mit dem Atem, ich bin völlig fertig, wenn ich oben bin.«

Auch sie selbst hatte den Aufstieg zur vierten Etage nicht mehr in einem Rutsch geschafft, wenn sie vom Markt mit dem schweren Einkaufsnetz die Treppen emporgestiegen war. Sie hatten alles auch mit ihren beiden Kindern, Maria und Jens, besprochen, und diese waren auch dafür, dass sich ihre Eltern nicht mehr so quälen sollten. So hatte sich also Gerhard umgehört, in der Zeitung unter Immobilien nachgeschaut und sie hatten ihre Freunde und Bekannten angesprochen, und da war es ein Glücksfall gewesen, diese Eigentumswohnung war im Februar freigeworden. Ein langer braunschimmernder Wohnblock mit insgesamt vier Eingängen, die Wohnung in der dritten Etage, aber mit Fahrstuhl. Es waren vier große Zimmer, zur Strasse drei schöne Zimmer und zum Hof das Schlafzimmer, Bad und Küche mit kleiner Speisekammer. Die voll eingerichtete Küche hatte sogar eine Geschirrspülmaschine, und es gab einen schmalen Balkon am Wohnzimmer. Ulla hatte die neue Wohnung gleich gefallen, es war weniger Arbeit, sie konnte alles gut mit dem Staubsauger reinigen, und das leidige Abnehmen und Aufhängen der Gardinen war auch erheblich leichter, denn in allen Zimmern waren Gardinenschienen schon in der Decke eingelassen. Sie brauchte also nur neue Befestigungsröllchen zu kaufen. Die Wohnung lag zwar in einem ganz anderen Stadtteil, sie mussten mit dem Bus fahren, wenn sie ihre alten Freunde in der gewohnten Umgebung besuchen wollten. Aber es gab einen Supermarkt nur fünf Gehminuten entfernt, und dieser hatte am Schaufenster die angenehme Ankündigung, dass alle Bestellungen auch am gleichen Tag noch ins Haus geliefert werden konnten.

Ulla rückte das pralle große Kissen an die Rückwand und setzte sich bequemer. Sie hörte Gerhard neben sich leise schnarchen; er schien von den Aufregungen eines Umzugs nicht weiter berührt zu sein. Ulla seufzte leise. Sie hatten fast dreißig Jahre in der alten Wohnung gelebt, sie kannte dort jede Ecke, jede Kante, hatte selbst oft genug neu tapeziert. Natürlich hatten sie die Wohnung nicht »besenrein« übergeben, sondern Ulla hatte sie gründlich gereinigt. Nur den dunklen Fleck, - er war vor acht Jahren als Auswirkung von Gerhards Bemühungen, selbst Heidelbeerwein herzustellen, durch den Teppich auf die Bohlen gelaufen und hatte sich hartnäckig geweigert, ganz entfernt zu werden - den hatte auch Ullas letzte Anstrengungen nicht wegputzen können.

Sie hatten schon Wochen vor dem Umzug begonnen, ihre Besitztümer zu sortieren. Ein paar Bilder hatten sie den Kindern mitgegeben, und Ulla hatte gründlich in der Küche aufgeräumt und viele Küchengeräte, die sie meinte, nun nicht mehr zu brauchen, hatten sie in Feli Dunckers Auto zu der Containersiedlung gebracht, in der die Stadt syrische Flüchtlinge untergebracht hatte. Die Helfer dort hatten gern die Küchengeräte, die Töpfe, Pfannen und das Geschirr entgegengenommen und Ulla hatte ziemlich stolz gesehen, wie sich die Freude über die gepflegten und sehr brauchbaren Sachen in den dunklen Gesichtern der Flüchtlingsfrauen wiedergespiegelt hatte.

Sie hatte daraufhin gleich die Schränke durchgeschaut und so manches Kleidungsstück für die Flüchtlinge aussortiert. Auch Gerhard hatte sich wenn auch schweren Herzens von so manchem liebgewordenen Jackett, Pullover oder Mantel getrennt. Die für spätere Gelegenheiten im Alter zurückgelegte Sportbekleidung, wobei die Turnschuhe noch in den Originalkartons eingepackt waren, hatten sie vollständig in die blauen Säcke gesteckt, die ihre Freundin Feli dann abgeholt und weggebracht hatte.

Gerhard hatte am Wochenende seine von ihm so geliebte Sammlung von Schnupftabaksdosen eigenhändig eingepackt. Er hatte nie geraucht und auch nicht geschnupft, es war auf einem Ausflug nach Berlin gewesen, sie hatten dort in einem Museum die Sammlung von Friedrich dem Großen gesehen und ganz plötzlich war Gerhards Liebe zu den kleinen meist porzellanenen Döschen erwacht. Seither gingen sie auf jeden Flohmarkt in der näheren Umgebung und Gerhard blieb vor jedem Antiquitätengeschäft stehen und beäugte dessen Auslagen in allen Städten, die sie bereisten, und hin und wieder fand er auch ein schönes Sammlerstück. Ulla konnte das gut tolerieren, die Sammlung nahm nicht sehr viel Platz weg und sie war eher froh, dass ihr Mann sich als Hobby nicht wie Günter Wennheim eine Anlage für die elektrische Eisenbahn ausgesucht hatte. Der Günter hatte schon ein ganzes Zimmer mit dem Aufbau und der Fertigstellung seiner Schienenplanung und dem Bauen ganzer Dörfer und Tunnel beschlagnahmt und seine Frau Gisela war ganz verzweifelt, weil Günter jetzt kaum noch Zeit für gemeinsame Aktivitäten hatte und zweitens noch mehr Raum der gemeinsamen Wohnung beanspruchte. Nein, da war Ulla schon Gerhards ruhige Sammelleidenschaft von Schnupftabaksdosen tausendmal lieber.

Das Licht vom Fenster her wurde zusehends heller. Jetzt, Anfang Juni, begannen die Tage früher. Heute wollte sie als erstes hier im Schlafzimmer die Gardinen anbringen, das würde sie ohne Gerhards Hilfe machen können, sie hatte ja den klappbaren Hocker, eine Leiter brauchte sie nun nicht mehr für die Gardinen, das war auch ein Vorteil der neuen Wohnung.

Sie stand auf und schaute aus dem Fenster hinunter in einen Innenhof. Gesäumt von drei anderen ähnlich hohen und aus dem gleichen Stein gebauten Wohnblocks sah sie unten auf einen Spielplatz mit Wippe, Sandkiste und Klettergerüst, dürre Buchsbaumhecken trennten diesen ab von einer Art Rasen, auf dem drei Bäume sich um Höhe bemühten und ihre kleinen Blätter der

Sonne entgegen reckten. Sandwege ringsherum und quer, eine sicher alte Teppichklopfstange am Rande, das war alles. Teppichklopfen, wann hatte sie so etwas wohl zum letzten Mal gesehen? Das musste ja schon Jahrzehnte her sein. Noch bevor sie ihre alte Wohnung bezogen hatten, ja, sie war noch nicht einmal mit Gerhard zusammen gewesen, das war bei Schindlers gewesen, als sie während der Ausbildung dort in Untermiete gewohnt hatte.

Ulla putzte sich die Nase und ging ins nächste Zimmer, ins Badezimmer. Die undurchsichtigen Scheiben machten das große Fenster blickdicht, aber die Morgensonne erhellte schon den Raum, so dass Ulla sich im Spiegel über dem Waschbecken gut sehen konnte. Sie machte sich für den Tag fertig, zog ihren Morgenrock an und ging dann in die Küche. Dort standen etliche Kartons auf und unter der langen Arbeitsplatte, auf dem Herd war ein schwerer mit der Aufschrift »Küchengeräte«. Diesen öffnete Ulla zuerst und holte Wasserkocher, Messbecher, zwei große Pfannen, die kleine Eierpfanne –so nannte sie Gerhard immer, weil in dieser kleinen gusseisernen Pfanne Ulla nur Spiegeleier briet und sonst nichts – Muskatreibe, Kaffeemaschine, Schöpfkellen, Holzlöffel, Waffeleisen, eine indische Blechdose mit Assamtee, den Käsehobel, Nudelholz und Kuchenformen hervor, stellte alles beiseite und füllte zunächst die Kaffeemaschine mit Wasser und gemahlenem Kaffee und schaltete sie ein. Dann ordnete sie die Umzugskartons so, dass ein wenig Platz entstand.

Mein Gott, wie viel Kram sich doch in einem Haushalt findet. Dabei hab ich doch schon so viel weggeschmissen oder verschenkt. Man hat eben immer zuviel. Und Gerhard ist immer noch der Meinung, dass man von guten Dingen nie genug bekommen kann. Mag ja sein, dass er recht hat, ich möchte auch viele gute Dinge haben. Aber ich brauche doch keine zwei Bügeleisen oder Messerblocks, lieber hätte ich zwei große Fächer mehr im Kühlschrank, dann könnte ich so viel Spargel einfrieren, der wird jetzt immer günstiger. Und dann im Herbst, zu seinem Geburtstag, da mache ich dann eine große Spargelplatte mit Katenschinken. Den Schinken gibt es ja das ganze Jahr über, aber der Spargel...

Die Kaffeemaschine signalisierte, dass der Kaffee fertig durchgelaufen war. Ulla goss sich eine Tasse ein und begann mit dem Einräumen der Töpfe und Pfannen in die Unterschränke und die beiden Hängeregale. Sie fand es besonders elegant, dass hier direkt über dem Herd ein Gewürzregal angebracht war. Leider passten ihre großen Dosen mit getrockneten Zwiebeln und Kerbel nicht hinein. Sie kramte und sortierte, trank hin und wieder einen Schluck Kaffee und faltete die leer gewordenen Kartons, stellte sie auf den Flur. Die kamen dann alle hinunter in die Kellerräume, wo schon ein Teil der nicht mehr oder noch nicht genutzten Dinge lagerten. Für Gerhard war das auch ein wesentlich positiver Grund gewesen, sich für diese Wohnung zu entscheiden:

»Weißt du, so ein abgetrennter Keller, da kann man vieles lagern, und wenn man dann merkt, so nach einigen Jahren, dass man da einen Karton hat, den man noch nie aufgemacht hat, den kann man dann getrost wegwerfen. So reduziert man mit der Zeit ohne große

Anstrengung sein Hab und Gut und nur das bleibt übrig, was man wirklich braucht.«

Ulla hatte gelacht und dann auf die vielen Kartons mit den Schallplatten gezeigt.

»Du hast vielleicht Ansichten. Glaubst du denn, dass du auch nur ein Drittel von den Schallplatten hören wirst im Laufe des Jahres, und wirst du dann vielleicht im nächsten Mai die nicht gehörten Platten alle wegwerfen? Das glaubst du doch selber nicht!«

»Da magst du recht haben. Aber mit Platten, mit Musik ist es doch eine ganz andere Sache. Du weißt doch selbst, es hängt immer von der Stimmung ab, ob man Musik hört und welche. Ich kann nicht jeden Tag Sibelius hören oder auch Benny Goodman, an manchen Tagen ist eben Mozarttag, andere sind für Beethoven oder Schubert oder schlichte Schlager. Dein geliebter Hans Albers, den kannst du doch auch nicht jeden Tag singen hören, oder die rote Milva.«

»Also, du kannst daran mal wieder sehen, alles hat seine Ausnahmen. Wir werden also alle Platten behalten, und wenn wir mit neunzig dann noch Milva hören wollen oder Schubert, dann können wir es einfach tun. Wir haben es ja im Hause.«

Ulla kniete vor einem der Unterschränke und räumte das Waffeleisen ganz hinten in die Ecke, sie würden es in der nächsten Zeit wohl nicht brauchen, als Gerhard in der Tür stand und laut lachte. Ulla kam hoch, ihr Kopf war deutlich gerötet, und sie wischte sich ein paar Haare aus dem Gesicht.

»Na, meine Schöne, das find ich aber gut, dass du früh am Morgen schon vor mir niederkniest.«

Ulla stand auf:

»Das machen eigentlich die Männer vor mir. Sie werfen sich in den Staub, damit ich sie beachten soll und mit ihnen rede. Aber du, du bist mir einfach zu urban für so etwas. Also, denk daran, du alter Ehekrüppel, deck den Tisch im Esszimmer und stell schon mal die Stühle auf.«

»Ich weiß etwas Besseres: ich werde losgehen und uns frische Brötchen holen, Frau Gräfin. Du machst weiter Ordnung und deckst den Tisch und ich gehe, wie es die Männer zu allen Zeiten gemacht haben, sie gingen hinaus in die Welt, um für Frau und Kinder Brot und Fleisch zu erbeuten.«

Sie gaben sich einen Kuss und Gerhard ging ins Bad. Ulla stellte im Wohnzimmer die Kartons so um, dass sie vom Tisch aus einen freien Blick aus dem Fenster haben konnten, stellte die Stühle auf und suchte nach einem freien Platz für den Karton mit der Aufschrift »Konserven«. Als sie ihn gefunden hatte, nahm sie Butter, Marmelade, die verpackte Wurst und die Plastikdose mit dem Käse aus dem Kühlschrank; die Gurkensticks und die Sülze im Glas ließ sie stehen bei den dort schon platzierten angebrochenen Flaschen und Gläsern mit Ketchup, Remoulade, Sahnemerrettich, roter Chilisauce, Majonaise und Orangenmarmelade. Dann holt sie einmal tief Luft, ging ins Schlafzimmer und zog sich an.

Die ganzen nächsten Tage waren Ulla und Gerhard Bahnsen mit dem Ausräumen der Umzugskästen und dem Einräumen in Regale, Schränke und Kommoden beschäftigt. Gegen Ende der Woche konnten sie schon Besucher einladen, und als erste kam Felicitas Duncker mit ihrem Mann Heiner. Sie bewunderten die Wohnung und Feli konnte nicht anders als sich über die Bilder aufzuregen:

»Sagt mal, dieses Mädchen, und das im Schlafzimmer. Braucht ihr denn immer noch solch erotische Anregungen?«

Gerhard wandte sich ab und ging ins Wohnzimmer, die Gläser mussten neu gefüllt werden. Er konnte Felis Getue, wie er es nannte, nicht gut ab. Aber sie war nun mal Ullas älteste Freundin, da hatte sie gewisse Vorrechte. Am Nachmittag kamen noch Detlev Plückhahn mit Frau und dem kleinen Kind, der Sohn war erst fünf Monate alt und Vaters ganzer Stolz. Alle lobten Ulla und Gerhard für den geglückten Umzug:

»Und dann der Lift. Wenn ihr erst mal ins Alter kommt, ich meine so richtig, und die Knochen dann nicht mehr so recht wollen, dann werdet ihr noch sehr dankbar sein für den Aufzug. Und die ganzen schweren Wasserflaschen braucht ihr auch nicht mehr zu schleppen.«

Am Sonntag kamen Günter Wennheim und seine Frau Gisela. Sie brachten für die beiden Wohnngsbesitzer eine Neuheit mit, einen Sodastreamer.

»Das ist ganz einfach und es erspart euch das Kistenschleppen und das Zurückbringen des Leergutes. Ihr füllt hier einfach die Plastikflaschen mit Leitungswasser und dann zisch, gebt ihr aus dem Sprudler die Kohlensäure dazu. Und dann macht ihr je nach Geschmack noch einen Zusatz hinein, Cola oder Orange, Minze oder Apfel. Dann braucht ihr später nur noch die leere Patrone im Supermarkt gegen eine volle neue zu tauschen. Kein Kistenschleppen mehr, schont Rücken und

Gelenke. Und ihr habe immer genau das Getränk, was ihr wollt.«

Ulla bedankte sich und Gerhard probierte gleich die erste Flasche aus, er nahm Orangengeschmack. Sie alle probierten und fanden es gut. Am Abend beim Insbettgehen meinte Gerhard:

»Das war eine wirklich gute Idee, das mit der Kohlensäurepatrone. Ich wünschte mir nur, es gäbe sowas auch für Wein oder Bier.«

»Also für Wein, den können wir uns ja liefern lassen, und da ist in der Speisekammer noch viel Platz. Das mit dem Bier, nun ja, vielleicht musst du in Zukunft nur noch in der Kneipe trinken. Da ist doch eine gleich um die Ecke, hab ich gestern gesehen.«

Im Laufe der Woche klingelte Gerhard bei den anderen Mietern oder Besitzern der Wohnungen im Block, stellte sich vor und lud sie ein, doch zu ihnen zum Kaffee zu kommen. So lernten sie in den ersten beiden Wochen ihre Nachbarn kennen, bis auf die Familie Gerberding, die waren vereist. Herr Missfeld aus dem zweiten Stock, der auch eine Eigentumswohnung erworben hatte, aber schon vor zehn Jahren, erzählte ihnen von den Vorbesitzern:

»Also die Robrahns waren eine nette Familie, tragisch war es schon, sie hatten sich erst vor vier Jahren hier eingekauft. Und dann dieser schreckliche Autounfall, es war Glatteis, mitten im Februar. Nein, Kinder hatten die nicht, sie waren aber miteinander ganz zufrieden, soweit ich weiß. Er war bei der Stadt beschäftigt gewesen, ein echter Beamter. Die hatten alles schon geregelt, ich meine das mit der eigenen Beerdigung, es gab nur eine

Seebestattung, sie hatten ja keine Verwandte, die sich um eine Grabstätte hätten kümmern können. Ihren Nachlass hatten sie dem Tierschutzverein gestiftet. Die sind dann auch gekommen und haben alles leergeräumt.«

Und dann zeigte er ihnen noch ein paar Fotos, von einem der vielen Hoffeste der letzten Jahre, auf denen konnten sie die Vorbesitzer, wenn auch etwas verschwommen, sehen. Ulla warf nur einen kurzen Blick darauf, sie mochte irgendwie nicht an die toten Vorbesitzer denken, das verursachte bei ihr ein seltsames Ziehen im Magen, überhaupt hatte sie immer viel Mühe, wenn es um Tod oder Beerdigungen ging, sie schob derartige Gedanken meist schnell weg.

Von allen Nachbarn gefiel ihnen am Besten die Familie Schubert, der Mann, Rudi, war bei den Stadtwerken und zuständig für Wasser und Abwasser und deren Weiterentwicklung. Ulla fand das prima:

»Dann kann er ja sofort etwas unternehmen, wenn unsere Leitung mal defekt sein sollte oder der Hahn in der Wanne leckt.«

Gerhard konnte sich mit Anne Schubert, Rudis Frau, auch anfreunden, sie verstand viel von Kunst, Mode, zeitgeschichtlichen Entwicklungen, und er zeigte ihr voller Stolz seine kleine Schnupftabakdosensammlung, die er im sogenannten Arbeits- und Gästezimmer in der obersten Schublade seiner Kommode in eleganten Pralinenkartons verwahrte.

»Wie sind Sie nur auf solch ein Sammlergebiet gekommen?«

Anne war begeistert, besonders von den bemalten Biedermeierdosen; davon besaß Gerhard vier, die waren so um 1830 datiert. Er hatte sie auf einer Auktion im Winter günstig erwerben können.

»Wissen Sie, Anne, ich habe mich seit der Schulzeit immer für Geschichte interessiert und war dann so begeistert vom alten Fritz, dem König von Preussen. Aber meine finanzielle Lage erlaubte mir natürlich nicht, einen großen Garten zu haben oder gar Windhunde zu züchten, da bin ich dann, als ich endlich in Rente war, im Urlaub in Bayern auf die Tabatieren gestoßen. Die Bayern schnupfen ja ziemlich viel, sie nennen es dort Schmaltzler. Und es gibt viele Hersteller von original bayerischen Schmalzlertabak. Also Friedrich der Große würde sich ja im Grabe umdrehen, Schmalzler, nein, er nannte es Tabak und Tabatiere. Aber ich habe leider nie französisch in der Schule gehabt. Aber mir gefiel es dann ganz gut, auch so eine kleine Macke wie der große Preusse zu haben, und so bin ich irgendwie auf das Sammeln dieser kleinen Kostbarkeiten gekommen.«

»Ist es denn sehr teuer, ich meine, diese alten Stücke, die sind doch eher etwas für das Museum, oder?«

»Aber nein, das geht schon. Sehen Sie, diese Dose aus dem Biedermeier, ich liebe sie besonders, die habe ich für nur vierhundertzwanzig Euro ersteigert. Und diese dort, die silberne, das ist eine aus Amerika, Chicago, wie der Stempel sagt, so um neunzehnhundert, die hat mich dreihundertneunzig Euro gekostet. Aber natürlich gibt es auch wahre Schätze, da wurde mir neulich eine angeboten, aus Meissen, Porzellan, so um 1750 herum, die sollte fast zwanzigtausend Euro kosten. Ich bin ja nur ein bescheidener Sammler, meist sind meine Tabatieren aus Bakelit, oft Berlin um 1920, oder Horn, oder bemaltes

Holz, die Engländer haben so etwas gern gemacht. Aber seit die Perestroika in Russland gegriffen hat, kommen auch immer mehr russische Dosen auf den Markt. Ich habe diese da ziemlich günstig kaufen können, nur knapp zweihundert Euro, auf dem Flohmarkt Ostern.«

Er zeigte Anne eine kleine Holzdose mit sehr feinen Lackarbeiten, eine Jagdszene. Wenn auch oft die Tabatieren Szenen der Jagd zeigten, ein paar waren auch eindeutig erotischer Natur, Anne betrachtete sie sehr interessiert, Gerhard war es eher peinlich.

»Sehen Sie, diese Bakelitdosen waren wohl eher etwas für die Herren, die im Berlin der Zwanziger durch die Kabaretts streiften und sich vergnügen wollten. Und damals war der Schnupftabak oft mit Kokain vermischt, so seht es jedenfalls in den Gazetten von damals.«

»Ach, dann sammeln Sie auch alte Zeitschriften?«

»Aber nein. Nur hin und wieder nehme ich eine mit, wenn es geht, aus den zwanziger Jahren oder auch die dreißiger, mich interessiert, was damals so an Allgemeinwissen verbreitet wurde. Aber richtig sammeln, nein, ich bin schon froh, dass Ulla mir diese kleine Leidenschaft nicht übelnimmt, im Gegenteil, sie begleitet mich auf den Flohmärkten und mitunter findet sie auch etwas für sich selbst. Sie sammelt Kochbücher, müssen Sie wissen.«

Gerhard strich über seinen schlanken Bauch:

»Und sie kocht wirklich gut, auch wenn sie das bei mir nicht sehen können. Aber das liegt in der Familie, schon mein Vater war so schlank, ihm passten noch alle Anzüge nach dem Krieg, die er in den dreißiger Jahren hatte anfertigen lassen.«

»Ach ja, wenn ich dagegen in meinen Kleiderschrank sehe...«

Anne seufzte und zog ihren Rock zurecht, »da haben wir Frauen es doch wirklich schwerer.«

»Aber wieso denn? Ich finde, dieser Modewechsel, den ihr jedes Jahr mindestens zweimal mitmacht, er hat sich doch längst überholt. Heutzutage kann doch jede Frau das tragen, was sie will. Sie muss nicht mehr die Kleiderlänge rauf oder runter haben, um gut angezogen zu sein. Ich denke, es ist die Qualität des Stoffes oder der Schnitt, der heute den Schick einer Frau ausmacht.«

»Und abgesehen davon,« Anne klimperte ironisch mit den Wimpern und sah zu Ulla hinüber, »In unserem Alter stehen wir nicht mehr auf der Dessertkarte der meisten Männer.«

Alle lachten und es wurde noch ein fröhlicher Nachmittag.

Nach etwa vier Wochen hatten sich Ulla und Gerhard schon ziemlich gut eingewöhnt. Ulla kochte wie immer gut und gern, der Supermarkt hatte eine hervorragende Fleischabteilung, und sie hatten dort einen jungen Lehrling, der am späten Nachmittag noch schwere Einkäufe ins Haus brachte.

Die Bahnsens gingen oft Arm in Arm spazieren, um ihr neues Stadtviertel kennenzulernen. Sie saßen auf dem neu angelegten großen Spielplatz im Grünen auf einer der Bänke, die für die Mütter dort hingestellt worden waren, schauten in der verkehrsberuhigten Strasse in die meist gepflegten Vorgärten und lernten auch hinten am Ende der Besiedlung, hinter den vielen Neubauten, die kleinen Schrebergärten kennen. Dort flanierten sie, wenn die Sonne nicht zu heiß schien und konnten viele Vögel singen hören, sogar Hasen konnten sie beobachten. Sie waren mit ihrer Wahl ganz zufrieden. Als der Frühsommer so richtig begann mit Temperaturen über dreißig Grad, da sortierte Ulla ihre Garderobe und die von Gerhard gleich mit, alles wurde in mottensichere Plastiksäcke gepackt, der Reißverschluss dichtgezogen und Gerhard trug alles in den Keller. Dafür wurde die Kiste mit den Sommersachen hochgeholt und eingeräumt. Ulla beschaute ihre Blusensammlung und auch die Schuhe und meinte, sie müsse wohl doch mal in die Stadt, sie brauche unbedingt ein paar neue Klamotten.

»Denn zum einen sind meine Füße wohl etwas breiter geworden, leider kann ich die Pumps nicht mehr tragen. Und dann brauche ich leichte Shirts, am besten Baumwolle, sie kann man auch gut waschen. Und ein Paar Sommerhosen, so dreiviertel, wie hießen die noch bei uns früher, ja, Caprihosen. So was brauche ich. Und du könntest dir auch mal einen neuen Sommerhut leisten, meinst du nicht?«

Gerhard schaute seinen altgewordenen und heißgeliebten Strohhut an, sicher, er war etwas aus der Form geraten, und hinten franste er auch schon aus, aber er tat sich doch sehr schwer, ihn einfach wegzuwerfen, hatte er ihm doch jahrelang gute Dienste geleistet.

»Na gut, wenn wir auf dem Flohmarkt bei Plaza am Sonntag einen sehen, dann kannst du ihn ja wegschmeißen.«

Ulla nickte zufrieden. Sie würde schon dafür sorgen, dass auf dem Flohmarkt der passende Hut zu finden war.

Der Flohmarkt am Sonntag war ein voller Erfolg. Gerhard konnte eine gläserne Tabatiere aus Zwiesel erwerben, die so um die 1900 hergestellt worden war, und er musste nicht einmal hundert Euro dafür bezahlen. Ulla konnte zwei neue alte Kochbücher erwerben, darunter ein »Kochbuch für die Tropen«, in dem standen so exotische Rezept wie Gnusteak, Antilopenschenkel oder Schlangenragout. Natürlich wusste sie, dass sie so etwas nie würde kochen können, aber es machte ihr eine große Freude, sich da hinein zu vertiefen und wieder einmal bestätigt zu bekommen, dass der Mensch fast alles, was es auf der Erde gibt, zum Essen ausprobiert.

Und sie fand einen neuen Hut für Gerhard. Zwar nicht aus Stroh, aber ein leichter Popelinestoff, ohne Reklameaufdruck, eine flotte Form, wie sie fand, und sie konnte Gerhard schließlich überreden, den aufzusetzen. Den alten warf sie dann sofort in den nächsten Mülleimer.

Einer der Händler hatte eine kleine Vitrine mit geschliffenen Scheiben.

»Du, Gerhard, wäre das nicht etwas für deine Tabatierensammlung?«

Sie besahen sich die Vitrine genau. Das Eichenholz war sehr gepflegt, das Schloss schien neu zu sein, ging problemlos auf und zu, die einzelnen Regalfächer waren mit blauem Samt bedeckt, damit allerdings wurden auch Risse im Holz verdeckt; die Größe war angemessen für Gerhards Sammlung, nur der Preis war ihm zu hoch. Er feilschte mit dem Händler hin und her, bis endlich der Verkäufer, ein rundlicher Mecklenburger, die dunkle Mütze abnahm und sich über die paar Stoppelhaare strich:

»Oh Mann, Sie können einen aber auch nerven. Na gut, wenn Sie unbedingt wollen, und ich sehe ja, sie ist bei Ihnen in guten Händen, also lasse ich noch mal zwanzig Euro nach, wegen der paar kleinen Risse.«

Sie einigten sich und Ulla und Gerhard schleppten die Eichenvitrine zum Taxistand, luden sie ein und fuhren so standesgemäß nach Hause. Dort stellten sie das neue Möbel erst in den Kellerraum, in dem schon einige Kästen und Kisten sich drängten. Gerhard wollte dort die Riefen und Risse ausbessern. Außerdem nahm er noch die genauen Maße für den Hocker, auf dem die Vitrine im Wohnzimmer stehen sollte.

Zufrieden gingen sie ins Bett.

Am nächsten Tag fuhr Gerhard zum Baumarkt, um die Hölzer, Leim und Platten für den Hocker der Vitrine zu kaufen. Ulla saß in der Küche und schälte Kartoffeln, als er zurück in die Wohnung kam. Er ging gleich zu ihr in die Küche und stellte einen verstaubten Schuhkarton auf den Küchentisch, setzte sich auf den unbequemen Drehstuhl und schaute sie fast betroffen an:

»Wenn du wüsstest...Mach doch mal den Karton auf.«

Ulla legte das Küchenmesser aus der Hand, wischte sich eine Locke aus der Stirn, nahm den Schuhkarton und schüttelte ihn:

»Wo hast du denn den her, der sieht aber schon ziemlich mitgenommen aus.«

»Mitgenommen, ja, das ist das Stichwort. Den haben sie eben nicht mitgenommen. Sie haben ihn wohl übersehen und einfach stehen gelassen. Und jetzt haben wir den Salat.«

Ulla sah in das bestürzte Gesicht ihres Mannes und

öffnete den Karton. Sie schaute auf ein großes Bündel Geldscheine.

»Mein Gott! Wie viel Geld ist das denn? Und wo hast du das her?«

»Das hab ich im Keller gefunden. Ich wollte nur etwas Platz schaffen, damit ich besser arbeiten kann an meinem Hocker. Und da in der Ecke fand ich das da. Ich wollte nur mal reinschauen, was das wohl ist, und jetzt siehst du selbst. Was für ein Schlamassel!«

»Oh mein Gott! Was für eine Menge Geld. Wie viel mag es nur sein?«

»Ich weiß auch nicht. Komm, lass es uns zählen.«

Ulla stellte die Schüssel mit den Kartoffeln auf den Herd, sie schütteten das Geld auf den Küchentisch, alles gebrauchte Scheine. Sie sortierten nach Zwanzigern, Fünfzigern und Hunderten, von denen waren allerdings nicht so viele dabei.

Gerhard zählte dann und schrieb mit dem Küchenkuli jeweils die Summen auf, zählte dann alles zusammen, schaute Ulla an und sagte fast tonlos:

»Das sind fast vierzigtausend Euros. Stell dir vor.«

»Vierzigtausend Euros! Dann sind wir ja richtig reich!«

»Reich, von wegen. Das ist doch nicht unser Geld. Diese Scheine alle gehören uns nicht.«

»Aber warum denn nicht? Es war doch in unserem Keller.«

»Aber es kommt eben nicht von uns. Das ist der entscheidende Punkt.«

»Nun hör doch mal, natürlich haben wir dieses Geld nicht dahingelegt. Aber es lag in unserem Keller, und wenn es von den Vorbesitzern stammen sollte, dann nützt es denen nichts mehr, die sind tot und in der Ostsee. Und wenn irgendein Anderer das Geld dahin gelegt hat, um es zu verstecken, weil er es vor dem Finanzamt verbergen möchte, weil es schlicht Schwarzgeld ist, oder es stammt gar aus einem Überfall auf einen Supermarkt, man liest das doch immer wieder, und nun hat er ein sicheres Versteck gesucht und es in unserem Keller versteckt, dann ist das so etwas wie eine kriminelle Beute, die höchstens noch die Polizei interessieren könnte, oder?«

Sie schauten immer wieder den Stapel Geldscheine auf dem Küchentisch an. Ulla nahm ein Bündel Fünfziger in die Hand und blätterte es durch.

»Können wir es nicht einfach behalten? Sozusagen als Erbe von den Vorbesitzern. Wie hießen die doch gleich?«

»Ich glaube, die hießen Robach oder so.«

»Richtig. Robrahn, jetzt weiß ich es wieder. Oder als Beuteanteil können wir es nehmen, falls es aus einem Einbruch stammen sollte.«

»Und wenn dann der Einbrecher wiederkommt. Du kennst das doch aus den Filmen im Fernsehen, wenn der Täter das liest, dass sein todsicheres Versteck abgerissen werden soll oder die Stadt eine neue Strasse bauen will, und dann bricht er aus dem Gefängnis aus und sucht seine Beute, und wehe wenn ihm dann jemand in die Quere kommt.«

»Aber schau nur, Gerhard, wie dieser Karton aussieht. Der muss doch schon mindestes zehn Jahre lang hier gelagert sein. Hier das Bild, auf der Außenseite, da ist noch der Schuh drauf, der da mal drin war. Und diese Mode, mit den hohen Kreppsohlen, die gibt es doch schon lange nicht mehr. Nein, ich denke, der Täter, wenn es denn einer war, der ist auch schon lange weg. Oder vielleicht hat er Alzheimer und weiß nicht mehr, wo er sein Geld vergraben hat.«

»Ach, du meinst, es geht ihm so wie es den Eichhörnchen oft geht. Sie sammeln und sammeln und dann im Winter, da haben sie vergessen, wo überall sie ihre Nüsse vergraben haben. Die suchen dann allüberall.«

»Na ja, wenn du es so siehst…Aber denk doch nur, was wir alles mit dem Geld machen können, wir können doch zum Beispiel Maria eine neue Couchgarnitur kaufen. Oder für Jens einen neuen Mantel, oder zu Weihnachten…«

»Das gibt es doch nicht! Jetzt wirst du aber so richtig geldgierig, was? Du benimmst dich wie Dagobert Duck, der auch im Geld schwimmt. Noch einmal, ist dir klar, dass das nicht unser Geld ist?«

»Nein. Das ist mir gar nicht klar. Denn wie du es auch drehst oder wendest, es ist und bleibt so, in unserem Keller haben wir dieses Geld gefunden. Wer auch immer es dorthin gelegt hat, und zu welchem Zweck auch immer. es bleibt Geld. Und wenn wir es wieder einpacken in diesen alten Schuhkarton und wieder dort an die Stelle hinlegen, nur damit vielleicht irgendjemand es irgendwann holen kommt, vielleicht, dann verschimmelt es dort langsam aber sicher. Nein, ich glaube, es ist einfach vergessen. Und wir können gut etwas damit anfangen. Warum sollten wir denn keinen Schatz finden können? Wir dürfen auch mal Glück haben. Du spielst ja kein Lotto oder zockst auf der Rennbahn, zum Glück für uns beide. Aber etwas Glück zu haben kann doch nicht schaden. Und mit dieser Wohnung hier hatten wir großes Glück, oder nicht? Und jetzt kommt noch sozusagen als Sahnehäubchen dieser Karton voller Geld dazu. Ist das denn nichts? Willst du denn gar nicht einmal im Leben dich über einen solchen Glückstreffer freuen?«

»Ich kann mich doch nicht über etwas freuen, was ich nicht selbst verursacht habe.«

»Ach nein. Und was ist mit den Kindern, was ist mit meinen Gefühlen zu dir, darüber kannst du dich nicht freuen, weil du diese Gefühle nicht selbst gemacht hast? Und das soll ich dir glauben?«

»Ach Ulla!«

Gerhard stand auf und nahm Ulla in den Arm:

»Ich meine ja nur...«

»Ich weiß! Ich bin auch völlig fertig.«

Sie beschlossen, das Geld erst einmal in dem Karton zu belassen. Diesen versteckten sie dann ganz hinten im Kleiderschrank. Zur Feier des Tages und weil Ulla keine Lust mehr zum Kochen hatte, gingen sie in die nette kleine Gaststätte am Ende der Strasse, bestellten ein saftiges Schnitzel mit Rotkohl.

Wieder zurück in ihrer neuen Wohnung, in der sie sich nun schon gut eingelebt hatten, ging der Streit und die Diskussion über das Geld und was sie damit machen sollten weiter. Die Überlegung, den Karton samt Inhalt zum Fundbüro zu bringen und dort zu erzählen, sie hätten den Karton auf der Strasse gefunden, dann könnten sie in aller Ruhe abwarten, ob sich jemand melden würde, und nach einem Jahr würde das Geld dann ihnen gehören, und zwar ganz legal.

»Aber wenn nun der eigentliche Besitzer das Geld

sucht, dann geht er doch nicht aufs Fundbüro. Er wird in unseren Keller eindringen und dort herumwühlen, und wenn er es nicht findet, dann kommt er zu uns. und wenn es tatsächlich ein Verbrecher sein sollte, dann sind wir doch unseres Lebens nicht mehr sicher!«

»Aber schau doch mal diese Pappe an.«

Ulla klopfte an die Seitenränder des Kartons. »Die ist doch schon ganz durch. Das muss ja alles schon jahrelang, wenn nicht jahrzehntelang dort herumgelegen haben. Und der Besitzer, wenn es denn wirklich einen gibt, der ist schon lange unter der Erde. Und wir machen uns einen Kopf, nur weil uns solch ein Glücksfall noch nie vorgekommen ist. Und gib es ruhig zu, wir können das Geld gut gebrauchen.«

»Wir kommen auch ohne dieses verdammte Geld aus. sind wir ja bisher auch. Aber ich gebe zu, es wäre schon ein schönes Extra, diese Summe ist ja auch nicht gerade klein. Es könnte ja auch Schwarzgeld sein, das die Vorbesitzer beiseite gelegt hatten, um sich damit einen schönen Lebensabend zu machen.«

»Und wenn es so wäre? Dann machen wir uns jetzt damit einen schönen Lebensabend. Die Robrahns jedenfalls sind bei dem Autounfall beide verstorben. Und Erben haben sie auch nicht. Es gibt also keinen, der einen Anspruch auf das Geld erheben kann.«

»So gesehen hast du natürlich recht. Wir sind die Nachfolger, haben die Wohnung ganz legal erworben, im Kaufvertrag steht ja auch wie besehen mit allen Gegenständen, die meinten zwar die Küche und das Bad, aber der Keller gehört ja auch dazu. Und da war das Geld. Das wussten die zwar nicht, aber es lag da und wir haben es quasi mitgekauft. So gesehen hast du also mehr als recht, es gehört uns und wir können damit tun, was immer wir wollen.«

»Aber du hast noch eine Querfalte auf der Stirn, du bist noch nicht ganz davon überzeugt, oder?«

»Nein. Irgendwas macht mir Unbehagen. Das ist so, so wie ein Erbe antreten, das man sich erschlichen hat. Also ein unrechtmäßiger Erbe sein. Ich weiß noch, ich war noch ein Kind, so ungefähr sieben Jahre alt, da hab ich mal ein Portemonnaie gefunden, da waren so um die zehn Mark drin. Ich hab das brav zur Polizei gebracht, und die haben mich gelobt dafür. Und dann kam auch jemand und hat es abgeholt und ich habe die zehn Mark bekommen, denn dem Besitzer ging es mehr um die Ausweise und Fotos, die sonst noch darin gewesen sind. Ich habe mich sehr gefreut, nicht nur über die zehn Mark, das war für mich eine große Menge Geld damals, sondern auch , weil alle sagten, was für ein ehrlicher Mensch ich doch sei. Und jetzt, jetzt haben wir einen großen Schatz entdeckt und ich habe große Zweifel, ob wir den behalten sollen oder dürfen.«

»Komm, lass uns erst mal eine Nacht darüber schlafen.«

So gingen sie ins Bett, wälzten sich noch ein paar Male herum und schliefen dann doch endlich ein.

Am nächsten Morgen beim Frühstück goss Ulla ihrem Mann den Kaffee ein und sagte:

»Du siehst ja grauenvoll aus. Hast wohl nicht gut geschlafen, was?«

Gerhard kaute sein Käsebrot etwas lustlos und meinte:

»Wenn ich es recht bedenke, hast du dich auch ziemlich herumgewälzt heute nacht.«

Nach ein paar Minuten meinte sie, dass es vielleicht doch eine recht einfache Lösung geben würde. Hoffnungsvoll schaute er sie an:

»Was meinst du denn?«

»Ich denke, wenn du den Notar anrufst und ihn einfach fragst, ob wir das Geld behalten können. Wenn der uns dann sagt, dass es alles in Ordnung ist damit, dann brauchen wir uns nicht mehr zu sorgen. Dann wissen wir genau, dass alles geregelt ist.«

»Das ist eine gute Idee. Wenn der Notar uns sagen kann, dass wir das ganze Geld behalten dürfen, dann...«

»Ja, was dann?«

Gerhard schaute sie an:

»Weißt du, Ulla, du bist doch mein größter Schatz.«

DER SOMMER MIT AISHE

In all den Jahren waren es anfangs immer wieder Kleinigkeiten, die mich darauf aufmerksam machten, dass im gelben Haus wieder neue Nachbarn eingezogen waren.

Als ich vor einigen Jahren aus meiner Hintertür in den Hof trat, lagen unter den Fenstern des Seitenflügels vom gelben Haus zerbrochene Töpfe mit Erde und zerdrückte grüne Pflanzen. Ich stand wohl eine Weile davor, schaute auch nach oben, im zweiten Stock stand ein Fenster weit offen, keine Gardinen, keine Stimmen, kein Laut.

Da stürmte ein junger Mann, eher schmal, aber sehr drahtig und agil, aus dem hohen Durchgang und warf sich förmlich vor die Überreste der Blumentöpfe und zerfurchte die bröselige Mischung aus Erde, Ton und pflanzlichem Grün, Tränen liefen ihm über die Wangen, er sagte kein Wort, kniete nur vor den Resten und hielt sie fast ehrfürchtig in den Händen. Schließlich erhob er sich, schaute mich an und sagte:

»Verzeihung, es muss etwas seltsam für Sie aussehen, dass ich um meine Tomaten weine. Aber ich liebe sie so sehr. Ich kann ohne sie fast nicht leben. Seit ich ein Kind war, habe ich Tomaten, überall, wo auch immer wir hingezogen waren, immer habe ich ein paar Tomatenpflanzen auf meinem Fensterbrett gehabt.«

Er deutete auf das offene Viereck im zweiten Stock und klopfte sich die Hände sauber:

»Mein Name ist Georg Dunsdale, wenn es recht ist. Ich bin gerade beim Einziehen, da oben ist meine neue Bude.«

Er lächelte. Es war ein richtiges breites Lächeln, seine weißen Zähne blitzten im Licht und seine Augen leuchteten freundlich.

Ich reichte ihm die Hand:

»Willkommen im neuen Zuhause. Ich bin dann wohl ihr Nachbar.«

Wir schüttelten uns die Hände und dann ging er wieder nach oben. Im Laufe der nächsten Jahre lernten wir uns gut kennen; er war im Winter oft bei mir und berichtete über seine Studien. Er studierte Informatik und Mathematik. Davon verstand ich nicht viel, aber er konnte sehr spannend erzählen, über gute Zahlen und böse Zahlen, über Zusammenhänge und große mathematische Rätsel; ich konnte seine enorme Begeisterung über Informatik später gut verstehen, obwohl ich selber keinen Computer besaß.

Er war ein höchst interessanter Mann von fünfundzwanzig, fast noch ein Junge, in den meisten Dingen jedenfalls, aber im Umgang mit anderen war er eher zögerlich; als Schüler war er oft das Ziel vom Klassenspott gewesen und hatte sich gegen ständiges Mobbing zur Wehr setzen müssen. Damals hatte er sich in sich selbst zurückgezogen und war oft mit seinem Computer allein gelassen worden, seine Eltern waren längst geschieden, er lebte bei der Mutter in Aschersleben, der Vater war zurück nach Michigan gegangen.

Ach ja, er hatte eine Haut wie Milchkaffe, sein Vater war ein Schwarzer. Oder auf neudeutsch: ein Afroamerikaner.

Georg. Georg und seine Tomaten. Er züchtete sie das ganze Jahr lang und brachte mir auch gelegentlich eine kleine Schüssel voll; sie waren nie sehr groß, aber dafür aromatisch und sehr köstlich, nicht so wie diese holländischen Dinger aus dem Supermarkt. Ich bedauerte es sehr, als er sein Examen gemacht hatte und dann ausgezogen war; er hatte eine sehr gutdotierte Stellung in Hamburg bekommen.

Das gelbe Haus. Im gelben Haus gibt es viele Wohnungen. Die werden alle möbliert vermietet, meist an Ausländer oder Nichtdeutsche, also neudeutsch Menschen mit Migrationshintergrund. Die Besitzerin kann davon sicher gut leben. Das gelbe Haus und mein Haus, das ist übrigens blau gestrichen, Moment, taubenblau, so viel Zeit muss sein, sagt jedenfalls meine Frau. Also, wir haben einen gemeinsamen Hof, das heißt, jedes Haus hat einen großen Hinterhof, diese Höfe waren einmal durch eine Ziegelmauer getrennt, von der Mauer sind nur noch karge Reste sichtbar, ein etwa zwei Meter langes Stück ragt bis in Kniehöhe an der Hinterwand meines Hauses, da stelle ich immer meinen Arbeitstisch hin, wenn ab April die Sonne lange genug scheint.

Ansonsten arbeite ich in meinem sogenannten Atelier, große Fenster mit Blick auf die Pflanzen in den Höfen und die Seitenwand des gelben Hauses. Das ist viel größer als meines, es sind ja auch vier Etagen, es hat zur Strasse einen Tordurchgang, da sind früher vermutlich die Wagen mit Waren hindurchgefahren, die dann in den Höfen in kleinen Schuppen gelagert wurden. Aber das war schon im Mittelalter. Jetzt sind die Schuppen abgerissen, die Höfe gepflastert, vor der Südwand des gelben Hauses stehen Gartenstühle und ein wackeliger Rundtisch und mitunter im Sommer grillen wir gemeinsam.

Aber ich wollte ja erzählen von der neuen Bewohnerin.

Ich bemerkte zunächst im April, dass der Hof gefegt worden war, und zwar sehr sauber. Als ich am Morgen aus meinem Atelier trat, war der Hof wie geleckt, kein Blatt mehr, kein Fetzen Papier lag herum, auf den abgeschabten Gartenstühlen lagen bunte Kissen und auf dem runden Tisch stand ein Einmachglas mit Schlüsselblumen. Das freute mich, ich mag Blumen. Ich weiß zwar oft nicht, wie sie heißen mögen, aber ich schaue sie gern an. Blumen vermitteln mir einen positiven Eindruck von Natur, vom Wachsen, vom Kreislauf der Säfte, von dem, was bei Goethe »Stirb und werde!« heißt. Also begann dieser Tag schon einmal sehr erfreulich.

Ich holte meine Malutensilien und die Rohkacheln, den Drehstuhl und das Sitzkissen und begann wie jeden Tag nach dem Frühstück mit meiner Tätigkeit.

Nach einer kleinen Weile, ich trage selten eine Uhr und kann daher die abgelaufene Zeit nicht gut berechnen, ich richte mich meist nach den Kirchenglocken, die schlagen ja alle Viertelstunde, da kam dann ein junges Mädchen in den Hof. Sie trug ein helles T-shirt, Jeans und blaue Turnschuhe, das schwarze lange Haar reichte ihr bis fast zu den Ellenbogen. Sie hielt ein Handy in der Linken und schaute mich mit großen Augen an.

»Guten Tag.«

»Guten Tag.«

Sie kam zögernd näher und beschaute meinen Arbeitsplatz ganz genau.

»Was machst du denn da?«

Ich lächelte sie an. Sie hatte eine angenehme Stimme,

irgendwie rund klang die, als hätte jemand auf einem Cello eine Molltonart angestimmt.

»Du willst wissen, was ich hier mache?«

»Ja, ich habe so etwas noch nie gesehen.«

»Und ich habe dich hier noch nie gesehen.«

»Das kannst du auch nicht. Ich bin erst gestern hier angekommen. Ich wohne da oben in der ersten Etage.«

Sie deutete auf ein Fenster.

»Ich wohne da mit meiner Mutter. Wir werden jetzt hierbleiben, meine Mutter hat Arbeit gefunden und ich werde endlich wieder zur Schule gehen können.«

»Gehst du denn gern zur Schule?«

»Aber ja! Ich mag Schule. Ich will noch so viel lernen. Weißt du, was man gelernt hat, das kann man nicht vergessen und das kann einem auch keiner wegnehmen. Das bleibt immer und ewig im Kopf drin.«

»Das klingt mir sehr glaubhaft. Dann bist du also eine gute Schülerin.«

»Aber ja. Ich mag alle Fächer. Nur diese Mathematik, das ist mir oft viel zu kompliziert, all diese Formeln und so.«

»Wie heißt du denn?«

»Ich heiße Aishe. Und du?«

»Ich heiße Harry.«

»Und was machst du nun mit diesen Tafeln?«

»Das sind Kacheln. Die werden aus Ton gebrannt. Ich arbeite für eine große Kachelmanufaktur hier. Ich bemale die Kacheln, wenn eine Firma einen Auftrag gibt. Jetzt zum Beispiel, da muss ich für eine ziemlich große Fleischerei ein Kachelbild malen, sechs Kacheln sollen es werden, darauf sollen die alten Gebäude der Metzgerei abgebildet sein. Schau hier, dieses Foto ist mein Vorbild dafür; und in der Mitte soll ein Bild von dem Gründer prangen. Wenn du mich nicht zu sehr störst, dann kannst du gern zuschauen.«

Aishe nahm sich einen der Gartenstühle und setzte sich zu mir.

»Oh ja. So etwas habe ich noch nie gesehen. Du bist also ein Maler.«

Ich lachte.

»Eher ein Miniaturmaler. Aber du hast schon recht, ich muss wie ein richtiger Maler oft meine Phantasie laufen lassen und dann versuchen, die Wirklichkeit einzufangen mit Pinsel und Farben.«

Mein Ehrgeiz war durch die staunenden Blicke des jungen Mädchens angestachelt, ich wollte sie natürlich beeindrucken und gab meine Bestes an diesem Aprilsonnentag.

Nach der Fotovorlage skizzierte ich zunächst die alten Gebäude auf die vorgebrannten Kacheln, dann kam das Portrait des Firmengründers in einem Lorbeerkranz in die Mitte und endlich nahm ich meine schon sehr mitgenommene Farbpalette und begann mit dem Ausmalen. Nach einiger Zeit, das Bild war etwa zur Hälfte fertig, da summte es. Aishes Handy. Sie drückte auf eine Stelle und sagte »Hallo?«

Gespannt hörte sie eine Zeitlang zu und erhob sich dann:

»Ich muss weg. Meine Mama. Also bis bald.«
»Wiedersehen.«

Das war meine erste Begegnung mit Aishe.

Am Freitag kam sie wieder. Ich war gerade fertig geworden mit den sechs Kacheln für die Metzgerei und packte sie vorsichtig ein in die blechernen Transportbehälter, schließlich sollten die Farben auf dem Weg zum Brennofen nicht zerlaufen, auch sollten keine Dellen oder Riefen die Kacheloberflächen zerstören; Aishe kam diesmal in einem dunkelgrünen Hängerkleid durch das Tor herangehüpft, setzte sich in die Hocke vor meinen Platz und strahlte:

»Am Montag darf ich wieder zur Schule gehen!«

»Na, das ist aber erfreulich.«

Und dann erzählte sie voller Stolz, wie ihre Mutter sie an die Hand genommen und mit ihr zur Direktorin gegangen sei und dass diese sich erfreut gezeigt habe über Aishes Beflissenheit und ihren Ehrgeiz, der auch in den bisherigen Zeugnissen sowie dem Abschlussbericht ihrer alten Schule sichtbar wurde. Aishes Mutter war auch ganz froh, dass hier im Land Schulmittelfreiheit herrschte, so brauchte sie keine Bücher oder anderes Lernmaterial zu kaufen. Ich freute mich mit Aishe und weil ich ja auch mit meiner Arbeit fertig geworden war, gingen wir hinaus auf die Strasse und ich lud sie zu einem großen Eis ein.

Ein paar Häuser stadteinwärts hatte ein ehemaliger Reklamemanager ein Haus gekauft und renoviert, zur Straße hin gab es jetzt zwei große Schaufenster. Er hatte er sich seinen Traum erfüllt und einen kleinen Eisladen eröffnet. Er machte sein Eis selbst, da gab es mitunter Gurken-Zitronen-Sorbet oder dunkles Schokoladeneis aus belgischer Schokolade oder Rotkohleis, er probierte verschiedene Sorten ganz neu aus, manche waren etwas gewöhnungsbedürftig, das gelbe Ingwer-Kokos-Eis zum Beispiel war mir viel zu scharf. Aber er hatte seine helle

Freude am Ausprobieren und das Publikum dankte es ihm, immer waren lange Schlangen vor dem Eingang; er öffnete erst um eins, das war für die Schüler natürlich ideal, denn um halb zwei war Schulschluss und vor dem Mittagessen gab es hier noch eine kalte Köstlichkeit. Aishe kannte den Laden noch gar nicht und freute sich:

»Hier werde ich wohl einen großen Teil meines Taschengeldes lassen.« grinste sie und schleckte an ihrem Sesam-Honig-Eis.

In den nächsten Wochen war ich wie zuvor am Vormittag allein im Hof, ich arbeitete nach dem Frühstück meist bis halb eins, dann gab es Essen und den für mein Alter erforderlichen Schönheitsschlaf, am Nachmittag setzte ich mich wieder in den Halbschatten, bis die Glocken zur sechsten Stunde schlugen.

So sah ich Aishe erst an einem Freitag wieder, da kam sie am Nachmittag mit ihrer Schultasche und wirkte etwas bedrückt.

»Na, Aishe, ist Schule doch nicht so das ganz Wahre für dich?«

»Ach lass man. Die Schule ist schon in Ordnung. Aber ich soll jetzt Nachhilfe in Mathe bekommen. Und ich weiß doch, das kann ich nicht.«

»Was man nicht kann, das kann man lernen. Hat schon mein Großvater immer gesagt.«

»Du hast gut reden. Du brauchst ja auch kein Mathe. Du setzt dich hier breit in die Sonne und malst vor dich hin, die Vögel zwitschern um dich herum, du trinkst deinen Kaffee und deine Frau bekocht dich. Du lebst fröhlich und lustig und vor allem ohne Mathematik!«

»Hast du eine Ahnung! Schau mal hier den Farbkasten, allein die vielen Mischungen, die ich herstellen muss, da ist es wichtig, ob ich davon ein Drittel nehme oder ein Viertel, und wenn ich eine große Kachel habe, soll ich dann die Farbmenge einfach verdünnen oder muss ich sie um ein Achtel vergrößern oder soll ich eine Mischung machen? Ich muss immer genau kalkulieren, also Bruchrechnung, oder gar mit zwei Unbekannten eine Gleichung machen, wenn ich noch nicht genau weiß, was ich denn malen will. Nein, du irrst dich sehr, Mathematik ist überall im Leben. Wie viel Kaffee kommt in die Maschine, wie dick soll die ideale Scheibe Brot sein, wie viel Haare hat ein sehr feiner Pinsel im Gegensatz zu dem nicht so feinen? Du siehst, auch ich habe immer und überall mit Mathe zu tun.«

Aishe schaute doch etwas skeptisch drein, legte ihren Kopf schief und grinste:

»Na, wenn das so ist, dann werd ich mal mein Bestes tun.«

Dann schwang sie ihre Schulmappe über die Schulter und ging pfeifend davon.

Im Laufe der Wochen lernte ich auch ihre Mutter Gülistan kennen. Sie war eine elegante hochgewachsene Türkin mit halblangen Haaren, in denen ein paar dunkelrote Strähnen leuchteten. Und Augen hatte sie, tief schwarz; einmal sagte Aishe, dass ihre Mutter Augen habe, so wie sie sich das schwarze Meer vorstelle. Gelegentlich saßen wir im Hof des gelben Hauses und tranken Tee aus Gläsern. Gülistan konnte gut Tee zubereiten, und nach einiger Zeit war sie auch etwas offener zu mir geworden, was sicher auch mit meinem Alter zu tun hatte, ich war ja so etwas wie ein Vater für sie, für Aishe eine Art Großvater; aber ich spürte doch, dass sie immer wie auf der Flucht war, eine innere Anspannung. Es war wohl Ende Mai und ich hatte keinen aktuellen Auftrag von der Manufaktur, das Wetter war trocken und warm, Aishe saß auf einem der Gartenstühle und las, da kam mir eine Idee:

»Aishe, was würdest du davon halten, wenn du mir Modell sitzt.«

»Wie bitte?«

»Ja, du brauchst nur wie jetzt da zu sitzen und ich portraitiere dich dann. Und dann brennen wir die Kachel fertig und du hast für deine Mutter ein schönes Geschenk.«

Sie lachte.

»Das wäre aber mal was. Doch wenn es für Mama ist..«

So malte ich also Aishe. Es war gar nicht so schwer, bei ihr waren die Konturen ziemlich klar, nur die Nase machte mir einige Schwierigkeiten, aber am Abend hatte ich es geschafft. Wir beide waren sehr gespannt auf das Ergebnis. Nach drei Tagen bekam ich die Kachel zurück, ich war es zufrieden, Aishe sah wie Aishe aus, jedenfalls das Bild war so, wie ich Aishe sah.

Als Aishe am Nachmittag in den Hof kam, war sie schon sehr gespannt. Sie hielt die Kachel ganz vorsichtig, strahlte, ihre weißen Zähne blitzten und immer wieder rief sie:

»Das bin ich! Das bin ich! Oh wie schön ist es geworden.«

Dann packte sie die Kachel in buntes Papier, es war etwas mit Blumen, soweit ich mich erinnere, und um das geblümte Viereck band sie eine rote Samtschnur.

»Die hat mir Jennifer geschenkt. Sie hatte sie gestern in der Schule als Halsband, aber ihr Freund meinte, das sei zu dämlich, da hat sie dieses Bändchen schnell abgebunden und mir geschenkt.«

Mit dem Päckchen rannte sie dann ins gelbe Haus.

Am nächsten Nachmittag kam ihre Mutter Gülistan zu mir in den Hinterhof. Sie blieb eine Weile vor meinem Arbeitstisch stehen und sah mir zu. Ich hatte ein Wellenbild in Arbeit, eine kleine Segelmacherei wollte ein Seglerbild aus vier Kacheln, also Längsformat. Ich hatte auf bläulichem Hintergrund weißgeblähte Segel, gischtende Wogen und schnittige Boote gezeichnet und füllte jetzt die Formen aus. Möwen malte ich nicht, schon aus Prinzip. Jeder Amateur malt bei Seebildern Möwen oder andere Vögel in der Luft, meist als einen geschwungenen Strich. Das mochte ich nicht. Auch bei Nolde gibt es keine Möwen.

»Ich möchte mich bedanken.« sagte Gülistan, »das Bild ist wirklich gelungen. Ich hab zwar gewusst, dass ich eine hübsche Tochter habe, aber dass sie so schön ist, das haben allein Sie gesehen.«

»Vielen Dank. Ich hoffte sehr, dass Ihnen meine Arbeit gefällt.«

Gülistan lachte kurz:

»Ich bin tief berührt. Sie haben sich so viel Mühe gemacht. Ich sehe doch, wie lange es dauert, bis Sie eine Kachel bemalt haben. Und dann solch ein Bild, nur für Aishe.«

»Ich mag sie. Sie ist ein gutes Mädchen.«

»Ja, das ist sie wirklich. Ich bin auch nur gekommen, um danke zu sagen.

Also, danke.«

Dann drehte sie sich um, damit ich die Tränen nicht sehen sollte, und ging schnell in gelbe Haus zurück.

In den nächsten Tagen und Wochen hatte ich den Eindruck, als ob Gülistan etwas von ihrer starren Haltung aufgegeben hätte. Sie kam des öfteren in den Hof, setzte sich auch mal zu mir und plauderte, einfach so, über alles mögliche. Und so erfuhr ich im Laufe der Wochen, dass sie den Vater von Aishe nicht geheiratet hatte, weil ihre eigene Familie nicht mit diesem Mann einverstanden gewesen war. Sie war zu Beginn der Schwangerschaft dann aus Mannheim nach Aschaffenburg gezogen, ohne jemandem etwas davon zu sagen; sie war Buchhalterin und hatte schnell eine neue Stelle finden können. Aber die eigene Familie suchte sie, besonders ein Onkel, der einen ledigen Sohn hatte, und dieser sollte auch nach Deutschland kommen, und das ging am schnellsten, wenn er hier verheiratet wäre; also hatte der Familienrat, das waren alle Ältesten, Onkel und Tanten, Cousins und Cousinen, beschlossen, dass Gülistan den Mehmed zu heiraten habe. Sobald Gülistan das gehört hatte, war sie mit Aishe wieder weggezogen, diesmal in meine Stadt hier.

»Wissen Sie, hier kennt mich keiner, und von meinen Leuten ist auch niemand in dieser Gegend. Bei uns in der Türkei ist es nämlich so, dass der Familienclan alles ist, das ist das Wichtigste überhaupt. Auch deshalb tun sich viele Türken mit dem Integrieren so schwer, sie sind alle immer der Familie verpflichtet, und wie in Anatolien müssen die Frauen das tun, was die Männer befehlen. Oder besser die Oberhäupter der Clans, und das sind die alten Männer. Die haben das Sagen. Aber die sind meist noch nicht in unserer Zeit angekommen. Die denken noch immer, sie sind in ihren Dörfern in Anatolien. Und genau so werden auch die Kinder hier erzogen. Die Jungen, die Söhne, das sind die Prinzen, und die Mädchen sind nur eine Last. Die werden immer noch verheiratet, und die Ehemänner werden von den Familien ausgesucht. Ich finde das alles einfach nur unmenschlich. Deshalb bin ich weggegangen. Ich lebe lieber allein, aber dafür so, wie ich selbst es bestimme. Und Aishe tut das gut. Ich sehe doch, wie sie aufblüht hier. Sie hat schon ein paar gute Freundinnen gefunden. Nur, bald beginnen die Ferien, was soll ich da nur tun? Ich bin doch tagsüber weg, ich muss arbeiten. Bitte, schauen Sie mal hier rein, können Sie mir vielleicht helfen?«

Gülistan gab mit mir die Broschüre von einem Ferienpass, den die Stadt für Schulkinder entwickelt hatte, die nicht weit weg in den Urlaub fahren konnten oder wollten; so wurde auch für die Daheimgebliebenen eine Ferienstimmung herbeigeführt; da gab es Führungen durch die Museen, es gab wochenweise Kurse über Surfen oder Segeln lernen, Töpferkurse, mit den Paddelboot über die Seenplatte, da wurden Kochkurse angeboten oder das Erlernen vom Marionettenspielen, in der Musikhochschule konnten Schüler ein Instrument lernen oder in einem Chor mitsingen. Es klang alles sehr spannend. Ich fragte Gülistan, wofür sich denn Aishe entschieden habe.

»Sie weiß einfach nicht, was sie machen soll. Am liebsten möchte sie wohl diesen Schnupperkurs für Ballett machen, glaube ich.«

»Nun, gelenkig genug ist sie ja, dann lassen Sie Aishe es doch einfach ausprobieren.«

»Na gut. Aber, es ist bei uns nicht üblich, so etwas wie Ballett, wissen Sie. In Anatolien tanzen meist nur die Männer, zumindest öffentlich.«

Ich schaute sie lange an, dann sagte ich mit einem kleinen Lächeln:

»Und das, was Sie hier machen, oder eben nicht machen, ist das denn in ihrem Land üblich?«

Gülistan lachte laut auf, drückte meine Hände und sagte:

»Sie haben ja so recht. Dann soll sie eben zum Ballett gehen.«

Und also nahm Aishe ihren Ferienpass und ging zur Volkshochschule, um sich dort für den Ferienkurs anzumelden.

Drei Tage später kam sie zu mir in den Hof und schwenkte ihr Zeugnis:

»Schau mal, ich hab sogar in Deutsch eine zwei bekommen. Mutter wird das besonders freuen.«

Ich schaute mir das Zeugnis an, sie war wirklich eine gute Schülerin, nur in Mathematik hatte sie eine vier. Ich freute mich mit ihr und fragte sie, ob sie denn nun in den Ferien zum Ballett ginge. Sie nahm ihr weißes Zeugnisblatt und schaute fast verlegen hin und her.

»Ach weißt du, da waren so doofe Mädchen, alle geschminkt und von oben herab. Und ich hätte mir auch solche Ballettschuhe kaufen müssen, und die sind teuer. So haben diese Mädchen jedenfalls gesagt. Da hab ich mir doch lieber etwas anderes gesucht.«

»Aha, und was, wenn ich fragen darf?«

Sie grinste, ein richtiges Lausbubengrinsen. Komisch, für Mädchen gibt es kein Lausmädelgrinsen in der deutschen Sprache, hier wartet wieder Arbeit für die Diskriminierungsbeauftragte oder wie das auch immer heißen mag, die Frauenbewegung hat sich um Sprache nicht oder noch nicht genügend gekümmert, oder?

»Ich mache einen Theaterworkshop.«

»Theater? Also auch etwas mit sich selber auf einer Bühne produzieren.«

Aishe setzte sich an meinen Arbeitstisch und verwischte beinahe die zarte Bleistiftzeichnung eines Vogels.

»Weißt du, ich wusste zuerst nicht, was ich nun machen sollte, da waren diese dummen Puten, die eingebildeten, alle sicher schon über sechzehn, und dann kam einer, schaute sich um, lächelte mich an. Stell dir vor, mich lächelte er an und dann fragte er ausgerechnet mich, wo denn die Anmeldung ist. Dabei stand er direkt davor. Ich zeigte es ihm und fragte ihn dann, was er tun wolle, und er sagte, dass es überhaupt nur einen einzigen Kurs geben würde, den man machen sollte, nein, machen müsste: Das ist der Theaterworkshop. Und weißt du warum? Weil in diesem Jahr Dieter Menning ihn leitet. Das ist der aus dem Fernsehen, der stammt ja von hier und hat sich erboten, in diesem Jahr den Kurs zu leiten. Da muss man einfach hin! Nun. ich kannte den nicht. Du weißt ja, wir schauen nicht so viel fern, und meine Mutter mag keine Krimis, und dieser Dieter Menning ist ja so ein Detektiv im Fernsehen. Ich hab mir inzwischen mal eine Sendung ansehen dürfen, und es ist schon sehr spannend. Und jetzt mache ich also beim Theater mit.«

»Aha. Und dieser Junge auch?«

»Ja. Er heißt Christoph. Er ist zwei Klassen über mir, aber in der Domschule.«

»Mir scheint, er ist wohl ganz nett.«

Aishe wurde richtig rot, schaute in alle Winkel vom Hof und lächelte vor sich hin.

»Pass nur auf,« sagte ich zu ihr, »dass du auch für dich etwas aus diesem Kurs mitnimmst, obwohl da dieser Junge ist.«

»Ach, was weißt denn du schon.«

Sie sprang auf und rannte mit ihrem Zeugnis ins Haus.

In den ersten beiden Ferienwochen ließ sich Aishe nicht bei mir blicken. dafür kam an einem Donnerstag spätnachmittags Gülistan durch den Torbogen zu mir, setzte sich und seufzte laut. Sie schaute ziellos im Hinterhof umher, zupfte an ihrer Bluse und sagte dann:

»Du hast es gut. Du hast deine Arbeit, und die macht dir offenbar sogar Spaß, und dann hast du deine Frau und deine Freunde und du wohnst hier in Frieden. Alle mögen dich, du bist immer so nett zu allen. Du schlägst deine Frau nicht, wie auch die meisten Deutschen ihre Frauen nicht schlagen, und eure Kinder haben alle Freiheiten, wenn sie sich an die Spielregeln halten. So ist es doch, oder?«

Ich nickte nur, denn ich hatte den Feinpinsel im Mund, weil ich mit dem breiten gerade dicke Wolken auf eine Kachel malte.

»Weißt du, ich mache mir Sorgen um Aishe. Da macht sie nun diesen Kurs mit dem Theater, und sie scheint ganz begeistert zu sein. Sie hat mich sogar schon gefragt, ob wir in diesem Winter nicht mal ins richtige Theater gehen wollen. Mal sehen. Das kostet ja auch.«

»Am billigsten ist es, wenn ihr euch ein Abonnement nehmt, oder ihr fragt an der Kasse nach zurückgegebenen Karten. Dann kannst du sicher viel Geld sparen.«

Gülistan lächelte.

»Siehst du, das meine ich. Du weißt immer alles und kannst guten Rat geben. Und was mache ich nun mit Aishe? Ich glaube nämlich, da tut sich was mit einem der Deutschen, der auch in diesem Theaterkurs ist. Sie redet den einen Tag so viel von seinem Talent, was er hat, und wie er die Aufgaben lösen kann, so elegant und beinahe so wie ein richtiger Schauspieler soll er sich bewegen auf der Bühne, und dann, ganz plötzlich, da tut sie so, als gäbe es ihn gar nicht. Kein Wort mehr über diesen Mann. Er scheint nicht mehr zu existieren in ihrer Welt. Das ist mir sehr verdächtig. Und nie ist sie da. Ich habe neulich ihre Freundin angerufen, da war sie nicht, und die meinte nur, dass Aishe mit einigen aus der Theatergruppe sich am Kanal treffen würde, die würden dort üben und Text lernen oder so, das hat sie jedenfalls mir gesagt. Am Kanal. Ausgerechnet! Dass ich nicht lache. Ich kenn das doch. Dieses Schummerlicht unter den hohen Bäumen, und das leise Plätschern vom Wasser, und die Rufe der Enten, und dann ein junger Mann, der im Gras liegt, und Aishe daneben. Ich hab mir das schon richtig vorgestellt. Meine Tochter. Aber ich komme nicht an sie ran. Sie sagt immer nur, dass es ihr Freude macht und dass dieses Theater so richtig ihr Ding sei, sie treffe dort nette Leute und der Kursleiter wäre ganz toll, und ich müsse unbedingt nächste Woche im Fernsehen einen Film mit ihm ansehen.«

Ich hatte die Pinsel weggelegt, ich war fast fertig mit dem Bild auf der Kachel. Ich kratzte meinen Bart und sagte ihr, dass ich es doch sehr erfreulich fände, wenn Aishe sich so wohl fühlte mit ihrem Kurs und dass die Sache mit dem jungen Mann sich wohl ganz schnell erledigen würde, sobald der Theaterkurs beendet wäre.

Gülistan sprang auf und gestikulierte mit Händen und Füßen:

»Aber versteh doch! Meine Tochter hat sich verliebt. Und dieser Mann ist auch von hier, er muss ja auch noch zur Schule gehen, wenn er dort teilnehmen kann. Also wird er auch noch da sein, wenn dieser Kurs vorbei ist. Und dann haben die beiden noch mehr Zeit füreinander. Ich bin den ganzen Tag im Büro und Aishe kann dann mit ihm...Ich mag gar nicht daran denken. Sie ist doch erst vierzehn.«

»Soweit mir bekannt ist, werden in der Türkei manche Mädchen schon mit vierzehn verheiratet.«

»Aber doch nicht meine Tochter! Und dann mit einem Deutschen. Und er ist sicher ein Christ. Wie soll ich denn nur..Weißt du, wir Türken sind doch immer noch hier in Deutschland Menschen zweiter Klasse. Alle sehen in uns nur die Gemüsetürken oder Änderungsschneider. Niemand achtet uns und unsere Gewohnheiten, wir sind auch nach dreißig Jahren immer noch die Fremden, auch wenn wir einen deutschen Pass besitzen. Nur weil wir uns in den Familien eng zusammen schließen, weil wir eine enge Nachbarschaft schätzen, weil wir ständig in zwei Sprachen reden und denken müssen. Weil wir den Freitag heiligen und nicht den Sonntag. Wir bleiben eben für viele die Fremden hier.«

Ich hörte es und schwieg. Was sollte ich auch sagen, sie hatte ja recht. Sogenannte Deutschtürken wurden oft von den Einheimischen genau so abfällig behandelt wie die Russlanddeutschen oder die farbigen Kinder der amerikanischen Besatzungssoldaten. Dabei sind viele Ausländer hier schon seit Jahren eingedeutscht, viele Fernsehmoderatoren und Ansager haben einen, wie es heute auf Neudeutsch vornehm klingend heißt, einen Migrationshintergrund. Und bei Albert Schweitzer, Liselotte Pulver, Markus Lanz, Udo Jürgens, Rudi Carell und Peter Maffay, sogar bei Bill Ramsey und Chris Howland gibt es keine Schwierigkeiten, diese als zu uns zugehörig anzusehen, obwohl sie alle Ausländer sind ; sie sehen aus wie Deutsche, reden unsere Sprache und sind für ziemlich viele unserer Landsleute gute und vertraute Bekannte.

»Was denkst du jetzt: Wie soll ich es nur meiner Familie beibringen, dass meine Tochter Aishe einen Ungläubigen liebt? Hast du dich denn in den letzten Jahren um deine Familie gekümmert? Ich denke, du bist doch weggelaufen vor ihr, vor den strengen Sitten und Gebräuchen, vor all der Tradition dort, oder nicht?!«

Gülistan setzte sich wieder hin. Jetzt war sie traurig. Ihre Augen wurden feucht, sie wischte sie ab und sage leise:

»Aber das war doch alles ganz anders. Die wollten mich doch gegen meinen Willen verheiraten. Sie haben es sicher gut gemeint mit mir, auch mein Onkel, sie haben es einfach nicht besser gewusst.«

»Aha. Sie haben es nicht besser gewusst. Du bist weggelaufen, weil sie für dich einen Mann besorgt hatten.

Und du jetzt, weißt du es besser für deine Tochter? Du jammerst, weil Aishe sich vielleicht in einen Mann verliebt haben könnte, in einen deutschen Mann. Also hör genau zu, verliebt, und nicht verheiratet. Und wie ich deine Tochter kenne, da passiert schon nichts. Vielleicht ein Kuss im Abendrot, na und? Warst du denn noch nie verliebt?«

Gülistan schaute weit weit weg, ich konnte fast sehen, was in ihrem Gedankenkarussell vor sich ging. Ein wehmütiges Lächeln, dann blickte sie mich an, drückte meinen Arm und meinte:

»Du hast ja recht. Aber versteh doch, als besorgte Mutter, und zumal als Alleinerziehende, so heißt es doch bei euch, ich mache mir eben Sorgen um Aishe. Und sie soll es doch leichter haben als ich. Aber du hast ja recht. Ich will es noch einmal mit ihr probieren, vielleicht lässt sie mit sich reden.«

Sie nickte mir zu und ging dann. Der Sommer war warm, aber nicht zu heiß. In unserem Hinterhof pendelten sich die Tagestemperaturen um die dreiundzwanzig Grad ein. Ich mochte besonders den leichten Luftzug, der Wind kam bei der stabilen Luftdrucklage meist aus Osten und war wie ein leichtes Säuseln, wie ein Streicheln auf der Haut; so spürte man die Sonne nicht mehr so und auch das Schwitzen hielt sich in normalen Grenzen. Dennoch war mein Verbrauch an Wasser deutlich größer als im Herbst oder Frühjahr.

Aishe sah ich erst etwa eine Woche später. Sie kam am Vormittag, ich wusste ja, dass ihre Mutter jetzt arbeitete. Aishe sah ziemlich derangiert aus.

»Na, Aishe, wie ist es denn so mit dem Theaterspielen?«

Sie setzte sich langsam und schaute auf die staubbedeckten Blätter des Rosenstockes am Nachbarhaus.

»Ach weißt du,« begann sie zaghaft, »das war schon ganz ok.«

Sie verstummte, biss sich auf die Unterlippe und schaute mich dann an, mit Tränen in den tiefdunklen Augen:

»Kannst du dir vorstellen, dass man so ganz tief drinnen wie aus Stein ist, auch wenn draußen die Sonne scheint und alle fröhlich sind wegen der Ferien und so?«

»Was ist denn nur geschehen, Aishe? Als ich dich das letzte Mal gesehen habe, da warst du doch voller Freude wegen des Theaterkurses.«

»Ach weißt du, der Kurs, das ist alles richtig gut. Aber dann dieser Christoph.....«

Sie ließ ein paar Tränen über ihre Wangen laufen.

»Der Christoph ist jetzt weggefahren, dabei ist der Theaterkurs noch gar nicht fertig. Er ist mit seinen Eltern nach Irland gefahren. Ich habe erst gedacht, er macht dort Ferien, aber dann hat mir die Dorothee gesagt, weißt du, das ist die aus seiner Klasse, die hat mir gesagt, dass der Christoph dort auf eine Schule geht, er geht für ein ganzes Jahr nach Irland und macht dort die Schule weiter. Er ist einfach weggegangen, für ein ganzes Jahr. Stell dir das doch mal vor! Und er hat mich nicht mal zum Abschied angesehen. Oh, es ist so schlimm. Jetzt ist er einfach weg.«

»Ah ja. Und nun fühlst du dich allein gelassen, oder?«

Aishe zog den Tränenrest mit Rotz vermischt in der Nase hoch und schüttelte den Kopf.

»Er hat nicht einmal mit mir geredet. Und das, wo ich doch immer bei ihm gewesen bin. Er hatte nur Augen für den Dieter Menning, den Schauspieler. Der hat den Kurs geleitet, und Christoph war so sehr fasziniert von ihm. Dabei kann der auch nur sich gut verkaufen. Aber er genießt es natürlich, wenn da einer ist, der ihn bewundert.«

»Aha. Und du hast den Christopher bewundert, oder?«

»Quatsch! Ich hab ihn nicht bewundert. Ich hab ihn angebetet, ich liebe ihn, weißt du? Ich liebe ihn einfach wahnsinnig. So etwas Großes wie meine Liebe gibt es nirgendwo auf der Welt, und er kümmert sich nicht darum.«

»Hast du ihm das denn auch gesagt?«

»Ihm gesagt?! Bist du verrückt? So etwas sagt man doch nicht. Der Andere muss es auch fühlen. Schließlich sind wir doch so viel zusammen gewesen, das muss er doch fühlen. Nein, er muss es wissen. Aber er tut so, als ob er es nicht wissen will. Als ob ich es nicht wert bin, dass er mich liebt. Ich fühle mich so elend!«

Sie schluchzte laut und sank auf dem Stuhl noch weiter in sich zusammen, ließ Rotz und Tränen einfach laufen. Ich stand auf und wischte ihr mit einem Papiertaschentuch das Gesicht wieder sauber. Sie zog die Nase hoch und schaute auf die Mauer vom gelben Haus, dann sagte sie mit tonloser Stimme:

»Ich wollte, ich wäre tot.«

»Sei nicht albern. Nur weil so ein grüner Junge dich links liegen lässt, da glaubst du gleich, dass du nichts wert bist. Du hast dich das erste Mal in deinem jungen Leben verliebt, das ist eine wichtige Erfahrung für dich, aber es ist das erste Mal. Das ist wie beim Fahrradfahren, das erste Mal ist schwer auszuhalten und man fällt oft um und holt sich blaue Flecken oder ein blutiges Knie. Du hast dir nun eine schmerzende Seele geholt, dein Herz tut weh, bei uns heißt so etwas Herzeleid. Aber nun ist er ja weg, weit weg.«

Aishe heulte laut auf und barg ihr Gesicht in den Armen, das ganze Elend der Welt hatte sich in ihr versammelt. Ich kannte das. So war es auch mir einst ergangen, da konnte ich Aishe nicht weiter helfen, sie musste da durch, so wie wir anderen Menschen alle. Die Erfahrungen mit dem Erlernen von Liebe und dem Umgang mit unseren Gefühlen, jeder von uns muss das in seinem Leben erst lernen, und alle ohne Ausnahme haben dieses Stadium von Liebeskummer durchmachen müssen, aber das macht es nicht einfacher.

»Sag mal, Aishe, was magst du denn an diesem Christopher?«

»Blöde Frage. Alles. Er ist einfach himmlisch. Er ist so cool, allein schon wie er schaut. Und seinen Kopf, wie er den hoch in den Himmel werfen kann. Hier, schau doch selbst!«

Sie holte ihr Smartphone aus ihrer Jeans, drückte auf ein paar Knöpfe, wischte ein paar Mal über die glatte Oberfläche und hielt mir dann die Bildseite entgegen.

Der junge Mann dort auf dem Bild sah nicht übel aus, ein kräftiges Kinn, die etwas längeren brünetten Haare halb auf die rechte Gesichtshälfte verschoben, die Arme erhoben mit den Handflächen nach oben, als erflehte er des Himmels Segen oder erwarte ein Geschenk aus den Wolken.

»Siehst du, das ist er. So sieht er aus. Und ich liebe ihn. Und nun, nun ist er weg!«

Aishe schaute selbst noch einmal auf das Bild, dann drückte sie es weg und steckte das Handy wieder ein. Sie schniefte und ließ sich wieder auf den Stuhl fallen.

Ich überlegte und sagte dann:

»Das find ich gut, dass du wenigstens ein paar Bilder von ihm hast. Die erste große Liebe ist für jeden Menschen nämlich ganz wichtig. Wenn er dich auch nicht beachtet hatte, ich meine in dem Kurs, du hast zumindest seine Bilder. Und dann kannst du sie dir immer wieder ansehen und dabei überlegen, was du eigentlich an ihm so gut findest. Was hast du an diesem Jungen so toll gefunden, dass du glaubtest, du habest dich in ihn verliebt. Und dann überleg dir genau, womit hat er eigentlich deine Liebe verdient? Nur weil einer gut aussieht, das ist doch kein Grund. Schau dir nur die vielen Illustrierten an, all die schönen Frauen dort. Glaubst du, dass die von all den Lesern geliebt werden? Nur weil sie schön sind? Dann würden sich die Schönheitschirurgen und die Parfumerien ja gar nicht mehr retten können von dem Andrang. Schon jetzt kaufen die Frauen ja alles, was auf den Markt kommt, wenn es nur mit der Aufschrift: Ich mache dich schöner! daherkommt. All die vielen Schminksachen, der Nagellack, die Haarfärbemittel, die Perücken, ja die ganze Modebranche lebt doch von der Illusion, dass man mit dieser oder jener Methode die Frauen verschönern kann und dass dann die große Liebe kommt. Alles nur Illusionen. Die wahre Liebe wird durch andere Dinge verursacht, da zählen andere Werte. Aber das musst du erst noch lernen. Und ich bin mir sicher, das wirst du auch. Du schaffst es schon, das Leben.«

Sie schniefte noch ein paar Mal, dann erhob sie sich langsam und ging mit hängenden Schultern ins gelbe Haus.

In den nächsten Tagen ließ sich Aishe leider nicht blicken. Ihre Mutter Gülistan kam hin und wieder zu mir auf den Hof, setzte sich und berichtete, dass Aishe sich von allen zurückgezogen habe, sie sitze oft reglos am offenen Fenster und höre ihre Musik.

»Sie hat dann diese Kopfhörer auf und ich rede ins Leere. So kommt es mir vor. Wenigstens kommt sie abends zum Essen. Ich denke, sie liegt tagsüber auf ihrem Bett und verbraucht Unmengen von Taschentüchern.«

Als ich Ende August dann am Nachmittag nach einem erholsamen kleinen Schläfchen wieder zu meinem Arbeitstisch ging, standen im Hof an der gelben Rückwand zwei Männer. Ich hatte sie noch nie zuvor gesehen. Dunkle Anzüge und Haare, unrasiert, offene weiße Hemden, blankgeputzte schwarze Schuhe. Sie standen einfach da und rauchten, beobachteten mich. Ich hielt sie für Rumänen oder Türken, der kleinere der beiden nahm seine Hand aus der Tasche und spielte mit einer Art Rosenkranz aus gelben Steinen.

Ich beachtete sie nicht weiter, sondern nahm meine angefangene Kachel und malte sorgfältig an dem Fachwerkhaus; diesmal kam der Auftrag von einem Möbelhaus, die wollten eine ganze Serie mit landestypischen Motiven für ihre beiden Läden haben. Als ich die fertig bemalten Kacheln sorgsam auf das Trocknungsblech platzierte, gingen die beiden Männer. Dann kam das Wochenende und wir waren eingeladen in der Heide, ein runder Geburtstag musste gefeiert werden.

Drei Tage später kam Gülisten zu mir, schon am frühen Nachmittag. Sie setzte sich und starrte vor sich hin. Endlich schaute sie mich an:

»Sie haben mich gefunden, die Familie. Jetzt sind meine beiden Cousins hergekommen, die mütterlicherseits, bei der Familie meines Vaters sind es noch mehr. Also, ich hab dir ja erzählt, diese Geschichten mit meinen Eltern, und nun haben sie mich gefunden. Sie sind extra aus Duisburg hergekommen. Sie wollen mich mitnehmen und Aishe auch. Weißt du, was das Schlimmste ist: ich bin völlig wehrlos. Ich meine so tief hier innen drin. Sie haben mir erzählt, dass mein Vater im letzten Jahr gestorben ist, und jetzt ist meine Mutter ganz schwer krank. Sie liegt nur noch und weint, sagt dauernd, dass sie zum Papa will, also sterben. Und da haben sie sich auf die Suche gemacht und uns hier gefunden. Und nun wollen sie uns holen. Wir sollen wieder zurück in die Türkei, und da werden wir dann ganz nach dem Willen der Familie leben müssen.«

Gülistan unterdrückte ein paar Tränen, dann holte sie Zigaretten und Streichhölzer aus ihrer Hosentasche und zündete sich eine an. Als sie meinen erstaunten Blick bemerkte, lächelte sie bitter und sagte:

»Ich hatte es schon vor Aishes Geburt aufgegeben, aber jetzt...Jetzt ist mir alles egal. Ich bin so erschrocken. Die haben mich gefunden. Und zwar über das Ordnungsamt. Weil ich Aishe doch anmelden musste, sie soll doch hier zur Schule gehen. Und weil ihr hier in Deutschland mit den Behörden immer so tüchtig seid und hier alles seine Ordnung hat, da haben sie mich und Aishe natürlich registriert und so auch den Behörden dort unten

Auskunft geben können, und einer meiner vielen Onkel sitzt im Ordnungsamt in Wuppertal. Und nun sind sie hergekommen und wollen uns holen.«

Sie zog an der Zigarette, ganz tiefe Lungenzüge; ich saß nur da und schaute sie an. Ein schöner Schlamassel.

»Weißt du,« sie drückte den Stummel aus, »bei mir wird es noch gehen. Ich habe schon andere stehen lassen. Ich werde nicht in die Türkei fahren. Eigentlich bin ich froh, dass mein Vater tot ist. Er kann mich und Aishe nun nicht mehr schlagen oder demütigen. Und Mutter..? Sie war immer nur von ihm und seinen Launen abhängig, Jetzt wird sie die ganze Familie mit ihren Klagen in Atem halten, und das wird sicher über Jahre so gehen. Wehleidig war sie schon immer. Oh, wie ich sie gehasst habe! Schon als ganz kleines Mädchen hat sie mir täglich die Ohren vollgejammert. Der Vater war immer weg, er kam sehr spät nach Hause und hat sich dann hingelegt, wenn er nicht geschlagen hat. Und am Morgen ging er meist schnell ins Kaffeehaus, um seinen Tee zu trinken mit seinen Freunden und Karten zu spielen oder Domino. Mutter wollte ihren Frust bei mir ablassen. Es war ja auch keiner sonst da; die Tanten und Onkel waren schon lange weggeblieben, sie hatten die ewigen Klagen satt. Nur ich musste mir das dann anhören, Tag für Tag. Es war immer dasselbe! Und das Jammern, das hat sie gelernt, von ihrer Mutter und deren Mutter. Sie alle haben beim Essenvorbereiten in der Küche gehockt und jede hat ihr Leid geklagt. Das ganze Haus war ein Jammerhaus, das hab ich meiner Freundin damals erzählt. Da fällt mir ein, hier gab es mal ein Würfelspiel, ich habe es Aishe zu ihrem Geburtstag geschenkt, da war sie sechs, da gab es eine Jammerkammer und einen Qualsaal.«

»Ich kenne das Spiel, da war auch noch ein Wimmerzimmer, wenn ich mich nicht irre.«

»Ah ja. Das passt ja schön. Und nun sollen wir zurück in diese traurige Türkei, zurück aufs Land, zu den Eseln!«

Ich war mir nicht sicher, ob sie die Tiere oder die Menschen dort meinte.

Sie steckte sich noch eine Zigarette an und fragte:

»Was meinst du, sollte ich mit Aishe wieder verschwinden? Vielleicht nach Dänemark? Dort sind die Behörden sicher nicht so. Ich habe ja den deutschen Pass inzwischen und Aishe ist auch als Deutsche registriert, aber innerhalb der EU dürfen wir ja überall hin und ich kann auch überall arbeiten. Und in Dänemark, also jenseits der Grenze, da gibt es auch deutsche Schulen, und ich finde als Buchhalterin ja sicherlich schnell einen Job. Oder sehe ich das alles zu optimistisch?«

Was sollte ich ihr raten? Ich wusste es nicht.

»Möchtest du etwas trinken?« fragte ich, um Zeit zu gewinnen.

Sie nickte und ich holte uns Gläser und eine Flasche Apfelsaft.

Ich goss uns ein und wir tranken. Sie schluckte hastig und ihr Glas war schnell geleert. Die zweite Zigarette war geraucht, der Apfelsaft getrunken, sie schaute zum Torbogen, dann zu mir und sagte:

»Es war nicht ganz fair, dich zu fragen, aber ich weiß selbst nicht, was ich tun soll. Was ich will, das weiß ich schon: ich will mit der Familie nichts zu tun haben. Aber bei uns ist Familie alles, weißt du. Der Einzelne zählt nichts, es gilt nur das, was der Familie nützt. Deshalb ist es auch so schwer für türkische Frauen, sich aus den Fängen der Onkel und Tanten, der Nichten und Cousins herauszuwinden und eine Selbständigkeit zu erlernen. Oh ja. Das muss man ganz neu erlernen, so wie man die deutsche Sprache erlernen muss. Wenn man denn in diesem Land bleiben will und sich hier wohlfühlen will.«

Sie seufzte.

»Aber sich das einzugestehen, dass man das darf, dass man auch als Frau, oder gerade als Frau sich wohlfühlen darf auch ohne Männer, auch ohne die Bevormundung der Ältesten, auch ohne die strengen Sitten der Familie. Dass man einfach nur eine Frau sein kann, sogar eine tüchtige berufstätige Frau und nicht nur ein Anhängsel eines Mannes oder einer Familie. Ach. Wenn ich nur wüsste, was ich tun soll.«

Ich schaute sie nur an, hilflos wie ich mich fühlte. Die Wolken am Himmel wurden dunkler, sie hatten auch Regen angesagt. Ich erhob mich und packte meine Sachen zusammen.

»Kann ich mithelfen?«

Ich nickte, und Gülistan half mir, die Trockenplatten und Farbdosen mit hineinzutragen. Als sie zurück über den Hof in das gelbe Haus ging, fielen die ersten schweren Tropfen.

Etwa zehn Tage später kam Aishe in den Hof. Sie sah ganz anders aus, zwar trug sie noch ihre Jeans und Turnschuhe, aber sie hatte so eine Art Schal um den Kopf gebunden, der Ohren, Hals und Haare verdeckte.

Als sie mein Erstaunen bemerkte, lächelte sie und sagte: »Das nennt man Hidschab. Es soll deutlich machen, dass ich eine Muslima bin. Wir waren in der Moschee gewesen, am Freitag, zum Gebet, die Cousins und ich, und da hat mir die Fatima es gezeigt, wie man das macht. Es ist gar nicht so einfach, damit auch die Ohren verdeckt sind. Das muss so sein, hat auch der Imam gesagt. Ich wollte mich von dir nur verabschieden. Ich werde mit den Cousins in die Türkei fahren, zu meiner Familie, dann werde ich endlich den Ort kennen lernen, an dem meine Mutter geboren ist. Und die Großmutter wird da sein, ich werde dort den Rest der Ferien verbringen. Das wird richtig spannend werden. Und meine Cousins werden dort auf mich aufpassen. Haben sie gesagt. Aber da wird mir schon nichts geschehen, da ist ja die Familie.«

»Aha.«

Mein Mund war ganz trocken.

»Und deine Mutter, Gülistan, fährt die auch mit?«

»Nein. Sie will hierbleiben. Mit der Familie hat sie nichts mehr am Hut, hat sie gesagt. Nun ja, wer weiß, was da alles vorgefallen sein mag. Ich jedenfalls freue mich, dass ich eine so große Verwandtschaft habe und die alle kennen lernen kann. Mit Mutti war es doch mitunter nicht so ganz einfach. Und gerade jetzt, das passt so gut, weißt du. Christoph ist weg, und nun bin ich auch weg. Das gleicht sich doch irgendwie aus, findest du nicht?«

Ich fand das zwar nicht, aber ich nickte. Wir verabschiedeten uns dann fast förmlich und sie ging; sie ging nicht wie damals mit gesenkten Schultern, die vor Liebeskummer kaum von der Stelle kam; sie ging auch nicht wie die begabte Schülerin mit kleinen Sprüngen zwischen den Schritten, weil sie so voller Energie war;

sie ging aufrecht und zielsicher mit zurückgenommenen Schultern, ganz eine junge Frau, die sich ihrer Würde bewusst war.

Der September begann mild, bunt kam der Herbst daher und färbte die Blätter. Da stand eines Nachmittags Gülistan im Hof und begrüßte mich. Sie sah müde aus. Sie rauchte noch immer und erzählte, dass Aishe in der Türkei geblieben sei, und zwar genau in dem Dorf, in dem Gülistan aufgewachsen war, sie lebte bei der Großmutter, die Cousins und Onkel kümmerten sich intensiv um sie und hatten auch schon einen passenden Ehemann für sie gefunden, noch vor Jahreswechsel sollte die Hochzeit stattfinden.

»Aishe hat sogar den türkischen Pass beantragt, sie wird ihn auch sicher bekommen. Sie hat sich völlig unter die Knute der Familie begeben. Trotz des freien Lebens, das sie hier gewohnt war. Ich war ihr eben keine gute Mutter.«

Dann brach es aus ihr heraus:

»Weißt du, sie ist doch noch ein Kind! Sie hat doch keine Ahnung, was es heißt, in so einem Dorf zu leben. Und einen solchen Mann zu heiraten. Und von Liebe und Ehe, wer hat ihr denn jemals davon was erzählt? Sie wird sich ängstigen, sie wird sich verkriechen in sich selbst, sie wird weinen in der Nacht und dumpf am Tage ihre Hausarbeiten verrichten. Die Familie des Ehemannes wird sie einsperren, sie wird sogar ganz in schwarz gehen müssen, sie wird den Hidschab tragen oder vielleicht sogar eine Burka, wer weiß. Und ich kann ihr nichts erklären, kann ihr nicht mehr helfen. Ach Aishe! Ich bin so verzweifelt. Muss sich denn alles wiederholen?«

»Nun warte erst mal ab, wie sich das alles entwickeln wird,« sagte ich.

»Wer weiß, was da noch geschieht, wenn sie bei der Familie des Mannes lebt, oder wenn die Beiden dann hierher kommen. Oder wenn...«

»Ach, weißt du, sie klang am Telephon so erwachsen, so weit weg. Sie war richtig fröhlich. Und den Mann, den kennt sie noch gar nicht. Der soll aus einem kleinen Dorf in Anatolien kommen, ein Schuster, und sie wird dann dorthin ziehen, und ich denke, sie kommt da nicht mehr weg, wenn diese engstirnigen Verwandten sie mehr und mehr einbinden. Hätte ich doch nur besser aufgepasst. Was bin ich nur für eine Mutter, ich bin sicher eine schlechte. So wird sie denken von mir... «

»Nun hör aber auf. Jetzt ist nicht die Zeit für Selbstvorwürfe. Das passt gar nicht zu dir. Du hast Aishe bisher immer vorgelebt, dass man sein Schicksal selber in die Hand nehmen kann und dass man das auch als Frau und gerade als Frau tun kann und muss. Damit sich das eigene Selbstbewusstsein einen sicheren und festen Standplatz schafft. Und das hast du ihr gezeigt. Du hast ihr all die Möglichkeiten gezeigt, die es hier in Deutschland gibt, auch für eine türkische Frau. Und jetzt ist sie dort in Anatolien und lernt etwas ganz anderes kennen. Das hat natürlich zunächst seinen Reiz für Aishe, weil es alles ganz neu ist. Sie hat jetzt eine Familie, sie hat jetzt eine Oma, sie bekommt sogar einen Ehemann, und wer weiß, vielleicht ist dieser Mann sogar gut für Aishe, weil er gütig und liebevoll ist und die beiden werden glücklich. Könnte doch sein, oder? Das ist es doch, was du deiner Tochter wünschst, dass sie glücklich wird in ihrem Leben. Aber das wird vermutlich wohl eher nicht geschehen, denn zum einen hat Aishe die Erinnerung an all das, was sie hier erlebt hat, zum anderen ist sie ja nicht dumm. Sie wird also voraussichtlich in absehbarer Zeit den Reiz des Neuen abstreifen und merken, wie eingeengt sie dort ist und dass Familie auch eine Last sein kann. Und sie war ja schon hier oft sehr rebellisch. Also musst du dich darauf vorbereiten, dass sie eines Tages hier vor deiner Tür stehen wird, sei es als Flüchtling, sei es als Besucherin, du hast jetzt eine neue Aufgabe als Mutter und Frau. Vergiss das nicht!«

Gülistan schaue mich an und zündete eine neue Zigarette an. Eine Träne quoll aus ihrem linken Auge und rann ganz langsam ihr Wange herunter. Sie nahm einen tiefen Zug und sagte dann ganz leise:

»Danke. Ich danke dir. Du kannst eben doch sehr viel mehr, als nur diese blöden Kacheln malen.«

Ich setzte Teewasser auf und stellte uns blaue Steingutbecher hin; wir tranken den starken Assam und süßten mit braunem Rohrzucker. Mit der Dämmerung kamen die Schatten wieder in den Hof. Vereinzelte helle Fenstervierecke strahlten, allmählich wurden es mehr. Im nachtblauen Himmel konnte ich Sterne sehen.

DIE FRAU AUF DEM DACH

1

Die dunklen Wolken am Himmel waren abgeregnet und eine strahlende Frühlingssonne wärmte die Stadt, aber auf Angelikas Gesicht zogen noch immer feuchte Tränenspuren die abwärts gebogenen Mundwinkel nach.

Sie hatte längst alle Papiertaschentücher verbraucht und musste immer wieder die hervorquellende Flüssigkeit in der Nase hochziehen. Mit rotgeränderten Augen starrte sie aus dem Fenster auf die Dächer und Hinterhöfe. Ein paar Schornsteine qualmten, und auf dem Flachdach links gegenüber hatte man schon einen alten Liegestuhl neben einer Zierkirsche im Holzfass aufgestellt. Einige Fenster waren weit geöffnet und wollten die erwartungsvolle Frühlingsluft hereinlassen, die kalten Wintermonate waren ziemlich grau und nass gewesen.

Der heutige Regenguss war nur ein schwacher Abklatsch, hatte aber ausgereicht, um Angelikas dunkle Gedanken wieder auszugraben.

Es war nach dem zweiten Advent gewesen, als Rolf seine Sachen gepackt und ihr gesagt hatte, dass er nun endgültig genug habe und gehe.

»Aber wohin willst du denn?! Du hast doch noch keine andere Wohnung, oder? Oder hast du doch eine neue Freundin, das hab ich doch gleich vermutet. Sicher so eine nette Studentin, die genug Geld vom Vater bekommt und deine verrückten Ideen finanzieren kann.«

Rolf hatte sie nur angeschaut, wie er immer dann geschaut hatte, wenn sie ihm Vorwürfe gemacht hatte. Ein scharfer kalter Blick, so etwas wie Verachtung hatte sie darin gespürt und ein »Lass mich nur in Ruhe.« Oder ein »Du wirst schon sehen...« Auf jeden Fall aber fühlte sie dieses altbekannte »Du bist schuld!« –Gefühl; das ließ sie auf den nächsten Stuhl niedersinken und still vor sich hinweinen. Rolf nahm seine Tasche und den dunklen Seesack, schaute sich noch einmal im Zimmer um und ging. Kein Türschlagen, kein letzter Blick auf sie, kein demonstratives »Das war`s dann wohl!«, nein, einfach so. Er ging wie selbstverständlich, als ob er zum Bus wollte oder zum Bahnhof. Und wer weiß, vielleicht hatte er auch genau das getan, denn seitdem war er weg. Angelika hatte ihn nicht mehr gesehen, nicht in seiner Stammkneipe, nicht in irgendeinem Laden oder Geschäft, weder beim Bäcker noch bei der Post war sie ihm wieder begegnet. Er war weg. Einfach weg.

Wenn sie die Nummer seines Handys wählte, blieb ihr Display dunkel. Er war einfach nicht mehr erreichbar, nicht einmal die Mail-box meldete sich. Angelika hatte ein paar Mal im Büro der Kunstschule angerufen, aber dort wusste man auch nichts von ihm, er sei weder in den Kursen aufgetaucht noch habe einer der Tutoren oder Lehrer ihn gesehen oder gesprochen, und außerdem stehe noch eine beträchtliche Summe für Materialien offen, die Rolf über die Kunstschule bestellt gehabt habe.

Angelikas Handy klingelte.

Mit einem kleinen Seufzer drehte sie sich vom Fenster weg und nahm ihr Smartphone von der Kommode, setzte sich auf die Sofaecke und drückte die Taste:

»Hallo, hier ist Angelika.«

»Hey Geli. Ich bin's. Hast du nicht Lust Samstagabend mitzukommen, der Wolli hat seinen Führerschein wieder und es soll eine tolle Party geben in seiner Bude. Und Gernot und Hermann wollen auch kommen, Jens hat schon zugesagt. Na, was meinst du dazu?«

Milla. Die kam gerade recht. Ludmilla Claasen, eine Kollegin aus dem Amt, die kümmerte sich seit Angelikas Eintritt in das Büro um sie, auch wenn sie es nicht wollte; sie war eben so ein Kümmerertyp, eine Art verhinderter Schwester, wie Wolli sie genannt hatte, als Milla gerade draußen war. Sie redete zu viel und kümmerte sich zu sehr, aber sie meinte es immer gut und war zuverlässig. Jedenfalls meistens.

»Ach, ich weiß nicht.«

Angelika kuschelte sich in die Sofaecke. Sie hatten das resedagrüne gute Gründerzeitsofa auf der Strasse gefunden, als sie spät nachts im letzten August mit Rolf von Gernots Einstand zurückgekommen waren. Das Sofa stand da neben anderen für den Sperrmüll bestimmten Dingen, geborstenen Schubladen, ein zersplitterter Plexiglastisch, verbogene Holzstühle, etliche Umzugskartons mit Krims und Krams, zwei aufgerollte abgewetzte dünne Teppiche. Sie hatten aus einer Laune heraus das Sofa mitgeschleppt durch den engen Flur bis zum ersten Stock ihrer Altstadtwohnung. Seitdem stand es dort im Wohnzimmer vor dem ausziehbaren dunklen Esstisch mit dem von Angelikas Oma bestickten Tischläufer, auf dem etwas an den Rand verschoben der zweiarmige silberne Kerzenleuchter stand, den sie von ihrer Mutter geerbt hatte.

»Ach Geli, nun mach schon. Immer vergräbst du dich und pflegst nur deinen Liebeskummer. Dabei ist dieser Rolf das gar nicht wert! Du musst mal wieder unter Leute gehen und ein bisschen Spaß haben. Lass dir doch deine schlechte Laune austreiben! Wenn du aus dem Fenster siehst, dann kannst du schon den Frühling riechen. Du, du weißt ja, Frühling ist die Zeit des Erwachens! Na, kommst du mit? Ich kann dich auch abholen, wenn du willst.«

Da musste Angelika auflachen.

Sie kannte Millas Weise, mit dem Auto loszudonnern und dann ruckartige Bremsmanöver zu fahren, mitunter rote Ampeln zu übersehen insbesondere dann, wenn ein Modelädchen am Wegesrand seine Schaufenster neu präsentierte, auf ihre äußerst lebhafte Art und Weise mit flatternden Armen und deutenden Fingern die eigenen Bemerkungen zu unterstützen und links wie rechts auf die Auslagen der Geschäfte zu deuten, oder sie musste an den unmöglichsten Stellen anhalten, nur weil sie gerade Lust auf ein Eis oder eine Bratwurst überkam. Auf ihren Fahrstil angesprochen meinte sie nur: «Ich fahre eben gerne flott und elegant.« Die Freunde und auch die Polizei sprachen von Raserei und unzulässiger Geschwindigkeitsübertretung.

Aber Angelika mochte sie, sie kannten sich seit der dritten Klasse, damals waren Millas Eltern hergezogen in die Rabenstrasse, und Milla bekam in der Klasse den freien Platz neben Angelika. Sie hatten sich rasch angefreundet; in der Pubertätszeit war es oft Millas aufbrausendes Temperament, das junge Verehrer verscheuchte oder anzog, je nachdem.

»Nun komm schon! Sei ein gutes Mädchen!«
Angelika lachte wieder und sagte schließlich zu, aber sie würde den Weg zu Wolli schon allein schaffen. Schließlich gab es so etwas wie Taxen. Und die wollten auch leben. Sie legte das Handy ab und schaute sich um. Sie musste ja irgendetwas mitbringen, nicht dass der gute Wolli das erwarten würde, aber schließlich gehörte es sich so. Als Dankeschön dafür, dass der jeweilige Gastgeber an einen gedacht hatte. Wenn nicht gerade so etwas wie Geburtstag, Hochzeit oder Scheidung der Grund für die Feier war. Seit den Kindergeburtstagen, damals hatte Mutti ihr immer etwas besorgt, schön eingepackt und mit einer Schleife das bunte Papier verschlossen ; den ach so bequemen Tesafilm hatte es erst später gegeben, da war sie schon in der Schule.

Ein kleines Mitbringsel, aber was?

Sie wusste, dass Wolli sich seit Jahren um Peggys Gunst bemühte und Peggy wiederum nahm ihn gern in die Arme, dann hielt sie wieder für ein paar Wochen Abstand, dann rief sie ihn wieder herbei, das ging seit Jahren so. Sie waren eben ein unfestes Paar, wie Milla es treffend benannt hatte. Ein Mitbringsel brauchte sie noch.

Angelika schaute in den Kühlschrank, da gab es nichts. Also musste sie einkaufen, denn morgen war Sonntag und die Läden geschlossen, und selbst wenn sie heute Abend auf der Party genug zu essen bekäme, auch am Sonntag würde ihr Magen knurren, wenn er nicht gefüllt würde. Der Mensch ist doch nur ein Durchlauferhitzer, dachte sie sich und grinste. Und unterwegs würde sie sicher auch ein Mitbringsel finden können.

Sie zog den Mantel über, es war noch nicht sehr warm, trotz der Sonne, legte ihr Handy auf den Kühlschrank in den geflochtenen Korb mit den Ersatzschlüsseln, kleinen Münzen, Briefmarkenheftchen und losen Hustenbonbons, nahm die Einkaufstasche und ging los.

Im Supermarkt legte sie den geliebten französischen Weichkäse in ihren Einkaufswagen, dazu ein Stückchen Leberpastete, ein Netz Orangen, noch eine Gurke, eine große Tüte Äpfel, ein Glas Honig, ein Päckchen Ostfriesentee –das Wasser in der Stadt war für die milden anderen Teesorten viel zu hart – und stellte sich an die Fleischtheke.

Dort kam Hermann auf sie zu, der in seinem Wagen ein große Packung Toilettenpapier vor sich herschob.

»Hey Geli, wie geht`s denn so. was macht die liebe Liebe?! Dass man dich mal hier trifft.«

»Ach Hermann, du bist`s. Hast du mich erwischt heute. Das hier ist auch der einzige Supermarkt, in den ich gehe. Der Schlachter hier ist einfach unglaublich, was der an Wurstsorten hat, und diese Frische erst. Hier weiß ich auch, woher die Tiere kommen, alle aus der Region. Und du? Blass siehst du aus. Hast du Durchfall, weil Inge nicht gut gekocht hat, oder machst du eine Party?«

Sie lachten beide.

»Das ist unsere bescheidene Monatsration. Und sag nur nichts gegen Inges Kochkunst, ich soll Rouladen holen. Das ist schon die hohe Schule der Küche, weißt du.«

»Ich weiß, noch erinnere ich mich gut an die Ente am Nikolaustag, sie war einfach himmlisch.«

Sie rückten in der Schlange ein wenig voran.

»Mich hat übrigens Milla vorhin angerufen.«

»Ach, lebt die auch noch? Ich dachte, sie wäre fortgezogen, Sylvia hat doch so was erzählt, dass Milla sich nach Hamburg beworben hatte.«

»Davon weißt ich nichts. Ich hab mich in den letzen Wochen sehr rar gemacht, weißt du. Ich hab ziemlich wenig mitbekommen, wer wann wo was, ich war einfach zu beschäftigt.«

»Ja ja , das kenn ich. Da war die Sache mit Rolf, nicht? Da musstest du erst mal drüber wegkommen.«

Angelika seufzte und zwang sich ein müdes Lächeln ab.

»Drüber weg. Das wäre gut. Ich hatte mich in Arbeit vergraben, aber es hat nicht viel genützt.«

»Ich weiß. Ich hab das auch gemacht, damals, als das mit Inge auf der Kippe stand. Da war mein Schreibtisch förmlich übersät mit all den Ordnern, und am Wochenende gab ich mir dann die Kante. Aber es hat nicht richtig geholfen. Erst als wir uns dann so richtig ausgesprochen hatten und all die Missverständnisse geklärt hatten, dann ging es; und ganz plötzlich, dann war alles gut. Und seither bemühen wir uns sehr intensiv umeinander.«

»Du bist eben ein Glückspilz, Hermann.«

»Ja, meinst du wirklich? Dann sollte ich heute doch mal Lotto spielen. Und wenn es nur ein paar Tausender wären, für den Urlaub könnte ich das gut gebrauchen.«

»Du bist und bleibst ein Fantast, immer mit dem Kopf in den Wolken.«

Angelika musste nun doch lachen. Die Fleischereifachverkäuferin rief ihr zum zweiten Male zu:

»Was darf es denn bei Ihnen sein?«

Angelika drehte sich zu ihr um und verlangte ein Pfund Mischhack.

»Ach so, bei dir gibt es heute Frikandellen, was?«

»Nein, Hermann, ich brutzel mir heute eine Hack-Apfel-Pfanne, da hab ich dann gleich was für zwei Tage.«

Angelika nahm das Päckchen Hack und legte es in den Wagen.

»Ich geh dann mal, mach es gut und melde dich möglichst bald.«

2

Hermann winkte ihr nach und kaufte drei Rouladen, dann zog er einen Gang weiter, kaufte noch zwei Gläser Rotkohl, ein paar Bananen, Oliven, Käse und frisches Dinkelbrot, zahlte an der Kasse und packte alles in die große Tragetasche, die er über die rechte Schulter hing. Er ging noch zur Bankfiliale und holte sich in der großen Halle am Automaten dreihundert Euro, dann schritt er fröhlich nach Hause, am Stadtgarten entlang, wo die ersten Blätter schon in der Sonne glänzten.

Der Gehweg war wie fast jeden Tag vollgeparkt, die Stadt sollte endlich mal Abhilfe schaffen, dachte er. Aber diese Feierabendpolitiker hatten ja nichts Besseres zu tun, als sich immer wieder um sich selbst zu kreisen und sich gegenseitig Posten und Pöstchen zuzuschanzen oder abzuluchsen. Hermann schüttelte den Kopf. Jeden Tag, wenn er die Zeitung las, überkam es ihn. Es gab so viele alltägliche Dinge in seiner Stadt, die mit ein wenig Aufmerksamkeit und nicht allzu viel Geld wieder in Ordnung gebacht werden konnten, aber das parteipolitische Gezänk war denen anscheinend viel wichtiger. Er hatte vor ein paar Tagen mit Wolli und Peggy darüber geredet, und Peggy hatte ihm vorgeschlagen, dass er sich doch einfach wählen lassen solle, dann könne er doch dafür sorgen, dass die Dinge, die ihn so störten, wieder in Ordnung gebracht würden.

Hermann hatte abwehrend die Hände hoch erhoben und ihr erklärt, dass er vor zwanzig Jahren schon einmal daran gedacht habe, in die Lokalpolitik zu gehen. Er war damals in zwei, drei Versammlungen der großen Parteien gegangen. Jeweils die für seinen Stadtteil in Frage kommenden Ortsvereine, aber was er dort erlebt hatte:

»Dieses eitle Getue und das Umschmeicheln der sogenannten Mächtigen und das Über-den-Mund-fahren der kleinen Leute, da gab es keinen Unterschied zu dem, was da im Rat der Stadt abläuft. Es war einfach nicht auszuhalten, wie viel Borniertheit und richtige Dummheit es so gibt, und ich dachte vorher noch, das sind doch ganz normale Leute.«

»Eben!« ‚hatte Peggy erwidert, »du darfst nicht Karl Valentin vergessen. Der hat für mich den hundertprozentig stimmenden Spruch über Politik von sich gegeben:

Alles ist schon längst gesagt, aber noch nicht von allen!«

»Ja, da hat er recht. Diese Redundanz, es ist zum Kotzen. Das hab ich gemerkt, dafür ist mir meine Zeit viel zu schade.«

»Siehst du, und daher kommt es auch, dass uns stets das Mittelmaß regiert. Denn die Cleveren und Schlauen, und all die, die es wirklich zu was gebracht haben, die geben sich doch mit so was nicht ab, die bleiben wo sie sind und arbeiten fleißig in ihrer Firma und wirken in ihrem

Umfeld. Wenn sie dann reich geworden sind, dann spenden sie höchstens mal für gute und notwendige Dinge, oder wenn sie ganz reich geworden sind, dann gründen sie eine Stiftung und tun Gutes und werden dann dafür noch belohnt, bekommen einen Orden oder ihr Leben wird im Fernsehen verfilmt.«

Sie hatten gelacht und noch eine Flasche trockenen Grauburgunder geleert.

Damals war Rolf noch dabei gewesen. Und jetzt hatte er Angelika verlassen. Na ja, wer konnte schon in Köpfe und Herzen anderer Menschen hineinschauen, oder?

Hermann drückte auf den Knopf der Fußgängerampel und wartete auf grün. Die schöne Geli. Sie kannten sich auch schon lange. Erst vom Laufen her, das war eine ganz muntere Truppe gewesen, alle wollten gern ihre Laufleistungen vergrößern, und keiner hatte so rechte Lust, immer wieder allein seine einsamen Bahnen zu ziehen am Teich oder am Fluss entlang, und der Aufruf auf den Din-A-4-Blättern an den Bäumen am Kanal hatte so unbeschwert geklungen, auch er hatte die angegebene Handynummer angerufen und dann hatten sie sich getroffen, an einem Samstag morgen, und es waren über zwanzig Läufer gekommen, sie hatten sich dann aufgewärmt und waren losgelaufen, und der Rudi hatte alle halbe Stunde Pausen gemacht und Dehnübungen vorgeturnt; er war Amateurtrainer beim Phönix für die Jugend und machte das Alles ziemlich gut, jedenfalls waren die meisten dabei geblieben und zusammen gelaufen, mindestens für ein halbes Jahr. Ja, da hatte er Angelika kennengelernt. Und Wolli und Rudi. Und sie waren sich dann immer wieder über den Weg gelaufen, na ja, die Stadt war auch nicht sehr groß, und dann war Inge auch mal mitgelaufen und hinterher hatten sie noch bei Alsterwasser und Latte Macchiato zusammengesessen und im Laufe der Monate und Jahre hatte sich dann eine gute Freundschaft entwickelt.

Und jetzt war Geli wieder allein. Hermann rückte die Tasche auf der Schulter zurecht. Sie war ja auch nicht ganz einfach, wenn Geli ihre zornigen Anfälle bekam und ausfällig wurde, er hatte es ein-, zweimal miterlebt, das war nicht schön gewesen, und er hatte dann Inge langsam beiseite gezogen und war mit ihr weggegangen, hatte sich verdrückt. Wenn Angelika auch in der Sache recht gehabt hatte, aber diese Art und Weise, nein, Hermann war eher ein Mensch, der die leisen Töne schätzte und auf Argumente vertraute und nicht auf Lautstärke setzte. Das mochte Inge auch so, wie sie ihm erst neulich gesagt hatte. Obschon auch Inge so ihre tönenden dröhnenden Minuten hatte, nach einem Telefonat mit ihrer Mutter zum Beispiel. Hermann grinste und überquerte die Straße, schaute auf das alte Haus, eine Gründerzeitvilla, dort wohnten sie im ersten Stock mit einem großen Balkon nach hinten zum Garten, eine helle und freundliche Wohnung, trotz Altbau. Er mochte das Haus. Als er den Schlüssel umgedreht hatte und rief: »Hallo, Inge, bist du noch da?« wartete er auf das vertraute helle Lachen. Aber Inge war nicht da.

Er sortierte die Einkäufe in Küche, Speisekammer und Kühlschrank ein, legte sein Handy griffbereit auf den gewohnten Platz auf der Kommode und rief noch einmal halblaut nach seiner Frau. Nichts.

3

Angelika hatte ihre Einkäufe verstaut und das Fenster im Vorderzimmer weit geöffnet. Sie schaute auf die Kreuzung weit hinunter bis zum Kanal. Dort war sie immer gern gelaufen, am Sonntag gegen Mittag. Da waren immer Menschen mit Hunden, ein paar Ruderer auf dem Wasser und andere Laufenthusiasten in dunklen Strumpfhosen und Pudelmützen mit elektronischen Armbändern, die Herzfrequenz, Blutdruck, Schrittlänge oder Atemvolumen maßen, und natürlich mit Handys, entweder in der Hand oder in einer Hüfttasche, auf jeden Fall stets griffbereit. Denn bereit sein ist alles, Angelika grinste vor sich hin. Vor einem Jahr noch war sie auch so dort unten gelaufen, und sobald ihr Handy sich gemeldet hatte, hatte sie es ans Ohr gehalten und »Hallo!« gerufen. Inzwischen war ihr aber das Abschalten, die Ruhe vor dem Alltag, das ungestört nur für sich sein so wichtig geworden, zumal nach Rolfs Abgang. Sie hatte mit sich selbst genug zu tun. Sie wollte in sich Ordnung schaffen. Allein eine neue Festlegung auf Lebensziele, auf Pläne. Und seien es auch nur die Planungen für den nächsten Urlaub. Wenn, wann, mit wem. Oder gar eine Singletour? Oder wie wäre es mit so einem Speed-Dating? Davon hatte sie schon gehört. Oder sollte sie mal im Internet auf einer der Seiten mit Partnervermittlungen gehen? Und wollte sie überhaupt schon wieder einem Mann erlauben…Und sollte sie nicht zuerst einmal eine Basis schaffen, einen sicheren Port, einen festen Standpunkt, oder in eine WG, und wie wäre es im Ausland, etwas ganz Fremdes, ein Art von Entwicklungshilfe für die anderen und für sich selbst, ganz praktisch, wo doch die vielen Flüchtlinge, und alle anderen hatten kein Geld und mussten dort bleiben und die viele Not, und es wäre doch sicher auch hilfreich, für die Karriere, wenn sie in Krisengebieten dabei gewesen wäre, aber dann die Möglichkeit der Ansteckung, Malaria, Denguefieber oder Aids. Oder in die Staaten, Amerika war ja immer noch der Traum vieler junger Menschen, und die Möglichkeiten, und ein Chef wäre begeistert, allein die Möglichkeiten, nicht nur in der Eurozone, auch über den großen Teich, allein die Kenntnisse in technischem Englisch, vielleicht in einer der großen Firmen...

Aber dann sah sie unter den vielen Menschen, die vom Kanal her mit munteren Gesichtern sehr elastisch wirkend in die Stadt zogen, dass da zwei junge Frauen kamen, die sie gut kannte. Angelika winkte und rief, aber Wiebke und Laura waren so im Miteinander vertieft, dass sie weder um sich blickten noch mit ihrem Gespräch aufhören konnten, obwohl Angelika oben in ihrem Fenster den Eindruck hatte, dass beide ständig redeten und sich gar nicht zuhören konnten. Wie fast alle hatten auch die beiden Frauen ihre Handys umklammert und schauten ständig darauf, in der Hoffnung, es möge sich dort eine SMS oder ein Anruf auf dem Display zeigen. Angelika beobachtete sie bis sie zur Häuserecke ,dann waren sie verschwunden. Vielleicht sollte sie ja Laura anrufen, sie hatte schon lange nichts mehr von ihr gehört. Kein Wunder, Angelika hatte sich fast von allen zurückgezogen nach der Trauer um Rolfs Weggang. Sie hatte einfach keinen sehen wollen, und erst recht niemanden, der in einer gut funktionierenden

Beziehung lebte. Gar eine Frau, die sich geliebt fühlte und umsorgt, oder die von ihrem Freund oder Ehemann ein Kind erwartete. Überhaupt Schwangere, Angelika hatte in den letzten Wochen überall schwangere Frauen gesehen, die ganze Stadt schien voll davon zu sein, als wolle das Schicksal oder der Frühling ihr deutlich machen, wie gut und sinnvoll es sei, sich mit einem Mann zusammenzutun, dass die Natur auch des Menschen alles darauf anlege, sich fortzupflanzen und Nachwuchs zu produzieren, dass alles besser sei als sich zu verkriechen und gar ein Eremitendasein zu führen, da hätte sie ja gleich in ein Kloster gehen können. Aber in welches, Angelia war nicht sehr religiös, das dunkle Habit von Nonnen mit der quasi Ganzkörperverhüllung, wie bei einer afghanischen Burka, kam ihr so fremd vor, wenn es auch ihrer Meinung nach nur dazu dienen sollte, das typische Frausein, das Dasein als weibliches und damit verführerisches Lebewesen zu verbergen, zu verhüllen, keine Angriffsfläche zu bieten, denn die Sünde lauert ja überall, soviel hatte sie noch aus dem Kindergottesdienst mitgenommen, und was sie von Petra über das Ashram auf Sri Lanka gehört hatte: die kratzenden Gewänder und die sexuellen Übergriffe der sogenannten Priester zusammen mit den kargen Rationen und dem Schlafen auf dem nackten festgestampften Lehmboden, nein, das wäre nichts für sie, sie wollte doch eigentlich noch viel erleben, positive Eindrücke sammeln, sich einen stabilen Freundeskreis aufbauen, etwas Sinnvolles tun, mal eine richtige Leistung erbringen, nicht nur für sich selbst als Eigenlob, wie eine Urkunde über eine Teilnahme am Marathon oder der erfolgreiche Abschluss beim Volkshochschulkurs, nein, sie wollte schon etwas Größeres, Wichtigeres leisten, kurz, auch sie wollte von möglicht vielen bewundert und anerkannt werden.

Angelika schloss das Fenster und grinste in ihr Spiegelbild auf der Scheibe. Also war sie gar nicht so anders wie die bedauernswerten Kandidaten, die sich bei Deutschlands next Top Model oder next Singer Winner oder next was auch immer im Fernsehen einem breiten Publikum darboten und sich zur Kurzweil und Unterhaltung von vielen so abkanzeln und entwürdigen ließen. Aber natürlich würde sie sich niemals an so etwas beteiligen, etwa einer Misswahl, Miss Ostsee oder Miss Hamburg oder Miss Schnittkäse. Sie erinnerte sich an das laute Geschnatter der Klassenkameradinnen im Freibad, da war sie mitten in der Pubertät gewesen und sie hatte sich in ihrem neuen Bikini gestreckt und gereckt und hoffte natürlich darauf wie die Freundinnen auch, dass die Jungen, die zusammengeballt um den Sprungturm Limonade tranken und heimlich Zigaretten rauchten, sie mehr als nur bemerken würden. Damals hatten sie über solche Möglichkeiten spekuliert, auf sich aufmerksam zu machen, da hatte es diese Fernsehwettbewerbe noch nicht gegeben, es gab aber in der Sommerdisco am Samstag sogenannte Schönheitswettbewerbe. nur musste man dafür mindestens achtzehn Jahre alt sein. Aber davon träumen konnte man auch schon mit sechzehn.

Sie holte Töpfe, Gemüse und das große Holzbrett auf den Küchentisch und begann mit der Vorbereitung für die Hack-Apfel-Pfanne.

Angelika zerschnitzte gerade die Boskopäpfel, da klingelte es: der Postbote Ingo Peters brachte ein dickes Päckchen. Sie kannten sich schon lange und Angelika mochte den etwa Fünfzigjährigen.

»Na mien Deern, wo geiht. Haben Sie sicher wieder im Internet bestellt, nicht wahr?«

»Das sieht ganz so aus, ist wohl das Gartenbuch, so schwer wie sich das anfühlt. Was ist, Herr Ingo, wollen Sie reinkommen auf eine Tass Kaff?«

»Nee, heut nicht, ich hab zu viel zu tun. Da sind mal wieder drei Leute ausgefallen und ich muss heute die Tour für einen Kollegen mitmachen. Lass man, aber morgen oder in der nächsten Woche, wenn mehr Zeit ist, dann setz ich mich gern wieder mal zu dir. Atschüß auch.«

4

Er legte zwei Finger grüßend an die Stirn, Mützen gab es ja keine mehr selbst für beamtete Postbedienstete, dann ging er weiter.

Im großen Eckhaus holte Ingo das schwere Schlüsselbund aus der gelben Posttasche und schloss die Eichentür auf. Zum Glück hingen hier die Briefkästen unten im Hausflur, er mochte gar nicht an die Zeiten denken, in denen er die fünf Stockwerke hochgestiegen war, meist wegen der

Renten; damals wurden einige noch per Postanweisung an die jeweiligen Empfänger ausgeteilt. Zum Glück waren die Zeiten aber vorüber; heute hatte jeder ja ein Konto bei der Sparkasse oder einer Bank, zum Beispiel der Postbank. Wenn es Ingo mal wieder so richtig stank mit seinen Arbeitsbedingungen, dann schimpfte er bei seiner Frau am Tisch, er sei schließlich von Beruf und Berufung ein Briefträger, der den Leuten ihre Post und Päckchen ins Haus bringen wollte und hier und dort einen kleinen Klönschnack machen konnte, und dann gab es Kaffee oder Kuchen oder auch mal einen selbstgemachten Bärenfang, aber offiziell sollte er sich als Bediensteter der Postbank betrachten, wie die anderen Kollegen auch, die in den Filialen ihren Dienst verrichteten.

»Ich und Bankbeamter, dann kann ich doch gleich nach Frankfurt ziehen oder an der Börse zocken gehen, was meinst du?«

Meist schwieg Siglinde, seine Frau, dann klugerweise und bügelte weiter oder machte sich in der Küche zu schaffen. Sie wusste ja, dass diese Anfälle von Ingo bald vorüber sein würden und nur auf eine zeitlich begrenzte Überlastung zurückzuführen waren. Im Grunde hatte er den für sich idealen Beruf erwählt: er wurde –meist! – gern empfangen, alle Menschen grüßten ihn freundlich; oft wurde er auch in die Wohnungen eingeladen, kurz gesagt, er genoss Vertrauen. Und das tat seiner Seele gut, es gab ihm Selbstvertrauen und einen positiven Lebenssinn. Selbst als vor acht Jahren die beiden vermummten Männer ihn überfallen hatten in der Hoffnung, er müsse doch irgendwelche Gelder bei sich tragen, man wisse das doch aus dem Fernsehen, so hatten sie dann später in der Gerichtsverhandlung ausgesagt, dass Postboten oft größere Beträge mit sich führten, konnte dieses Geschehen seine im Grunde lebensbejahende Einstellung und seine positive Bewertung der Mitmenschen nicht groß erschüttern.

Er schob die Briefe und kleinen Päckchen in die grauen Briefkästen und schloss dann die Haustür wieder ab. Heute war wirklich viel zu tun, kein Wunder, es war ja Donnerstag. Da hatten viele Menschen am Wochenende im Internet ihre Bestellungen gemacht und meist am Donnerstag wurden diese dann ausgeliefert, Bücher, Dvds, und Schuhe. Ingo Peters wunderte sich seit einigen Monaten nun nicht mehr darüber, wenn seine Siglinde in die Stadt wollte, um sich Schuhe anzuschauen. Schuhe, früher hätte er niemals gedacht, das Frauen so verrückt nach Schuhwerk waren. Als das mit dem Internet so richtig begonnen hatte, waren es in der Woche etwa fünf Paar Schuhe, die er ausliefern musste. Dann, so etwa nach eineinhalb Jahren, wurden die Schuhkartons im DHL-wagen ausgefahren; es waren einfach zu viele gewesen und für die Post hatte es sich gelohnt, denn das Porto war dort deutlich teurer. Und die Kunden bezahlten.

Ingo ging auch im Kleinen Gang zu Frau Wichmann, sie bekam regelmäßig einmal in der Woche einen Brief von ihrer Tochter aus München. Sie saß bei gutem Wetter auf der Bank vor ihrem Backsteinhäuschen neben der hochgewachsenen Kletterrose und wartete schon auf den Briefträger, und im Herbst, wenn die Nachbarin ihren berühmten Apfelkuchen gebacken hatte, dann setzte sich Ingo gern zu ihr und sie tranken Kaffee und aßen den oft noch warmen Kuchen.

Heute ging es Frau Wichmann nicht so gut.

»Eine leichte Erkältung, aber der Doktor sagt, dass es nächste Woche schon wieder vorbei ist.«

Sie winkte ihm freundlich nach und Ingo machte weiter sein Tour, er rückte an der Brille, wenn er eine

Adresse nicht richtig lesen konnte, er würde sich über kurz oder lang doch eine neue besorgen müssen; in der Fleischhauerstrasse wechselte er die schweren Taschen beim Schuster; dort hatte er vor Beginn seines Arbeitsweges die beiden andern Taschen abgestellt. Mit den vollen neu aufgeladenen Taschen ging er weiter, lieferte Briefe und Päckchen ab in den Ladengeschäften, den Hausbriefkästen und gab die Post dann, wenn ein Päckchen mal zu groß war und auf sein Klingeln keiner öffnete, mitunter auch beim Frisör oder der Bäckerei ab. Vom Aegidienkirchturm läutete es schon Eins, als er endlich mit seiner Tour fertig war.

5

Hermann hörte das Stundengeläut von Aegidien auch. Er stand im Wohnzimmer und schaute etwas ratlos drein. Inge war weg. In ihrem Zuschneidezimmer – neuen Besuchern wurde es stets als »Inges Atelier« vorgestellt – war sie nicht, auch nicht in Küche, Keller, Bad; ihr Handy lag auf dem Fensterbord in der Küche, das Portemonnaie daneben, aber ihre Hausschlüssel fehlten. Hermann schaute in der Garderobe nach: es fehlte kein Mantel. War Inge nur kurz zu einer Nachbarin gegangen, die vielzitierte Tasse Salz holen? Er glaubte das nicht. Sie hatten alles im Haus, und falls doch ein Gewürz gefehlt haben sollte, hätte sie es ihm doch heute morgen gesagt, bevor er sich zum Einkaufen bereit gemacht hatte.

Ob sie von einer Freundin abgeholt worden war? Oder wollte sie nur kurz etwas einkaufen und hatte sich dann verplaudert, eine Bekannte getroffen und war mit der dann weggegangen, vielleicht in die neue Bäckerei, die hatte doch neben dem Verkaufstresen auch einen kleinen Teil, in dem man sitzen und Kuchen essen und Kaffee trinken konnte. Er wippte unentschlossen auf den Zehenspitzen. Sie wollte doch die Rouladen machen. Sie würde doch nie einfach so weggehen, sie wusste doch, dass er gleich vom Einkaufen wiederkäme.

Oder hatte sie, weil es klingelte, einfach die Tür geöffnet und da war dann ein Mann, ein Fremder, ein anziehender Fremder, und er hatte, vielleicht der Postbote, oder einer von Hermes, und das könnte ja sein, das ging schon lange so, und immer, wenn er, Hermann, nicht da war, dann war sie mit diesem Boten, mit diesem Don Juan zusammen, vielleicht in einem verruchten Stundenhotel, oder in seinem Lieferwagen. Da hatte er doch sicher schon so was wie eine Schlafcouch eingerichtet, man hörte das ja, wie die immer unter Zeitdruck stehen und manche auch in ihren Fahrzeugen nächtigen, nur um dann am Morgen die ersten zu sein und Benzin zu sparen, und überhaupt, diese Paketboten, egal von welcher Firma auch immer, die parkten überall, auch in der zweiten Reihe, und nie bekamen sie ein Knöllchen, und die Politessen drückten immer ein Auge zu, na ja, kein Wunder, die kannten sicher alle schon die Liegecouch, die waren vermutlich alle schon mal hinter dem Fahrersitz gelegen und hatten sich von dem dünnen Schnurrbart des attraktiven jungen Paketfahrer verführen lassen. Man kannte das ja, es wurde überall gezeigt, in all den Krimis, von morgens bis abends, und die Paketfahrer, die frustriert ihrer schweren Arbeit nachgingen, die nahmen sich als Ersatz und Rache die Hausfrauen vor, damals gab es doch diesen Film, Hausfrauenreport. Hermann hatte den zwar nie gesehen, aber der Titel war ihm noch gut in Gedächtnis geblieben. Diese geilen Typen, mit so einem mokanten Lächeln, wenn die schon an der Tür nach dem Öffnen den Kugelschreiber zückten und ihr »Bitte hier unterschreiben!« säuselten, ja, er konnte sich das gut vorstellen, die dachten doch, sie hätten freie Bahn, aber nicht mit ihm, nein, er würde dem einen Riegel vorschieben. So ging das ja nicht. Und überhaupt, was dachte sich Inge wohl dabei, ach, hatte sie heute morgen nicht die neue Seife benutzt, die er mit ihr erst letzte Woche gekauft hatte, die so ganz leicht nach Rosen duftete? Noch gestern erst hatte sie im Bad Ordnung gemacht, so nannte sie es jedenfalls, er kannte das ja schon, alle halbe Jahr machte Inge Ordnung im Bad; das bedeutete für ihn, dass er zwei Tage lange seine eigenen Sachen erst wiederfinden und dann einsortieren konnte.

Das Handy klingelte. Nicht sein eigenes, sondern Inges, das auf der Fensterbank lag. Hermann starrte auf das kleine silberne Gerät, er schluckte ein paar Mal, dann ging er langsam wie im Traum zum Fenster und nahm das mobile Telefon ans Ohr und schaltete es ein:

»Hallo?«

»Oh selber hallo. Hier ist Lilo, Lilo Seeger. Ich wollte Ihnen nur sagen, dass Inge hier bei uns ist. Es wird noch eine Weile dauern, denn wir haben alle beschlossen, dass Inge auch die Kleider für die Brautjungfern entwerfen soll. Und jetzt sind alle bei der Anprobe; das dauert eben so seine Zeit. Sie kennen das ja, gut Ding und so weiter. Also, was ich Ihnen von Inge sagen soll: Sie wird heute etwas später kommen und dafür bringt sie das Essen gleich mit. Sie sollen sich keine Sorgen machen, gekocht wird eben morgen. Das war es. Haben Sie alles verstanden?«

»Ja.« krächzte Hermann in den Apparat und schaltete ab. Da war seine Phantasie ganz schön mit ihm durchgegangen. Er legte Inges Handy wieder auf das Fensterbrett und schaute hinaus in den hellen Tag. Da konnte er nicht anders, es begann mit einem Glucksen in der Kehle, dann platzte er laut heraus mit einem großen langen Gelächter, er lachte seine ganze Anspannung fort, seine egoistischen Ängste, seine Unsicherheiten, seine Zweifel.

6

Angelika hatte es sich auf der Couch mit einem Glas Tee gemütlich gemacht. Sie blätterte das dicke Gartenbuch genüsslich durch. Da würde sich Frauke aber freuen. Und sogar sie könnte noch etwas Neues daraus lernen. Die Dame mit dem grünen Daumen, so hatte der nette Gärtner sie genannt, als sie vor drei Wochen in der Vorstadt neue Stauden gekauft hatten, Angelika hatte sie begleitet und dann hatten sie gemeinsam die neuerstandenen Pflanzen bei Frauke eingegraben, anständig gewässert und noch den Rasen gedüngt, Frauke hatte im Vorübergehen noch alte verholzte Äste aus den Rosen geschnitten –»Weißt du, du musst immer eine Schere bei dir haben, selbst wenn du dich nur ein wenig umschauen willst. Man weiß ja nie, was man da so sehen kann.« – und dann hatten sie sich bei einer guten Tasse

Tee über Gott und die Welt unterhalten und mit Wonne anständig und ausgiebig gelästert über ihre Bekannten, Freunde und Verwandten, wie es zwischen zwei alten Schulfreundinnen eben so üblich geworden war.

Eigentlich konnte sie Frauke doch mal wieder anrufen. Aber die war immer so beschäftigt, sie baute sich gerade ihre eigene heile Welt auf und war auch aus beruflichen Anlässen oft auf Reisen. Angelika vermisste die ausgiebigen Gespräche und das einfache Miteinander, das Vertrautsein, wo es nur wenig Worte brauchte, wo ein kurzer Blick zur Verständigung genügte.

Ach ja, sie hätte auch gern wie die Frauke einen Mann, einen Lebensgefährten, einen Geliebten, mit dem sie diese Art von Vertrautheit erwerben und ausleben konnte. Ziemlich lange hatte sie in Rolf so einen Menschen gesehen, aber im Laufe der letzten Monate häuften sich die Anzeichen, dass er sich anderweitig umschaute: hier eine Quittung vom Hotel über ein Doppelzimmer, dann ein roter Strich am Kragen, der Lippenstift war nicht ihre Marke, viel zu dunkel, und ständig diese Wochenendtermine in weit entfernten Städten, auf die seine Firma angeblich so großen Wert legte, sie hatte einmal dort in Stuttgart angerufen, aber er war in dem Hotel gänzlich unbekannt gewesen. Ein Wort kam zum anderen und dann hatte er ihr mangelndes Vertrauen vorgeworfen, noch einen Weinbrand hinuntergestürzt und war mit hastig gepacktem Seesack gegangen.

Angelika bemerkte wieder das altbekannte Druckgefühl in der Brust und die hervorquellenden Tränen. Aber diesmal gelang es ihr, alles wieder herunterzuschieben; sie trank einen Schluck vom erkaltenden Tee und warf das Buch ans Fußende der Couch. Sie setzte sich richtig hin, atmete ein paarmal tief ein und aus mit geballten Fäusten und geschlossenen Augen, so wie sie es bei der Gymnastik gelernt hatte, und langsam erfüllte sie wieder die gewohnte ruhige Stimmung, die »horizontale Gelöstheit«, so hatte es Frau Thieß immer genannt, die Kursleiterin.

Angelika stand entschlossen auf, zog Schuhe und Mantel an und ging in die Stadt, sie wollte sich etwas gönnen, vielleicht im Jazzcafe, vielleicht einen Film mit Popcorn und Cola, vielleicht einen Gintonic in der Disco. Auf jeden Fall erst mal zum Markt.

Sie schritt ganz flott durch die Menschen, querte die großen Straßen und stand bald inmitten einer kleinen Ansammlung auf dem Markt, wo auf einem kleinen Podest eine Bläserkapelle aus Dänemark in die blitzenden Instrumente blies. Die Mädchen trugen kurze Röckchen und sahen an den bloßen Beinen schon ganz verfroren aus. Die blauen Uniformen mit den goldenen Litzen vor dem mittelalterlichen Ensemble der Rathausfassade, dazu die hellen Trompetentöne, mitunter nicht ganz sauber, die dicken Pausbacken der bärtigen Posaunisten, die sich mit den dänischen Volksliedern alle Mühe gaben, die blitzenden Augen der Passanten und stehengebliebenen Zuhörer, von denen ein großer Teil Selfies machte vor dem Hintergrund der Musikkapelle, Angelika bekam langsam aber immer stärker ein wachsendes Gefühl von Freude, von Selbstwert, ja von Glück. Am liebsten hätte sie laut aufgeschrien, aber als Norddeutsche macht man so etwas nicht, auf keinen Fall. Erst als die Musiker das Stück beendet hatten und alle auf dem Podium nach dem Schlussakkord laut und freudig aufjuchzten, konnte Angelika ihrer Stimme lauten Raum geben und aus vollem Herzen in die Welt rufen.

»Hey, you are Danish too, aren`t you?"

Angelika wandte sich zu dem Frager um: ein junger Mann, etwas über dreissig, schätzte sie, brünett, glattrasiert, Anorak und Cordhose. Sie lächelte ihn an:

»Sorry, aber ich komme nicht aus Dänemark.«

Das Lächeln des Mannes wurde noch breiter.

»Da hab ich aber Glück. Eine Deutsche. Und ich wollte schon mein Schulenglisch zusammenkramen und Ihnen vorschlagen, doch eine Tasse Kaffee mit mir trinken zu gehen.«

Angelika legte nur ein bisschen ihren Kopf schief und antwortete:

»Kaffee, jetzt? Fällt Ihnen denn vielleicht noch etwas anderes ein?«

Der Mann zog seine Stirn kraus, faltete seine Hände vor ihr und schaute in den Himmel:

»Was soll ich darauf sagen. Nun ja, in England würde es eine Tasse Tee auch tun. Und hier, zum Abendessen ist es noch zu früh, für eine hohe Sahnetorte ist mir Ihre Figur zu schade, da bleibt doch eigentlich nur ein kleiner Absacker, ein Aperitif, ein winziger Tropfen von Lassen-wir-den-Tag- ausklingen-und-die-Nacht-beginnen, wer weiß, wie die dann enden mag.«

»Das haben Sie sich aber schön ausgedacht. Voll cool, wie Sie das gesagt haben. Nur zur Information, ich esse gern einmal ein Stück Sahnetorte.«

Unternehmungslustig schaute sie ihn an:

»Also, wohin zum Absacken, was schlagen Sie vor?«

Der Mann lächelte, ein warmes ansteckendes Lächeln.

»Ich kenne mich hier in der Stadt noch nicht so aus, ich bin neu hier. Haben Sie nicht einen Vorschlag?!«

Angelika schlug ihm vor, ins Jazzcafe zu gehen, er willigte gern ein und so gingen sie zusammen die kurze Strecke. Im Jazzcafe war es gemütlich warm, es war zu dieser frühen Uhrzeit nur halb voll. Sie setzten sich an einen Tisch auf das rote Samtsofa und bestellten zwei Gintonics. Auf den Barhockern am langen blitzenden Tresen saßen drei Männer und lauschten den Klängen der kleinen Combo auf der Bühne – zwei Gitarren, ein Bass – die laut kleinem schwarzen Schild mit Goldschrift sich »The Reinhardiens« nannten und Swing spielten.

Der Mann sagte nach ein paar Minuten Hinhören:

»Richtiger Zigeunerjazz, beinah so wie Hänschen Weiß.«

»Ich mag das. Und wenn man auch Zigeuner nicht mehr sagen soll, ich finde, im Jazz hat das doch einen ganz anderen Klang, als wenn man Sintijazz oder Romamusik sagen würde. Denn das ist ja was anderes, die haben ja auch so etwas wie ihre eigenen Volkslieder. Ich hab das mal gehört, auf einem Fest, das war im Stadtteil, da ging es um Integration.«

Die Gintonics wurden in hohen Gläsern gebracht. Beide tranken sich zu und nach dem ersten Schluck sagte Angelika:

»Ich bin Angelika.«

Der Mann grinste und sagte:

»Ich heiße Martin. Martin Schneider. Ich freue mich, dass ich Sie angesprochen habe, Angelika.«

»Wissen Sie, Martin, ich bin nicht so eine, ich meine, wenn mich ein Mann anspricht, dann gehe ich nicht einfach so mit. Das dürfen Sie mir glauben.«

»So sehen Sie auch nicht aus. Ich hab auf dem Markt meinen ganzen Mut zusammengenommen, aber die Musik da, ich hatte einfach richtig gute Laune, und da haben Sie so laut und herzlich mitgebrüllt, oh verzeigen Sie, ich meine, Sie habe da mitgesungen, nein, also dieser Ruf, das war wie ein Weckruf, ich meine…«

Er hatte sich völlig verheddert und Angelika lachte laut. Sie legte ihm die Hand auf seinen Unterarm:

»Lassen Sie nur. Manchmal kann ich nicht aus meiner Haut. Da bricht es denn einfach heraus. Ich wollte nur den Alltagsfrust rauslassen. Aber das mit der guten Laune, das stimmt. Diese Dänen hatten es drauf, nicht wahr?!«

Er trank noch einen Schluck.

»Dieses Trio hier ist auch nicht schlecht.«

»Verstehen Sie was davon? Ich meine von Jazzern?«

»Ich hab lange in Frankfurt gelebt, Angelika, da gab es eine sehr intensive Jazzszene. Aber vor allem Modern Jazz. Ich mag mehr die Musik aus der Swingära, oder ganz alten Dixieland.«

»Ja, ich verstehe. Mir geht das auch so.«

Die Musiker beendeten ihr Stück mit einem weit ausklingenden Akkord, dann nahmen sie ihre Instrumente und verschwanden hinter der Bühne. Aus den Lautsprechern kam leise Swingmusik, eine Bigband diesmal mit einem männlichen Sänger. Eine Musik, die nicht störte, aber doch Martin Schneider aufhorchen ließ:

»Hören Sie? Diese Musik tut richtig gut. Das ist Count Basie mit Frank Sinatra: Fly me to the moon."

»Das klingt gut. Das mag ich.«

»Ich auch.«

Dann redeten sie über Musik, über fremde Länder und Urlaube und nach einer guten Weile unterbrach ein lautes Magenknurren das intensive Gespräch.

»Oh Entschuldigung, ich glaube, die Currywurst am Mittag war doch nicht genug für den ganzen Tag,« lächelte Martin verlegen.

Angelika setzte sich zurecht:

»Dann lassen Sie uns doch was essen gehen. Ich merke auch, dass ich etwas vertragen kann. Wie wäre es mit einem Italiener, gleich nebenan, nur drei Häuser weiter gibt es einen ziemlich guten, und der hat nicht nur Pizza.«

»Einverstanden. Und dazu einen guten Wein.«

Martin Schneider winkte dem Kellner und trotz Angelikas Protesten zahlte er, dann gingen sie. Draußen vor der Tür hielt Angelika ihn am Ärmel fest:

»Ich komme nur mit, wenn ich selber zahlen kann.«

»Ja, wenn Sie das können. Aber ist schon gut. Ich weiß ja um die Emanzipationsbestrebungen der Frauen heutzutage.«

»Nicht nur heutzutage! Das war schon immer ein Thema zwischen den Geschlechtern. Aber ihr Männer habt das nie gemerkt. Ihr wart immer zu beschäftigt, euch die Köpfe einzuschlagen. Erst, als wir so richtig von euch gebraucht wurden, ich meine als wir Frauen so ganz notwendig wurden, weil ihr keine vernünftigen Waffen mehr hattet, da waren wir Frauen für euch gut genug, da durften wir plötzlich auch richtig arbeiten, durften rein in die Fabriken und Waffen und Munition produzieren, das Feld bestellen und beim Aufbau helfen, nicht wahr?«

»Sagen Sie mal, gibt es denn überhaupt vernünftige Waffen?«

Angelika lachte, sie gingen in das italienische Lokal und fanden einen Tisch gleich am Fenster. Angelika bestellte Spaghetti mit Garnelen und Martin Schneider nahm Lamm mit grünen Bohnen. Dazu tranken sie eine Flasche Chianti.

Martin erzählte von einer Tagung auf Sizilien und den abenteuerlichen Autofahrten dort. Angelika unterbrach ihn:

»Was machen Sie eigentlich beruflich?«

»Ich bin Ingenieur. Ich entwickele neue Maschinen. Deshalb bin ich auch jetzt hier gelandet, ich arbeite bei einer Firma für Immunforschung, also die Ausdifferenzierung von Blutzellen und das Zusammenwirken von Zellen und Antibiotika, Also wie isoliert man den Zellkern möglichst schonend und in großer Menge und wie bekommt man den Wirkstoff dann hinein, also eigentlich so etwas wie bei Gullivers Reisen, ich sorge dafür, dass genügend kleine Werkzeuge vorhanden sind, mit denen die Wissenschaftler dann arbeiten können. Ich baue sozusagen Messer und Gabel für Minizwerge.«

»Das klingt aber sehr spannend. Da sitzen Sie also vor einem Mikroskop und schauen da rein und haben so winzige Werkzeuge, mit denen Sie arbeiten?«

»Ja, so ungefähr. Aber meist sitze ich am Computer und konstruiere diverse Instrumente. Die werden dann in der Werkstatt nachgebaut. Und dann kommt wieder so ein Professor und sagt mir, was er gern haben möchte, und ich versuche es dann, herzustellen. Manchmal gelingt es, aber oft geht es einfach nicht. Weil unsere Technik noch nicht so fein ist, dass sie solche kleinen Teile herstellen kann, mit denen man auch arbeiten kann. Das ist meist alles im Nanobereich.«

»Das klingt ja alles mächtig anstrengend. Ich bin beeindruckt.«

Angelika nahm noch einen Schluck Rotwein.

»Und Sie, was machen Sie so? Sie sitzen doch sicher irgendwo am Schreibtisch, oder?«

»Ja, da haben Sie recht. Ich sitze tatsächlich oft am Schreibtisch. Ich bin bei der Stadt und zwar in der Ordnungsabteilung. Ich bin zuständig für die Erteilung von Genehmigungen für Parkzonen in den verschiedenen Stadtteilen.«

»Da kann ich mir also bei Ihnen einen Dauerparkschein abholen?«

»Ja, so ungefähr. Je nach Wohnsitz können Sie eine Bescheinigung erhalten, die es Ihnen erlaubt, in einem bestimmten Bereich nachts auf der Strasse zu parken. Aber es gibt natürlich keine Garantie, dass Sie auch einen Parkplatz finden. Und das führt mitunter zu Problemen. Ich bekomme jeden Tag immer wieder Anrufe, wenn einer keinen Parkplatz gefunden hatte. Es ist eben nicht so wie im Parkhaus, da hat man seinen festen Platz. Nachts auf der Strasse entscheidet immer das Glück. Tag für Tag sucht man sich einen Platz, und weil es nun mal mehr Autos als Parkplätze gibt, da ist der Ärger vorprogrammiert.«

»Das klingt nach richtig viel Stress. Da muss ich mir überlegen, ob ich nicht doch lieber ein Fahrrad kaufen sollte.«

»Das wäre nicht verkehrt. Wissen Sie, ich habe auch kein Auto, ich leihe mir immer eines von den Statt-Autos aus, wenn ich wirklich mal eins brauche. Das ist mir am bequemsten so, da brauche ich mir um einen Parkplatz oder eine Garage nie Sorgen machen, und die paarmal, die ich so einen Wagen benötige, weil ich mal übers Wochenende zu einer Freundin fahren möchte, die kann ich an einer Hand abzählen.«

Angelika lächelte, sie lächelte ihn an. Sie trank noch einen Schluck von dem weichen Cianti. Ja, keine Frage, er war ihr sympathisch, dieser Martin Schneider.

Also fragte sie ganz direkt:

»Und wo wohnen Sie? Wenn Sie ganz neu in der Stadt sind, dann war es doch sicher nicht ganz einfach, eine passende Wohnung zu finden für sich und Ihre Familie.«

Er grinste breit, aber freundlich.

»Sie gehen aber ran! Nein, ich wohne zur Zeit noch im Studentenheim. Aber ich habe mir schon eine sozusagen richtige Wohnung angemietet, am Wochenende will ich umziehen. Aber eigentlich hasse ich dieses ständige Umziehen, das Umherziehen. Das liegt wohl in der Familie, meine Familie, nun ja, meine alte Mutter möchte gar nicht mehr umziehen. Sie hat schon so viele Umzüge hinter sich gebracht. Mein Vater war Berufssoldat, wissen Sie, da wurde er immer wieder versetzt, und seine Familie nahm er natürlich mit. Ich habe auf diese Weise eine ganze Menge Schulen in Deutschland kennengelernt. Das war nicht immer lustig. Aber nun kann ich ja endlich so leben, wie ich es mir denke und wünsche.«

»Und wie stellen Sie sich nun Ihr Leben vor?«

»Sie sind aber ganz schön neugierig. Nun, zunächst ist da ja mein Beruf. Ich liebe den sehr, ich mag das Herumpuzzeln und Dinge neu entwerfen, wie der kleine

Junge gern mit seinen Legos spielt. Und dann, mal sehen, irgendwann sollte schon eine schöne Frau in mein Leben treten, und dann leben wir eine Zeit zusammen, machen schöne Reisen, möglichst weit weg von anderen, und dann vielleicht Kinder, wenn es klappen sollte, und dann ein Grundstück mit Garten und ein Haus, und dann nachher im Rentenalter gemeinsam in der Sonne vor dem Haus sitzen und das Leben genießen, ohne den Arbeitsdruck.«

»Das klingt wie im Märchen. Philemon und Baucis, so richtig schön altmodisch. Aber ich mag das. Ich habe ähnliche Träume.«

»Nur Träume? Und was machen Sie, um Ihre Träume zu verwirklichen?«

Angelika legte wieder ihren Kopf etwas schräg und sagte, ebenfalls ganz ernst:

»Nun, zum Beispiel sitze ich hier mit Ihnen, oder nicht. Das könnte doch ein Anfang sein, oder?«

Er legte seine Hand auf die ihre und sagte:
»Danke. Ich weiß das zu schätzen.«

7

Nachdem Ingo Peters die dreirädrige Karre mit den jetzt leeren gelben Posttaschen zurück in die große Halle unter der Hauptpost gebracht hatte, zog er seine Dienstjacke aus und die helle Wetterjacke an, fuhr mit dem Bus nach Schlutup und ging in sein kleines Häuschen. Dort hatte seine Frau Siglinde ihm schon ein Käsebrot hingestellt; er duschte kurz und zog sich um, dann fuhr er mit seiner Frau auf den Fahrrädern zur Gaststätte Traveglück, jetzt begann ihr donnerstägliches Vergnügen, sie ließen mit einigen anderen Freunden die Bowlingkugel rollen. Seit ein paar Jahren machten sie das jeden Donnerstag, es war immer sehr vergnüglich. Früher hatte es hier nur eine Kegelbahn gegeben, aber nach dem Pächterwechsel wurden damals vier Bowlingbahnen eingerichtet und seitdem spielten sie hier. Gelegentlich kamen auch auswärtige Gruppen zum Wettkampf, aber Ingo Peters und seine Freunde nahmen das alles nicht so ernst, sie hatten ihren Spaß bei Köm und Bier, und seit Siglinde sich immer mehr engagiert hatte und fast jeden Donnerstag die beste Spielerin geworden war, war auch sie mit Begeisterung dabei. Gegen neun gab es eine Pause mit Bratkartoffeln und Frikadellen. Mit vollen Backen kauten und erzählten sie von den Alltagsdingen im kleinen Ortsteil, Rudi Mensching wusste genaueres über die wilde Geschichte von Schladerers kleiner Susanne, die man am Sonntag nahe der Autobahn volltrunken aufgegriffen hatte, sie war mitten in der Nacht aus der Disco ihrem Hannes weggelaufen nach einem Streit über seine Treue, und weil die nächtliche Suche nichts gebracht hatte, wurde schließlich Udo Reich von der Gruppe angetrunkener junger Männer aufgeweckt und herausgeklingelt. Udo war Jäger und hatte einen sehr erfahrenen Jagdhund, einen braungrauen Weimaraner, der sollte nun Susannes Spur aufnehmen. Aber das war den aufgeheizten Jungen nicht gut bekommen, Udo hatte ihnen eine Abfuhr erteilt und sie alle heftig beschimpft, wie sie dazu kämen, ihn nachts rauszuklingeln wegen so einer Schlampe, er hatte dann noch lauthals geschrien, er lasse nicht zu, dass sein erstklassiger Jagdhund so missbraucht würde bei der Suche nach einer Quartalssäuferin und einem so leichten Mädchen, worauf ihr Verlobter Hannes Altmann mit erhobener Faust auf Udo Reich losstürmte und die anderen ihn nur mit Mühe abhalten konnten. Zum Schluss wälzten sich alle auf dem dreckigen Asphalt, Hannes Nase blutete, Udos Bademantel hatte einen langen Riss, blaue Flecken waren reichlich verteilt, nur der Weimaraner saß brav in der Haustür und beschaute sich das Gemetzel auf dem Bürgersteig, er wartete auf einen Befehl seines Herrchens.

Rudi Mensching trank einen Schluck Bier und fuhr dann fort:

»Und erst am nächsten Morgen, es war wohl schon so gegen zehn, da hat Heini Drebber die Susanne dann gefunden. Ihr kennt Heini ja, er war mal wieder unterwegs, um Futter für seine Kaninchen zu besorgen, er geht da gern an den Autobahnrand und schneidet das Gras, er meint, da kommt ja sonst keiner hin, und da findet er immer was. Und nun hat er dort die Susanne gefunden, sie schlief ganz friedlich, sagte er, und als er sie aufwecken wollte, da hat die vielleicht aus ihren verquollenen Augen geschaut, Heini sagte, er habe das Gefühl gehabt, dass er bis in ihr Hirn habe gucken können, so leer und wabbelig seien die gewesen. Nun denn, er hat sie dann hochgenommen und untergefasst, sie konnte ja erst nicht so recht laufen, und gestöhnt hat Susanne, der Kopf war ihr so schwer, und Heini hat sie dann bis zu den ersten Häusern mitgenommen und dann konnte sie schon wieder so leidlich alleine gehen.«

Das erzählte Rudi Mensching der lauschenden Bowlingrunde. Er war ganz stolz, das er auch mal was wusste, und die anderen hörten ihm auch gespannt zu. Das war ja nur selten der Fall, meist hatte Rudi nicht viel zu melden, er saß werktags immer in seiner kleinen Werkstatt und schraubte und feilte, am Mittwoch Nachmittag und am Wochenende trainierte er die Jugendmannschaft des TUS Schlutup, und donnerstags bowlte er gern mit den anderen Freunden. Er lebte allein und war meist recht still, nur an den Schützenfesten oder auf dem Feuerwehrball, wenn er ordentlich einen getrunken hatte, dann raffte er sich auf und forderte eine Dame nach der anderen zum Tanze auf. Er tanzte gut und gern und lange, es war auch schon vorgekommen, dass er vor dem Tresen im Festzelt auf dem Boden gelegen hatte und der Wirt hatte ihm noch ein Glas Korn in die Hand gedrückt und da war Rudi wieder aufgestanden, hatte sich den Staub vom Sakko geklopft und weiter Walzer getanzt, immer eine Drehung und noch eine, er hatte die Damenwelt herumgeschwenkt, dass es nur so eine Freude war. Und die Frauen fanden ihn meist auch ziemlich nett, denn weiter wollte er ja nichts von ihnen, er wollte nur tanzen. Und sie wussten ja, wie die eigenen Männer und die Ledigen bei solchen Feierlichkeiten nur herumsaßen und sich allmählich betranken, von denen mochte keiner gern das Tanzbein rühren. Da kam ihnen Rudi Mensching gerade recht.

So gegen elf machte Siglinde ihren letzten strike, ließ sich ausgiebig feiern und musste noch einen ausgeben, und nach dem allerletzten kleinen Glas bestiegen sie und Ingo Peters ihre Räder und ab ging es in beschwingter

Stimmung nach Hause; Ingo musste ja am Morgen wieder früh raus.

8

Inge kam sehr spät nach Hause. Hermann hatte lange im Wohnzimmer auf sie gewartet; als die Tagesschau im Ersten begann, hatte er sich eine Scheibe Brot geschmiert und sie im Stehen in der Tür mit Blick auf die Nachrichten hinuntergeschlungen. Wenn schon denn schon. Er konnte doch so gut sein Leid darstellen, besonders bei kleinen Erkältungen, da ließ er Inge ganz schön laufen, treppauf treppab, und jetzt, er schluckte sein Brot mit etwas kaltem Tee vom Nachmittag hinunter, setzte sich in die Sofaecke und schmollte in den Fernseher. Er nahm nicht richtig wahr, was dort über den Bildschirm flimmerte, er schaute nur aus Gewohnheit in die Richtung.

Innerlich war er bei Inge und den vielen Frauen. Was die wohl wieder über ihn erzählen würden. Er hatte doch tatsächlich die Vorstellung, dass andere fremde Frauen sich für ihn interessieren würden und dass Inge gelegentlich aus dem Nähkästchen plauderte, wenn sie in der richtigen Stimmung war, und das war sie heute sicher, bei einem solchen guten Auftrag, und diese Frau Seeger, wer war das noch, war sie nicht mit dem Referenten für das Bauwesen verheiratet? Also eine Stütze der Stadt, ein Pfeiler der Gesellschaft, beim Presseball waren doch immer Bilder von denen in der Zeitung, im Lokalblatt, meist tanzten sie sehr elegant, oder war es Frau Seeger, die immer die Preise der Tombola ausgab? Hermann war ein paar Mal mit Inge auf derartigen Bällen gewesen; in dieser ehrwürdigen Kaufmannsstadt nannte man das immer noch Ball. Anderswo hieß das Event oder Tanzgala, hier gab es diverse Bälle: am beliebtesten war der Böse-Buben-Ball im Fasching, da konnten alle hingehen und sich eher zwanglos vergnügen. Da war der Presseball schon eine andere Nummer, Hochklassik sozusagen, Smoking und große Garderobe war angesagt, die Hälfte waren geladene Gäste auch aus fremden Städten, Oberbürgermeister, verdiente Schauspieler und Sänger, dickliche Wirtschaftsbosse mit ihren oft magersüchtigen viel jüngeren Damen, nicht immer die Ehefrauen, die sie mitzubringen pflegten. Dazu zwei, drei Kapellen, diverse Restaurantstände und eine große Zahl Pressefotografen. Es hieß von manchen Firmeninhabern, dass sie sich inständig um eine Einladung zu diesem Ball bemühten, nur damit mal wieder ein Bild von ihnen in der Zeitung erschien und sie auf diese Weise bei Verhandlungen diskret drauf hinweisend etwas bessere Abschlüsse tätigen konnten.

Hermann döste traumverloren vor sich hin, als gegen elf Inge die Haustür aufschloss, ihre große Tasche neben die Garderobe auf den Boden warf und zu ihm ins Wohnzimmer stürmte.

»Stell dir vor, ist es nicht zauberhaft, und die so entzückenden Mädchen. Da macht es richtig Spaß, für solche jungen Figuren zu arbeiten. Ach, ich sag dir, das wird ein richtig großes Fest, und alle werden da sein, der gesamte Senat und der Bürgermeister, und die Berger wird sich ärgern, ich hoffe, sie bekommt wieder eine ihrer Gallenkoliken. Ach, ich liebe es, wenn sich die Leute um meine Entwürfe förmlich reißen.«

Sie schaute auf den verstört und wie betäubt dasitzenden Hermann, nahm sein Gesicht in beide Hände, schüttelte ihn kurz und fragte:

»Ach, mein armer Liebling, hast du denn überhupt etwas gegessen?«

Hermann schluckte und versuchte möglichst traurig auszusehen, sagte mit belegte Stimme:

»Ich hab mir ein Käsebrot gemacht.«

»Du Armer. Was hast du aber auch für eine Frau, die dich so darben lässt! Warte, ich bringe dir gleich noch etwas von dem Nudelsalat, den magst du doch so gern.«

Inge flog förmlich in die Küche , beschwingt von den vielen positiven Eindrücken dieses Abends, und vor allem von der Gunst der Frauen beflügelt. Sie brachte Hermann den Nudelsalat samt Gabel, drehte vor dem Fernsehapparat ein paar Pirouetten, schaltete diesen dann aus und tanzte förmlich durch das Zimmer.

»Ich bin ja so glücklich, richtig glücklich. Schon als es an der Haustür klingelte, hatte ich so ein komisches Gefühl. Du kennst das sicher, manchmal hat man so einen Tag, da weiß man, heute passiert noch was. Und zwar etwas Gutes. Etwas enorm Wichtiges. Etwas hinreißend Bezauberndes. Und so war es auch. Stell dir vor, die Frau Seeger, also diese Lilo Seeger, die auch so oft in der Zeitung steht, und dann meist mit Bild, also die Frau von dem Bausenator, die hat heute Nachmittag hier geklingelt. Sie hatte die Adresse von dieser Milla, du weißt schon, Ludmilla Claasen, die Tochter von dem Zahnarzt, die mal mit Holger liiert gewesen ist. Na, ist ja auch schon eine Weile her und inzwischen nicht mehr so wichtig. Also, die Frau Seeger klingelt und ich soll doch bitte wenn's geht gleich mitkommen, weil jetzt endlich alle da seien, nämlich die Braut und auch alle Brautjungfern. Ich hab nicht lange überlegen können, sonst hätte ich dir sicher einen Zettel hingelegt. Und da bin ich dann in ihr Auto eingestiegen und wir sind zu ihr gefahren. Also, die Seegers wohnen in der Musterbahn, das sagt ja schon alles, ganz vornehm, erster Stock, mit viel Stuck und so hohen Räumen, und die Möbel alle antik. Und zum Abendessen gab es Pastete, ich meine so richtig warm mit Ragout und Worchestersauce, und alle redeten und redeten. Natürlich ist so eine Hochzeit so ziemlich das Wichtigste im Leben einer Frau, aber hier kam noch die Bedeutung der Familien hinzu und die der Brautjungfern. Stell dir vor, sie werden im Dom heiraten und es sind sechs Brautjungfern, und dazu dann das Brautkleid. Frau Seeger hatte es mit der Tochter ja schon bei Frau Berger ausgesucht, vor drei Monaten schon, aber nun, als sie meine Entwürfe gesehen hatte für die Brautjungfern, und dann hab ich noch schnell ein Brautkleid für sie hingeworfen, die hatten zum Glück einen großen Zeichenblock da, der kleine Sohn ist auf dem Johanneum, weißt du, und der gab mir den Block, und da hab ich dann kurz das Kleid skizziert, nur Spitze, vorne kürzer als hinten und einen angedeuteten Schleier, dafür einen kleinen Myrtenkranz, ein glockenheller Gürtel, natürlich ganz auf Taille, und ich kann dir sagen, die Braut, also die Ilona, sagenhafte Klasse, lange schwarze Haare, elegante Beine, durchtrainiert, na ja, kein Wunder, bei den Eltern. Ist natürlich im Phönix und spielt auch schon bei Turnieren im Doppel, sie hat schon mal das Einzel der Stadtmeisterschaft im Tennis gewonnen. Und dazu dachte ich, weil die Hochzeit doch im Dom stattfinden soll, die Brautjungfern alle in leichtem Blau, wie ein sanfter Frühlingsmorgen. Kein großes Schnickschnack, eher solide, aber schwingend, alles sehr schwingend. Und es hat ihnen gefallen, und nun habe ich den Auftrag für insgesamt sieben Kleider. Und Frau Seeger hat angedeutet, dass sie ja auch noch für den Ball ein neues Kleid bräuchte, und stell dir vor, sie hat gar nicht nach dem Preis gefragt, alles ist unter Dach und Fach, und morgen früh gleich gehe ich los, den Stoff besorgen und dann sitze ich nur noch an der Maschine, bis alles fertig ist. Und dann, wenn alles vorbei ist, dann haben wir soviel Geld, dass wir endlich Urlaub machen können. Na, was sagst du, hast du eine kluge Frau oder ja?«

Hermann hatte fast reglos unter der Wucht des auf ihn niederprasselnden Redeschwalls vor dem Nudelsalat gesessen; er fühlte sich plattgemacht, an die Wand gedrängt, hilflos, wütend, stolz, aufgeregt, ärgerlich, verletzt, überflüssig. Und wie häufig in seinem Leben flüchtete er in seine Lieblingsfernsehrolle: Kermit der Frosch, als er mit müdem Blick und matter Stimme ein »Applaus! Applaus!« hervorbrachte.

9

Angelika ließ sich von ihrem Handy wecken. Sie hatte ziemlich gut geschlafen, beim Zähneputzen musste sie fast lachen, sie dachte an den Abend gestern mit diesem, wie hieß er noch, Martin. Martin Schneider. Ja, er gefiel ihr, dabei hatte sie gestern noch fest daran geglaubt, dass nach Rolf kein Mann in absehbarer Zeit wieder eine Chance bei ihr haben würde. Aber er war so nett gewesen, hatte sie immer respektvoll behandelt und zum Abschied kein Versuch, sie zu küssen. Eigentlich doch eine Unverschämtheit, oder? Ein fester Händedruck, das war's schon gewesen. Allerdings, sie hatte seine Hände länger gehalten, als es ihre Großmutter gestattet haben würde. und dann seine Augen. Ein tiefes Braun. Ja, sie mochte ihn. Aber, hatte er ihr seine Nummer gegeben, oder sie, wusste er denn ihre Handynummer? Sie schaute sich selbst verdutzt im Spiegel an. Zum Teufel, nein, das hatten sie total vergessen. Sie waren nach einem schönen Abend voller Swingmusik und gutem Wein leicht wie im Frühlingsrausch zurück zum Markt gegangen und dort hatten sie sich verabschiedet, wie gute Freunde, oder so ähnlich. Er hatte sich beim Weggehen noch umgedreht und ihr zugewinkt, dann war er weg. Angelika war dann schnellen Schrittes nach Hause geeilt und hatte sich vergnügt für die Nacht fertig gemacht und sich tief in ihr warmes Bett gekuschelt. Und nun, wie sollte sie ihn denn wiederfinden? Falls sie es wollte. Und dann lächelte sie ihrem Spiegelbild verschmitzt zu. Natürlich wollte sie ihn wiedersehen, ein so gut aussehender Mann, im richtigen Alter, und ledig war er auch. Sagte er zumindest. Na, sie würde es schon rausbekommen.

Das Handy brummte, es war Ludmilla Claasen, sie war schon im Büro und saß vor ihrer ersten Tasse Kaffee:

»Na, weißt du schon, mit wem du zu der Party kommst? Wenn nicht, ich hab da einen, der wohnt schräg gegenüber, weißt du, er hat eigentlich Mathematik studiert, aber er arbeitet jetzt bei einer Versicherung und macht da so Tabellen und so. Aber er ist so süüüüß! Ich glaube fast ‚er ist noch eine männliche Jungfrau! jedenfalls garantiert unbeweibt. Und manchmal ist er auch ganz lustig. Ich meine, nicht so mit Witze erzählen und so, nein, er sagt dann so komische Sachen, wie heißt das noch, ja, Esprit, das ist es, der hat Esprit. Aber ich muss es dir ja sagen, er hat auch zwei schlechte Eigenschaften, er trägt eine Brille und er hat kein Auto. Er sagt, er fährt lieber Bahn, und hier in der Stadt sei der Verkehr sowieso zu viel, da nimmt er immer sein Fahrrad.«

Nur mit Mühe konnte Angelika sie unterbrechen.

»Hör mir doch mal zu! Nein, ich will nicht. Schon gar nicht so einen Mathemenschen.«

Mit Grausen dachte sie an ihren Mathelehrer im Gymnasium zurück, der trug auch im Hochsommer seinen grauen Anzug stets mit zugeknöpfter Weste und seine Stimme klang auch ganz grau. Er hatte eine klitzekleine Schrift gehabt, sie sah noch deutlich seine Zeichen und Wörter in Rot am Rande ihrer Klassenarbeiten. Er hatte keine Brille, dafür aber einen, wie ihre Großmutter es genannt hatte, kaiserlichen Haarschnitt, alles weg an den Seiten und oben auf dem Kopf nur noch spärliches aber akkurat gescheiteltes Haar.

»Also Milla, ich werde dir zuliebe hingehen, aber ich werde auf keinen Fall deinen Nachbarn mitnehmen. Dann schon lieber allein saufen und notfalls mit Wolli flirten.«

»Na weißt du, ich mein es doch nur gut mit dir. Nach so einem wie Rolf würde dir ein harmloser Typ ganz gut tun, einer, der nicht viel von dir will und den du im Handumdrehen um den Finger wickeln kannst.«

Angelika dachte an Martin Schneider und grinste vor sich hin. Nein, sie würde sich nicht mit so einem trockenen grauen Nachbarn einlassen, nur um Milla einen Gefallen zu tun. Und sie würde andererseits auch nichts von Martin erzählen, noch nicht, schließlich hat man ja so seine kleinen Geheimnisse zu haben, selbst unter Freundinnen, oder?

Sie beredeten noch die Garderobe für die kommende Party und das Thema Mitbringsel, dann legte Milla auf, denn ihr Chef kam gerade herein.

Angelika überlegte, was sie heute alles noch tun musste oder wollte. Nach dem kurzen Frühstück blieb sie in der Küche und kochte die Hack-Apfel-Pfanne fertig, Deckel drauf. Das würde ihr am Mittag sicher gut schmecken. Richtig, Sojasauce brachte sie noch, und außerdem? Sie schaute nach und dann kam doch eine ziemlich lange Liste zusammen, Putzmittel und neue Microfasertücher standen da ebenso drauf wie Prosecco und Tomaten.

Angelika nahm ihre bunte Einkaufstasche und ging zum Markt. Sie kaufte lieber bei den kleinen Händlern ein, die es noch gab, in den großen Supermärkten auf der grünen Wiese, wie es so positiv umschrieben bei offiziellen Ansprachen oft hieß, mochte sie nur gelegentlich einkaufen, das war ihr alles zu groß, und die Qualität war nicht immer das, was es versprach. Und bei den verschiedenen Biogeschäften, die seit ein paar Jahren sich überall eingerichtet hatten, war auch nicht alles Gold, was so glänzte, für ein Suppenhuhn über zehn Euro zu bezahlen, das war ihr einfach zu viel. Nein, sie hatte nichts gegen Bio, im Gegenteil, wenn sie im Sommer oft mit dem Rad unterwegs war, kaufte sie sehr oft in den kleinen Hofläden, da war sie sicher, das die Waren dort alle auf dem Hof gewachsen und geerntet waren. Aber bei den großen Biosupermärkten, da gab es auch schon diverse importierte Ware aus Südamerika. Und das fand Angelika einfach absurd. Lebensmittel um den halben Erdball verschiffen und sie dann als nachhaltige Bioware anzubieten, da hatte entweder jemand nicht richtig nachgedacht oder aber auch im Biogeschäft war alles noch immer und zuerst Geschäft. Sie kaufte lieber bei den kleinen Ständen auf dem Markt, auch wenn das eine oder andere teurer sein mochte, aber der Aufpreis hielt sich in vernünftigen Grenzen, und wenn sie so gegen halb eins erst dort hinkam, dann gab es oft beim Einkauf etwas umsonst, Gemüse zum Beispiel, oder die Blumen kosteten nur noch die Hälfte. Und man durfte probieren, beim Schlachter, beim Bäcker, beim Obsthändler. Und die ganze Atmosphäre, alle waren freundlich, selbst die Kunden hielten meist ein kleines Schwätzchen, kein Gedrängel, nur unter den Arkaden sollte sie aufpassen, dort standen oft Gruppen von eher dunkelhäutigen jungen Männern herum, die schauten und rauchten, die meisten vermutlich aus dem Flüchtlingslager auf der Festwiese. Milla glaubte, dass »die da nur auf einsame Frauen lauern, und wenn dann noch eine arme alte Oma ihren Einkaufskorb vorbeischleppt, dann klauen sie ihr das Portemonnaie, und bei den jungen Mädchen wollen sie auch nur das Eine, sie gehen denen nach und überfallen sie. Das ist alles nur aufgestaute Sexualität, man weiß ja, wie die so sind, diese Araber, und die sind ja oft schon monatlang unterwegs bis hierher nach Europa, und was sich da alles angestaut hat, ich warne dich, halte dich bloß von denen fern.« So weit Millas Befürchtungen, aber Angelika fand das alles sehr übertrieben. Sie war bisher noch nie belästigt worden, schon gar nicht von jungen Flüchtlingen. Nur einmal, aber das war im Urlaub gewesen, in Italien, sie war mit Sabine unterwegs damals, die hatte sich gerade ein Auto gekauft und beide waren über den Brenner nach Italien gefahren, das Land der Sehnsucht mit den Füßen zu erwandern, und irgendwo in der Toscana, ein kleiner See, die Sonne wurde heißer, es lud zum Baden ein, sie planschten im Wasser, und als sie zum Wagen zurückkamen, standen da zwei schwarzhaarige Männer und rauchten. Es gab anzügliche Gesten und Bemerkungen und einer wollte Sabine an die Bluse, da kam er aber an die Verkehrte, sie nahm ihn mit einem Judogriff und warf ihn auf den steinigen Boden, da hatten die genug und verzogen sich unter lautem Geschimpfe. Aber da keiner der beiden Frauen italienisch konnte, waren die laut gebrüllten Worte in der heißen Luft vergangen wie die Erfrischung im See.

Angelikas Handy summte. Es war Ludmilla.

»Hör mal, kannst du nicht gleich mal vorbeikommen, mir ist noch was eingefallen. Ich sitze gerade beim Friseur, wegen morgen Abend, die Party, du weißt ja. Du kommst doch auch. Ich lasse mir noch ein paar neue Strähnchen reinmachen. und das dauert noch. Kannst du nicht vorbeischauen, auch wenn es nur kurz ist? Bitte bitte!!«

Angelika lachte kurz, dann sagte sie zu, nach den paar Einkäufen würde sie auf dem Rückweg beim Frisör vorbeischauen. Sie wusste ja, wo der zu finden war, nicht weit von ihrer Wohnung, nur zwei Strassen entfernt. Das heißt, es war eigentlich eine Frisörin. Darauf legte Frau Krämer besonderen Wert, denn nach ihrer Meinung war der Begriff Friseuse eher etwas abwertend, während Frisörin deutlich machte, dass es sich bei diesem Beruf um ein ganz altes Handwerk handelte, so richtig mit Lehrzeit, dann lange Geselle sein, dann zum Lehrgang und dann erst nach erfolgreicher Prüfung endlich der Meister. Und erst als Meister durfte man sein eigenes Geschäft eröffnen und Lehrlinge ausbilden, nicht so wie in der heutigen Zeit, wo durch die veränderten Bedingungen in der EU schon nach der Lehrzeit viele vor allem türkische Friseure ganz schnell ihre Läden eröffneten, um zu schnellem Geld zu kommen. Es fanden sich allein in dieser kleinen Stadt im letzten Jahr über dreißig neue Friseure. Frau Krämer hatte den kleinen Laden mitten in der Altstadt vor ein paar Jahren aufgemacht und Ludmilla war Kundin der ersten Stunde und sehr vertraut mit ihr. Sie saß jetzt wieder im bequemen Stuhl mit feuchten Haaren und trank ihren Espresso, während die Frisörin die Färbemittel vorbereitete. Frau Krämer, die Frisörin, war schlank und klein, aber durchtrainiert, ihr Mann besaß ein Fitnessstudio und legte großen Wert auf körperliche Kraft und Ausdauer; im Urlaub pflegten die beiden auch zu Fuß durch ferne fremde Länder zu wandern, gern auch mit anstrengenden Klettertouren, sie hatten vor drei Jahren sogar schon den Kilimancharo bestiegen, und dort hatte Frau Krämer auch ihren bisher größten Erfolg in ihrem gesamten Eheleben gehabt: während ihr Mann, der aussah, als ob er vor Muskelkraft kaum laufen konnte und zu hause mit Hanteln nur so um sich warf, unter der dünnen Höhenluft in der afrikanischen Hitze zu leiden hatte und auf der vorletzten Etappe zurückbleiben musste, war sie mit den einheimischen Führern bis hoch auf den Gipfel gestiegen und hatte den berühmten Rundblick und das obligate Foto gemacht. Seitdem gab es gelegentlich bei ehelichen Schwierigkeiten, die meist mit finanziellen Dingen zusammenhingen, oft den Spruch von Frau Krämer:

»Denk nur an den Kilimancharo!«

Meist lenkte ihr Mann dann ein, nahm sie ihn den Arm und gemeinsam fanden sie dann schon eine Lösung der anstehenden Probleme.

Bei dieser Frisörin ließ sich Ludmilla Claasen also neue Strähnchen in ihr dichtes Haar färben, und während sie die bei Lieblingskundinnen immer angewandte Kopfmassage genoss und den Espresso, der stets frisch zubereitet wurde – die Frisörin wusste ja, was Frauen wünschen!-. berichtete Frau Krämer von ihren neuen Aktivitäten, dass sie sich nun im Herbst für eine Reise nach Island vorbereiten würden, und

»Wissen Sie, das ist ja mal was ganz anderes, so ein kaltes Land, und Geysire und tätige Vulkane gibt es da, manche sollen alle Stunde aus der Erde schießen, ist das nicht toll? Und dann vor allem das berühmte Nordlicht, ich hab das mal im Fernsehen gesehen, wenn der ganze Himmel grün wird oder lila und sich dieses Licht wie ein tanzender Schleier um die Erde legt. Aurora Borealis nennt man das, das hab ich mir schon gemerkt, Aurora Borealis. Klingt doch toll, oder nicht? Mein Mann sagt, das hängt mit der Sonne zusammen und kommt wohl nur hoch im Norden vor, wo die Luft so klar ist und so dünn. Das kommt von der Kälte, denke ich mir. auf jeden Fall wollen wir das auch filmen, damit wir nachher uns immer wieder daran erinnern können. Und es leben nur ganz wenig Menschen dort. Die essen ja alle Fisch, ich selbst bin da nicht so der Freund von, aber was haben wir nicht schon alles gegessen in den Ländern, da gab es Heuschrecken und Maden und gebratene Schlangen und einen Leguan, das war gar nicht so übel. Mein Mann erzählte neulich, dass er einen Isländer in seinem Studio gehabt habe, der von vergammelten Haifischen berichtet habe. Das dieses leicht angegangene Fischfleisch einen ganz besonderen Geschmack haben würde und so etwas wie eine hoch bezahlte Spezialität der Insel sei. Wenn einem ein Isländer so etwas anbietet, dann darf man nicht ablehnen, sonst ist er tödlich beleidigt.«

Die Frisörin wickelte Ludmillas Kopf in zwei Plastikhauben ein, in diese machte sie viele kleine Löcher, durch die sie jeweils ein Haarbündel herauspulte, dann bestrich sie jedes Haarbüschel mit einer Paste und wickelte den Kopf ganz in Aluminiumfolie, zum Schluss kam der ganze Kopf unter die Haube, wo durch die Hitze ein chemischer Prozess eingleitet wurde, der die geforderten Strähnchen erst sichtbar und gleichzeitig haltbar machte.

»Also auf Island,« fuhr Frau Krämer unbeirrt fort, »da gibt es ja auch die bekannten Island-Ponies. Und mein Mann beseht darauf, dass wir auch eine Tour im Sattel buchen sollen. Weil man da in Gegenden hinkommen kann, da fährt sonst kein Bus und mit dem Auto geht es auch nicht. Weit weg von der Zivilisation, sagt er, das ist was für ihn. Er ist und bleibt eben ein Naturbursche. Natürlich hab ich früher auch schon mal auf einem Pony gesessen, wissen Sie, da gab es beim Schützenfest bei uns immer so einen Stand, da konnte man im Kreis auf so einem kleinen Pferchen sitzen. Ich fand das immer ganz schön, aber wenn ich so echt daran denke, diese weichen Schnauzen, wenn ich den Tieren einen Apfel hingehalten habe, das war eigentlich viel schöner als das immer nur im Kreis herumreiten. Nein, ich bin nie herunter gefallen, und Angst habe ich auch nicht. Aber so eine richtig lange Tour im Sattel, so etwa zehn Reiter und ihre Tiere, und dann ganz weit weg von allem, und die Handys gehen dort auch nicht überall, weil das ganze Land, die ganze Insel ja nur so dünn besiedelt ist, da hat man dann einfach keinen Empfang mit dem Handy, weil es keine Sendemasten gibt. Da soll alles meist über Satellit gehen, und das wird teuer. Wir haben schon überlegt, dass wir unsere Geräte lieber zu Hause lassen wollen, sie sind dort einfach nichts nütze, und dann kann mit ihnen auch nichts geschehen, sie bleiben heil und können nicht gestohlen werden.«

»Also nach Island, mit all den Lichtern dort am Himmel?«

»Ja, die Nordlichter. Das muss ja phantastisch sein. Das ist einer der Gründe, warum wir da hinfahren. Die

Nordlichter, wenn der ganze Horizont bunt wird, das stell ich mir ziemlich toll vor.«

10

Hermanns Blase weckte ihn auf. Er tastete sich aus dem Bett und ging noch sehr verschlafen ins Bad, erleichterte sich und schaute in den Spiegel. Er konnte ja auch aufstehen, wo er doch schon einmal hier war. Er wusch sich und zog sich an, leise, um Inge nicht zu stören. Inge, er schaute sich um, ihr Bett war leer. Er zog sich rasch an und hastete ins Wohnzimmer, nur der Tisch war zum Frühstück gedeckt, der Kaffe stand unter der Mütze, ein selbstgemachtes Geschenk von Tante Frieda. Inge? Wo war sie, er suchte weiter und fand sie schließlich in ihrem Atelier, wie sie es nannte. Sie stand am großen Zuschneidetisch und übertrug sorgsam die vielen Zahlen der Maße, die sie gestern von den jungen Frauen genommen hatte. Sie schaute kurz auf, lächelte ihn an:

»Der Kaffee ist fertig, steht unter der Mütze. Ich muss nur noch alle Maße einordnen und dann komme ich auch. Ich will nach dem Frühstück gleich in die Stadt und Stoffe kaufen. Kommst du mit oder hast du hier zu tun?«

Er schaute sie lange schweigend an. Dann murmelte er:

»Ich dachte, du wollest heute die Rouladen machen?«

Sie schaute ihn etwas irritiert an.

»Rouladen? Ach ja, aber das hat noch Zeit, die kann ich ja auch heute Abend machen, das geht schon ganz fix. Da brauche ich nicht so viel Zeit, die braten sich ja von ganz allein im Ofen, oder?«

Er nickte nur und verzog sich an den Esstisch. Stand wieder auf und holte die Zeitung aus dem Briefkasten. Setzte sich wieder hin und schenkte sich eine Tasse Kaffee ein. Was sollte er in der Stadt? Und wollte sie nicht Rouladen machen? Er hatte sich darauf doch so gefreut, richtige Rouladen, mit Gurke innen und Senf, wie früher bei seiner Mutter. Und nun wollte sie in ihren Laden!

Er hasste ihn schon jetzt. Er selbst war noch nie mitgewesen, war noch nie drinnen gewesen, in diesem Stoffladen. Inge verbrachte ganze Nachmittage dort, schaute sich einen Ballen nach dem anderen an, die Inhaberin rief sogar an, wenn neue Muster gekommen waren, und Inge fuhr dann sofort los. Vor einem halben Jahr hatte er den Verdacht gehabt, dass es dort einen Mann geben müsse, mit dem seine Inge.... Aber er war ihr ein paarmal nachgefahren und hatte im Wagen vor dem Laden gewartet. Da war kein Mann gewesen, auch nicht als Kunde. Niemand war aus dem Geschäft gekommen, auch als die Besitzerin den Laden abends verschlossen hatte, war keiner da gewesen. Seine Eifersucht hatte ihm da wieder einmal einen Streich gespielt, und außerdem, Inge und ein fremder Mann! Nein, er konnte sich auf seine Frau verlassen. Aber eben nicht auf sich selber. Vielleicht sollte er endlich seine Überlegungen mit Inge bereden.

Er trank den kälter gewordenen Kaffee und dann kam Inge auch schon, setzte sich, goss sich auch eine Tasse ein, schmierte sich ein Brot mit Edamer und redete los:

»Stell dir vor, diese vielen Kleider. Und wenn die alle im Dom sind und auch hinterher, man wird sicher fragen, wer das denn angefertigt hat. Und dann werde ich mich vor Aufträgen nicht retten können. Ich glaube, ich muss Frau Wesemann wieder bitten, die muss mir helfen, allein schaffe ich das alles nicht, nicht in der Zeit. Und Frau Wesemann, die macht auch nicht so ein Gedöns, die steht immer mit beiden Beinen fest auf der Erde; und nur wenn es nicht anders geht, dann sagt sie ein klares Wort. Und sie ist eine gute Näherin. Sehr akkurat. Und dabei nicht mal so teuer. Vielleicht gebe ich ihr auch einen Bonus, wenn wir alles rechtzeitig fertig bekommen, was meinst du?«

Hermann schaute sie nur an, lächelte und meinte dann: »Weißt du, ich finde, du siehst heute morgen ganz besonders bezaubernd aus.«

Inge stutzte, machte große Augen, dann lachte sie los.

»Na, was ist es denn diesmal, was willst du denn heute von mir? Ich kenn dich doch, du führst wieder mal etwas im Schilde. Lass es raus, aber gleich, ich muss nämlich dann weg.«

»Weißt du, mir ist heute morgen etwas klar geworden. Du kennst doch meine Eifersucht nur zu gut und wie ich darunter leide. Ich habe bisher immer gedacht, das sei alles nur, weil ich dich so liebe. Und das tue ich auch, ich habe n och nie eine Frau so geliebt, das war auch früher als Schüler noch nie so, und wir sind nun auch schon eine ganze Weile verheiratet.«

»Das werden dies Jahr vierzehn Jahre!« warf sie lächelnd ein.

»Ich weiß. Und ich bereue keinen Tag und will noch viele viele Jahre mit dir zusammensein. Also, was ich sagen wollte, mir ist heute morgen klar geworden, dass diese Eifersuchtsdramen, die sich in meinem Kopf abspielen, die haben überhaupt nichts mit unserer Beziehung zu tun. Ich weiß jetzt, dass meine Eifersucht im Grunde nur ein Besitzenwollen ist. Das ist so ein Gefühl wie ein Hund, der seinen Knochen behalten will und ihn gegen den Rest der Welt verteidigen muss. Ich meine also, diese sogenannte Eifersucht hat nichts mit Liebe zu tun, das ist eigentlich nichts anderes als eine Art von Besitzgier. Und vom Kopf her ist mir völlig klar, dass man keinen anderen Menschen besitzen kann. Oder sollte, wenn ich da an die Sklaven denke, es soll ja auch heute noch welche geben, also.«

Er holte tief Luft.

»Ich möchte nicht, dass du ein Sklave für mich bist und ich werde mich daher bemühen, meinen Egoismus weiter zu zügeln und dich nicht mehr mit der sogenannten Eifersucht zu belästigen. Wenn ich also in Zukunft wieder mal diesen absurden Irrsinn von mir gebe und wutschäumend hinter dir herlaufe und dich beschuldigen sollte, dass du etwa mit dem Postboten, dem Schlachter oder dem Bäcker oder wem auch immer ein heimliches Verhältnis hast, dann sag einfach nur Egoist oder Sklaventreiber. Ich weiß dann Bescheid und werde umso schneller damit aufhören können.«

Inge nahm ihn in den Arm und küsste in zärtlich.

»Du Armer! Ich bin so froh, dass du diese Erkenntnis endlich gewonnen hast. Unser Leben wird viel einfacher sein, jetzt, wo du über dich Bescheid weißt.«

Sie küssten sich und er drückte sie ganz fest an sich.

11

Als Ingo Peters schon ganz früh in der Postzentrale seine Briefe sortierte und die gelben großen Taschen befüllte, kam Heiner Thomsen vorbei, der regionale Vorsitzende der Postgewerkschaft, und gab ihm ein Flugblatt, in dem stand, dass am es am Montag keine Postzustellung geben würde, da seien alle Postbediensteten und auch die Beamten aufgefordert, sich in Neumünster in den Holstenhallen zusammen zu finden, es gebe dort eine Gewerkschaftsversammlung, dabei ginge es um die neuen erforderlichen Gehaltsforderungen und vor allem um die klamme Personalsituation, denn durch Pensionierung und vorzeitige Berentung seien viele Posten frei geworden, was dann ja für den Rest der Belegschaft bedeute, dass sie wieder einmal ein Mehr an Arbeitsleistung zu erbringen hätten, und das alles wie so oft bisher ohne ausreichende Gehaltszulage. Und bevor es zu einem längerfristigen Streik käme, müsse man doch darüber diskutieren, und eben zu diesem Zwecke finde das Zusammentreffen in der großen Halle in Neumünster statt, alle Postler aus dem Lande sollten sich dort einfinden.

Ingo seufzte, laut und auch innerlich. Er hatte in den langen Jahren bei der Post schon an so vielen derartigen Treffen teilgenommen, er wusste, wie das ausging. Die Gewerkschaftler standen an der Rednertribüne und versuchten, Stimmung zu machen für ihre Pläne, dass alle mehr Geld haben wollten, das lag in der Natur der Sache, aber wie, darum ging es. Ingo hatte schon die Erhöhung der Postgebühren mit Skepsis beobachtet, vor allem das Briefporto. Die Begründung war ihm auch nicht ganz logisch erschienen, so hatte es von oben geheißen, da immer weniger Briefe versandt wurden, war die Briefzustellung teurer geworden war; denn immer mehr Menschen würden sich per SMS oder über E-mails verständigen, und diese jungen Leute so ab zehn, zwölf sowieso, sie kommunizierten doch alle nur noch über ihre Handys, sie twitterten und gaben sich über Face Book Nachrichten. Wenn sie denn nicht gleich alles und jedes am Handy bereden mussten. Und weil es eben weniger Briefe gab, sprich weniger zu tun – so sagten die da oben wider besseres Wissen!- da musste man die Gebühren eben erhöhen. Von der überaus großen Zunahme der Pakete und Päckchen, die wegen der zahlreichen Bestellungen über das Internet wie eine gewaltige Lawine angewachsen waren, da redete keiner drüber. Da konnten die Briefträger die Größe ihrer Taschen verdreifachen und sich sozusagen mit verdoppelter Kraft an dem erheblich vergrößerten Gewicht abschleppen, da konnten die Autofahrer sich noch so sehr über die in zweiter Reihe parkenden DHL-Kleinlaster beschweren, darüber wurde da oben nicht geredet. Denn das ging ja nur auf Kosten der Knochen der kleinen Postbediensteten. Ingo hatte nichts gegen eine Gehaltserhöhung, aber eine Erhöhung der Anzahl der Briefträger, damit eine Verkleinerung der Zustellbezirke und nicht zu vergessen doch wieder die Erhöhung der Zahl der Postfilialen, in denen die Postbediensteten nicht länger Angestellte der Postbank wären sondern wieder richtige Postler, das erschien ihm wichtiger und sinnvoller, denn dann würden alle und also auch er nicht so viel rennen und schuften müssen, es ginge alles viel glatter und effektiver. Der Reibungsverlust insgesamt bei der Post wäre deutlich kleiner. Die Kunden wären zufriedener und die Postler auch, Damit wäre allen geholfen. Aber er wusste aus Erfahrung, dass es so nicht kommen würde, denn wie bei allen großen Firmen, so auch bei der Post, das hatte er immerhin aus den Jahren im Wirtschaftsteil der lokalen Zeitung herausgelesen: wenn eine Firma Schwierigkeiten bekam, dann gab es unweigerlich Entlassungen. Jede Form von Betriebssanierung ging immer zu Lasten des Personals.

Also sortierte Ingo Peters sorgsam seine Briefe und Päckchen ein und beschloss innerlich, nicht nach Neumünster zu fahren, sondern statt dessen mit Siglinde einen Ausflug an die See zu machen. Vermissen auf der Kundgebung würde ihn schon keiner, und niemand hier auf seiner Poststelle hielt ihn für einen Drückeberger. Ja, das hatten sie schon lange nicht mehr gemacht, einfach so an die See. Dabei mochten beide das Wasser, Siglinde war in Neustadt aufgewachsen und er in Niendorf; als Kind schon war Ingo einfach nicht vom Strand wegzubringen, er hatte im Wasser gespielt, bis seine Lippen ganz blau waren und seine Mutter ihn dann mit einem heißen Kakao wieder aufgewärmt hatte. Während seiner Schulzeit war er in den Schwimmverein gegangen und hatte auch an den Stadtmeisterschaften teilgenommen, aber er war nie auf einem der vorderen Plätzen gelandet, es machte ihm einfach viel Freude, das Schwimmen; und dann das Tauchen, später mit einer Taucherbrille und Schnorchel, da hatte er so manchen Butt gefangen mit bloßen Händen, er konnte ohne Mühe bis zu zehn Meter tief tauchen. Siglinde erschreckte er auch heute noch mitunter, wenn er einfach beim Baden abtauchte und dann fast zwei Minuten unter Wasser bleiben konnte.

Er brachte die Hälfte der gelben prallgefüllten Taschen zum Schuster in der Fleischhauerstrasse, um sie dort auf seinem zweiten Gang wieder abzuholen, dann begann er seine Rundtour in der Hüxstrasse, wo schon die ersten Hammerschläge und kreischenden Drehgeräusche der Handwerker über die Pflastersteine klangen, überall jetzt zu Frühlingsanfang wurden Häuser repariert und erneuert, auf langen Leitern sah er Maler und Dachdecker, an der Ecke hielt ein großer Lastwagen mit Röhren und Gestellen, da wurde ein Haus eingerüstet und er staunte, wie schnell so etwas ging. Gegen Mittag wäre das Gerüst sicher fertig und die Strasse wieder auch für größere Autos passierbar. Ingo schob Briefe, Postwurfsendungen –heute nicht so viel Reklame wie an anderen Werktagen – und Zeitschriften in die Briefkästen, plauderte mit den meist älteren Leuten, die ihm auf sein Klingeln geöffnet hatten, wenn die Päckchen nicht in den Briefkasten hineinpassten; es waren meist im Internet bestellte Bücher oder Artikel von Netzapotheken oder auch von Kindern und Enkeln versandte Geburtstagsgeschenke, gern auch bunt verpackt. Die meisten seiner Kunden kannte Ingo und bei einigen, wie der gehbehinderten Frau Timm in der Schlumacherstrasse, da kam er gern mit hinein und trank einen starken Kaffee. Manchmal gab es auch selbstgebackenen Kuchen dazu. Heute hatte er sogar wieder einen Brief für Frau Solterbeck dabei. Sie war sicher schon weit über siebzig und hatte schlechte Augen, trotz ihrer Brille konnte sie die Schrift ihres Sohnes nicht mehr lesen. Sagte sie. Ingo wusste es aber besser.

In alle den Jahren war er langsam dahinter gekommen: Frau Solterbeck konnte gar nicht lesen, sie war schlicht eine Analphabetin, und so bat sie ihn, den monatlichen Brief von ihrem Sohn vorzulesen, was Ingo auch gern tat. Heute stellte sie ihm wieder eine Tasse Kaffee auf den runden Tisch mit der weißen Spitzendecke und dazu einen selbstgemachten Bärenfang; wie sie ihm vor Jahren schon erzählt hatte, bezog sie den Honig für dieses kalorienhaltige Getränk mit etwa vierzig Prozent Alkohol von einem Imker am Stadtrand, der noch ihren Mann gekannt hatte. Ingo las ihr den Brief von Udo vor und versuchte mit lauter Stimme, den Inhalt angemessen zu formulieren: es war nichts Wichtiges, der Sohn hatte ein wenig Ärger mit seinem Vorgesetzten, plante einen Urlaub mit der Freundin in Spanien und überlegte auch, ein neues Auto zu kaufen und vielleicht dann mit der Freundin zusammen die Mutter zu besuchen – da hielt Frau Solterbeck, die gespannt zugehört hatte, erfreut die Hände vor den Mund und rief: »Das wäre aber zu schön!« Der Sohn beendete den Brief wie üblich mit den besten Wünschen für Mutters Gesundheit. Als er fertig war, trank Ingo das Glas Bärenfang, schüttelte sich demonstrativ, das war das Ritual, und Frau Solterbeck lächelte jetzt und sagte wie immer:

»Das war aber wirklich sehr nett von Ihnen, und man merkt, dass Sie mit viel Herz lesen können. Da haben Sie mir wieder eine große Freude gemacht. Ich danke Ihnen.«

Und Ingo pflegte dann einen Schluck erkalteten Kaffee zu nehmen und sagte wie immer :

»Aber da nicht für. Dann also bis zum nächsten Mal.«

Er ging in dem Bewusstsein, dass Frau Solterbeck nun den ganzen Brief Zeile für Zeile betrachten würde und sich dabei an den genauen Wortlaut von Ingos Stimme erinnern wollte.

12

Der Kohlmarkt vor dem Rathaus war zum Leidwesen mancher Touristin, die gern ihre neuen Schuhe mit den hohen Absätzen zeigen wollte, mit sogenannten Katzenköpfen gepflastert. Hier standen in Reih und Glied die Wagen und Stände der Marktbeschicker, die meist aus der Region kamen. Aber es gab auch etliche, die von ganz weit her den Weg gefunden hatten, am weitesten hatte es ein Verkäufer von frischen Garnelen, der von Husum mit seiner schon an Bord in Nordseewasser gekochten appetitlich frischen Ware an allen vier Markttagen seine Krabben anpries und sie auch meist bis auf kleinere Reste alle verkaufen konnte. Hier mochte man Fisch, Krabben, Seetang, Muscheln, einfach alles, was aus dem Meer kommt; es hatte sogar vor ein paar Jahren ein sich modisch findendes Restaurant gegeben, das hatte als Dessert eine Quallennachspeise angeboten. aber da war die Nachfrage nicht sehr groß gewesen.

Angelika Wilkening stand vor der Auslage des Gewürzwagens. Sie roch und schaute und roch. Hinter geflochtenen Bastteller mit aufgehäuften exotischen Gewürzen, Pfefferarten oder Curry standen vielerlei bunte Plastikdosen mit geheimnisvollen Aufschriften, kleine Holzschachteln und nur wenige in durchscheinenden Plastiktüten eingesteckte Blätter, Nadeln, Blüten und zerkleinerte Rinden; alle zusammen erzeugten einen markanten, aber schwer zu definierenden Duft. Angelika brauchte heute Wacholder, gemahlenes Cumin, Thymian gerebelt und Sternanis.

»Ach ja, dann hätte ich gern noch etwas Liebstöckel.«

Der mit einem rotweißen Schal vermummte Verkäufer suchte und fand die weiße Dose schnell.

»Hier bitte, das gute alte Maggikraut.«

Angelika musste lächeln. Maggikraut. Der Großvater hatte immer darauf bestanden, dass auf dem Esstisch eine Flasche Maggi stand. Gleichgültig, ob es Hühnerragout mit Kartoffelbrei gab oder Rollbraten mit Rotkohl oder Sauerkraut mit Frikadellen, er brauchte sein Maggi zu allen Gerichten; und wehe, wenn die Großmutter versäumt hatte, die braune Flasche nachzufüllen, dann war der Teufel los, dann musste Angelika loslaufen zum Kaufmann an der Ecke und eine neue Flasche Maggi besorgen.

Ihr Smartphone summte. Als Angelika das Gespräch annahm, hörte sie die Stimme ihrer Kollegin Astrid:

»Na du Urlauberin, wie ist es denn so, bist du schon in Mallorca unter der Sonne oder sitzt du noch am Flugplatz?!«

»Du blöde Gans!,«

lachte Angelika zurück, »Du weißt doch genau, dass ich für so was kein Geld habe.«

Auch Astrid lachte jetzt lauter, dann wurde sie wieder sachlicher:

»Hör mal, Geli, ich wollte auch nur Bescheid sagen, hier hat eben ein Mann angerufen und der wollte mit dir reden, und zwar ausdrücklich nur mit dir.«

»War es wieder so einer von denen, der sich beschweren wollte wegen der fehlenden Parkmöglichkeiten in der Stadt?«

»Nein, den Eindruck hatte ich nicht. Es muss um etwas anders gehen, er hatte ausdrücklich dich verlangt und dann noch gemeint, dass es etwas ungeheuer Wichtiges sei, was er mit dir zu besprechen habe. Ist das nun schlimm, dass ich ihm gesagt habe, dass du vermutlich ab Montag wieder im Dienst bist?«

»Nein, das geht schon in Ordnung.«

»Ach ja, er hat noch seinen Namen genannt, er heißt, Moment, hier ist es, er heißt Martin Schneider.«

»Danke. Das hast du gut gemacht. Bis Montag denn, und ein gutes Wochenende.«

»Gleichfalls.«

Angelika schaltete das Handy ab. Also Martin Schneider. Er hatte sie also doch zu erreichen versucht. Das war ja sehr erfreulich. Eher mehr als erfreulich, sie war richtiggehend begeistert. Martin. Der schüchterne Herr Martin. Der nicht einmal versucht hatte, ihr einen Kuss zu geben. War es nun aus Anständigkeit, im Sinne von altmodisch, da hätte sich ihre Großmutter aber gefreut, oder war es Taktik, nach dem Motto: Na warte nur, dich krieg ich schon, erst lass ich dich zappeln und dann schlage ich zu. Wie der Fuchs bei der Gans. Oder war es doch einfach seine Schüchternheit, die er ja auch im Gespräch immer wieder deutlich gemacht hatte. Angelika hoffte auf Letzteres und freute sich einfach, dass er sie wiedersehen wollte. Also würde sie ab Montag auf seinen Anruf warten.

13

Erst wollte Inge Althaus ja mit dem Wagen zu ihrem Stoffladen in die Hüxstrasse fahren, denn sie wollte ja einiges einkaufen und insgesamt würde es doch ein ziemliches Paket werden. Aber Hermann erinnerte sie daran, dass wegen der Bauarbeiten heute und noch bis in die nächste Woche hinein die Hüxstrasse für alle Autos gesperrt war, nicht einmal Taxen oder Anlieferer durften mit ihren Kastenwagen dort fahren. Es waren nur Fußgänger erlaubt, selbst die Radfahrer mussten absteigen und schieben.

»Gut, dann kannst du mich ja dahin fahren, ich steig an der Königstrasse aus. Und wenn es wirklich so viel werden sollte, dann kann mir Frau Meiners das ja vorbei bringen. oder ich nehme mir eine Taxe.«

So fuhr Hermann sie in die Königsstrasse und von da aus ging Inge zu Fuß zu dem Laden »Samt & Seide«, der genau gegenüber einem guten italienischen Restaurant lag. In den Schaufenstern waren schimmernde Stoffballen und blitzende Accessoirs ausgestellt, eine kopflose Schaufensterpuppe trug oben ein kunstvoll drapiertes Stück schottischen karierten Kaschmirs und um die Bauchebene war ein purpurnes Samtteil geschlungen. Inge ging hinein, links die vielen Regale voller Stoffe, eine beträchtliche Ansammlung so mancher Frauenträume, Ahnungen von langen Ballnächten, von excellenten Feiern, Festen und Vergnügungen; rechts der lange Verkaufstresen und dahinter Frau Meiners in ihrem dunkelgrauen schicken Kostüm mit einer opalenen Brosche, die sich sichtlich freute, Inge wiederzusehen.

»Sie waren aber lange nicht mehr bei uns gewesen, Frau Althaus.«

»Nun ja, es war einfach nicht die Zeit, es gab nicht allzu viel zu tun. Aber jetzt, ich brauche schöne Stoffe für sieben Kleider, und zwar ganz besonders schöne. Wissen Sie, ich soll die Kleider für die Brautjungfern bei der Hochzeit von Ilona Seeger anfertigen, und dann natürlich das Brautkleid selbst auch. Also, bei den Kleidern dachte ich an etwas in einem zarten Blau, wie ein Hauch von Frühling, ein Morgen an der See, so stell ich mir das in etwa vor. Ich denke, wir schauen erst mal den Stoff für die Brautjungfern, das eigentliche Brautkleid suchen wir später aus.«

Frau Meiners strich sich eine Strähne ihrer halblangen dunkelbraunen Haare aus der Stirn und zog eine kleine Holztreppe an die Regalwand, kletterte hinauf und zog verschiedene Stoffballen heraus, Inge nahm sie und legte sie auf den langen Holztresen. Es waren fast zwanzig Stoffe, vor denen die beiden Frauen dann endlich standen. Inge strich über die Stoffe, kräuselte das Gewebe, schlug die Ballen auf, schaute sich auch die Rückseiten gut an. Frau Meiners hielt sich verschiedene Muster an die Schulter und ließ den Stoff fallen, damit sie beurteilen konnten, wie der Stoff so am Körper fiel, wie Licht und Schatten sich brachen, auch wie das Material etwa zusammengerafft wirkte. Inge hatte in sich schon eine klare Vorstellung davon, wie sie sich die Kleider dachte. Sie schaute nachdenklich, prüfend, zog hier, drückte und kräuselte dort, ließ verschiedene Muster gleichzeitig von der Tresenkante fallen, ging ein paar Schritte zurück und begutachtete den Eindruck. Frau Meiners gab zu jedem einzelnen Stoff ihre Informationen, aus welchem Land, wie die Firma selber ihre Ware bewertete, wie sie den Stoff fand, was sie selbst für gut befand; wie so oft fand Inge auch, dass Frau Meiners enormes Wissen hatte über selbst die winzigste Kleinigkeit, sie wollte ihren Kunden nicht den teuersten Stoff verkaufen, sondern einfach nur den, der für den Zweck und Anlass des jeweiligen Kunden am sinnvollsten erschien. Das hatte Inge schon oft erlebt und deshalb kam sie auch so gern her in den »Samt & Seide« Laden, sie fühlte sich dort gut beraten und immer besonders nett und vorbildlich behandelt. sie hatte im Laufe der Jahre schon so manchen Stoff hier erworben.

Während die beiden modebewussten Damen die Stoffe begutachteten, hier krausten, dort glätteten, immer wieder mit der Haut das Gewebe spüren wollten, die Lichtreflexe beurteilten und die Fliesseigenschaften des Materials erprobten, redeten sie über die Hochzeit und die Familie. Es zeigte sich, dass Sylvia Meiners über fünf Ecken mit den Seegers verwandt war, eine Art von Cousine, sie wusste auch zu berichten, dass unter den alteingesessenen Seegers, die schon vor dem Mittelalter hier in der Gegend gehaust hatten, so manch ein Konsul oder Kapitän gewesen war und dass Frau Seeger, die allzumal auf die familiäre Tradition achtete, denn sie war nur angeheiratet, mit der Wahl ihrer Tochter Ilona bezüglich des Schwiegersohnes nicht einverstanden war.

«Zumal er aus einer Familie kommt, die erst mit dem zweiten Weltkrieg aus Polen hierher geflüchtet war. Ein Flüchtling also. Aber was soll man dagegen tun, wo die Liebe hinfällt...Aber man munkelt ja auch, dass dieser junge Mann es nur auf die Stellung und das Vermögen der Seegers abgesehen habe.«

»Aber ich habe gehört, dass er in der Computerbranche arbeitet, und da hat er doch gewiss auch sein Auskommen.«

»Aber was ist das denn schon, ein paar tausend im Jahr. Bei den Seegers geht es um Millionen, wenn Sie mich fragen. So wie die leben, und im Sommer immer nach Westerland, die haben dort ein eigenes Haus. Ich war schon mal auf Sylt und hab es mir angeschaut, so ein richtiges Sylthaus, mit Reetdach und hoher Hecke, und ein ziemlich großes Grundstück dazu, mit eigenem Bootssteg. Nein, die können schon etwas aufbieten, wenn sie wollen. Hier sind sie ja eher etwas zurückhaltend, wie es sich für ehrbare Kaufleute auch gehört. Aber schauen sie nur diesen Aufwand, sechs Brautjungfern!«

Sylvia Meiners lachte kurz auf und schaute sich um, aber es war weiter keiner im Laden.

»Jungfern! Glauben Sie das denn, dass auch nur eine von denen noch Jungfrau ist? Aber es macht sich eben gut, und ich möchte wetten, diese sechs werden alsbald eine gute Partie machen. Es wird sicher so richtig feierlich im Dom, und dann geht es direkt vom Dom auf ein Schiff. Die Seegers haben sich einen Dampfer der weißen Flotte bestellt, die fahren dann direkt vom Dom die Trave herunter bis Travemünde. Dort halten sie vor dem neugebauten Yachtclubgebäude, da gibt es dann das große Festmahl. Oh ja, die lassen sich nicht lumpen, und abends spielt eine Kapelle sicher bis spät in die Nacht. Aber der Alte, ich meine den Anton Seeger, der ist ja in den letzten Jahren immer schwerhöriger geworden, aber im Kopf noch ganz klar, man munkelt, dass er den Ehevertrag so aufgesetzt habe, dass der Mann, wenn er keinen geeigneten Nachfolger zeugen kann, also das heißt einen Sohn, der gesund ist, in den nächsten vier Jahren, dann muss er in die Scheidung einwilligen.«

»Und was hat die Ilona dazu gesagt?«

»Die Gerda, also die alte Hausbedienstete, wir kennen uns ja schon so lange, ich hab da immer meine Schulaufgaben in ihrer Küche gemacht und sie hat sie kontrolliert, also die sagt, dass es einen fürchterlichen Krach gegeben habe, die Ilona habe sich eingeschlossen für zwei ganze Tage in ihr Zimmer und nichts essen wollen, bis schließlich ihr Verlobter gekommen sei, und der hat sie dann wieder ans Tageslicht gebracht.«

»Sagen Sie mal, Frau Meiners, wie heißt der denn eigentlich? Ist doch merkwürdig, dass bisher niemand mir erzählt hat, wie der Verlobte von Ilona denn nur heißt.«

Frau Meiners lachte auf.

»Da können Sie mal wieder sehen, die sogenannte gute Gesellschaft. Der arme Mann wird völlig vernachlässigt, nicht mal sein Name darf genannt werden. Ich wette mit Ihnen, erst wenn Ilona einen strammen Stammhalter geboren hat, dann wird er auf einmal zum großen Helden und darf sozusagen Seite an Seite mit den Seegers auf den Balkon treten. Aber bis dahin ist er ja nur Mittel zum Zweck. Er heißt übrigens Jürgen, Jürgen Podnarsky.«

»Das ist ja wie im Mittelalter.«

»Natürlich. Was glauben Sie denn, was die sogenannte Tradition anderes ist als der Versuch, die Macht und den Einfluss beizubehalten, den diese Pfeffersäcke sich im Mittelalter erkauft haben, oder erkämpft oder durch

Mord, Gift und Galle oder was weiß ich, die gehen auch heute noch über Leichen, wenn es eben sein muss. Die Familie ist alles, der Einzelne hat nur seine Pflicht zu tun. Da ist und bleibt der Wahlspruch der Seegers.«

Inge war erschüttert. So hatte sie neulich die laute aber doch fröhliche Gesellschaft bei Frau Seeger nicht eingeschätzt.

14

Angelika war sehr mit sich zufrieden. Sie hatte viel geschafft an diesem Freitag. Erst war sie auf dem Rückweg bei der Frisöse vorbeigegangen und hatte dort mit Ludmilla über die morgige Party geplaudert, wobei sie sich -vermutlich vergeblich – bemüht hatte, Milla von der Idee eines neuen Freundes für sie abzubringen, sie hatten aber dennoch viel gelacht und dann sogar noch ein paar Selfies gemacht, natürlich mit Ludmillas Smartphone, und auch Frau Krämer wolle auf ihrem eigenen ein Bild haben, wie sie sagte, um es anderen Kundinnen zu zeigen, wie sehr doch so eine Art und Weise der Haartönung die Persönlichkeit anhebe und wie einfach es doch sei. Dann war sie in ihr kleines Altstadthaus gekommen und hatte die Wäsche in die Waschmaschine gepackt, die Fenster geputzt, die Blumen gegossen, die saubere Wäsche herausgeholt und auf dem kleinen Dachbalkon vor dem Schlafzimmerfenster auf den Ständer gehängt. Es sollte ja trocken bleiben, hatte der Wetterbericht im Radio gesagt, und meist traf auch zu, was der vorhersagte. Sie hatte noch ihre Tante Annemarie zum Geburtstag angerufen, obwohl sie die eigentlich nicht leiden konnte, die war immer so gemein zu ihrer Mutter gewesen; und sie hatte endlich die Briefe der Versicherung mit den neuen Tarifen in den Ordner einsortiert. Dann hatte sie in Ruhe das Fernsehprogramm für den Abend angesehen und sich nach der Fertigstellung der Hack-Apfel-Pfanne mit einem vollen Teller davon vor ihren Flachbildschirm gesetzt und im dritten Fernsehen das Landesprogramm eingeschaltet. Das Essen schmeckte ihr und auf dem Bildschirm kamen in der Sparte Kultur die Informationen über die neuen Ausstellungen in Eutin, Rendsburg und Cismar, die sie sehr interessierten. Sie hatte große Lust, wenn das Wetter gut bliebe, am Sonntag nach Cismar zu fahren, sich die Bilder von Herrn Fussmann anzusehen und dann in Grömitz Fisch essen zu gehen. Es wäre natürlich noch schöner gewesen, wenn sie das nicht allein tun würde. Aber dieser Martin war nicht da. Er hatte ihr gesagt, was war das noch, ja, er würde dieses Wochenende umziehen, und zwar so richtig mit Möbelwagen und so, ein paar gute Freunde würden ihm helfen, alles ein- und wieder auszuladen, er habe einen großen Lastwagen bestellt, den er selber fahren würde, und es würde sicher am Samstagabend sehr spät werden, bevor er hier in der Stadt ankomme. Und am Sonntag dann würde ausgeladen, sie sei herzlich eingeladen dazu – Angelika hatte dankend abgelehnt, sie spürte noch ihre Schulter von Astrids Umzug vor vier Wochen – aber am Abend hatte sie ihre Absage doch schon bereut. Sie würde ihn gern wiedersehen, sagte zumindest dieses Gefühl im Bauch, und er hatte ja auch im Büro angerufen, oder nicht?! Das war ein gutes Zeichen. Und wenn er dann so richtig hier wohnen würde, dann konnte sie ja mit ihm zusammen in die Ausstellungen gehen, er wäre sicher jemand, mit dem man auch in Sachen Kunst und Kultur eine Menge Dinge unternehmen könnte. Oder sollte. Auf jeden Fall wollte. Und vielleicht, sie könnte ja einfach vorbeikommen, so mitten im Umzug, da denken Männer nicht immer ganz so schnell wie sonst, sie sind ja meist abgelenkt.

Bei Rolf war das auch so, wenn der sich eine Sache vorgenommen hatte, dann gab es nichts anderes mehr, er war dann völlig drin, ob es nun um Angeln ging oder um Holz sägen; wenn sie wie im letzten Herbst durch den Wald gegangen waren und er die gefällten Stämme am Wegesrand nur danach beurteilt hatte, ob sie als Brennholz für den Kamin geeignet seien, dann hatte er einfach keinen Sinn gehabt für die Färbungen der Blätter oder den Fuchs, der sich hinduckte unter den Erlen oder den Habicht über der Lichtung, der seine Kreise drehte, er war ganz auf Holz fixiert. Angelika hatte das am Anfang ganz toll gefunden, dass sich jemand so ganz und gar hingeben konnte, aber sie fand schnell heraus, dass es immer nur um Dinge ging, die für Rolf wichtig oder interessant waren, und als sie nach kurzer Zeit nicht mehr zu den wichtigen Sachen in Rolfs Leben gehörte, da war sie eben auch nur ein Mittel zum Zweck, sie kochte und putzte und ging einkaufen und war ihm gefällig im Bett; und das war es dann. Er schlug sie nicht und beschimpfte sie selten, aber all das, was sie am allermeisten verlangte, wonach sie sich so sehr sehnte, die kleinen Zärtlichkeiten im Alltag, hier ein leises Drücken der Hand, dort ein Streicheln über den Rücken, ein leichter

Kuss beim Aus- dem-Zimmer-gehen, ein inniger Blick beim Nach-hause-kommen, da war nichts mehr. Wenn es je da gewesen war. Angelika räumte den Teller weg und holte sich den Rest Rosee aus dem Kühlschrank, setzte sich auf die Couch, legte das rote Kissen unter die Füße und genoss den Krimi im zweiten Programm.

15

Ingo Peters hatte schon die Hälfte seiner Tour geschafft, als er bei Frau Wichmann klingelte. Er hatte zwar nur eine Handvoll Reklame für sie, aber große Lust auf eine gute Tasse Kaffee. Er wunderte sich, als sich im Haus nichts rührte. Er klopfte sicherheitshalber ans Fenster des niedrigen Hauses, aber es blieb still. Aus dem Gang neben der braun gestrichenen Tür kam Frau Buthmann und grüßte ihn mit einem schiefen Grinsen:

»Da werden Sie aber heut kein Glück haben, junger Mann. Die Frau Wichmann ist doch in der Klinik!«

»Wie das denn, ist sie krank geworden?«

»Ja, sie hatte einen schlimmen Sturz, stellen Sie sich vor, die ist auf ihrem Ausleger ausgerutscht, in der Küche. Ich sag ja immer, wer hat schon einen Teppich in der Küche. Aber auf mich wollte sie ja nicht hören. Nein, sie war immer so von oben herab, wissen Sie. Sie wusste alles immer besser!«

Das kann ich ihr nicht verdenken, dache Ingo bei sich. Er kannte diese Frau Buthmann ja auch seit Jahren schon, sie war ihm schon damals, als ihr Mann noch lebte, nicht sehr sympathisch gewesen. Sie hatte sicher in der Ehe die Hosen angehabt, wie man so sagt, und Frau Wichmann hatte damals sogar gesagt, dass ihr Mann nun wohl froh wäre, nicht mehr unter ihrer Fuchtel zu stehen. Und außerdem, Frau Buthmann bekam nie Post, obwohl sie drei Kinder haben sollte. Aber keines von den Kindern, die alle schon lange weggezogen waren, schrieb ihr jemals einen Brief oder gar ein Päckchen. Das einzige, was Ingo ihr all die Jahre in den Briefkasten geworfen hatte, waren die Reklamen gewesen.

Frau Wichmann war also im Krankenhaus.

»Und man sagt ja, sie soll sich das Bein gebrochen haben. Der rechte Oberschenkel, wissen Sie. Das ist ja bei uns alten Leuten wohl das Schlimmste, wenn man nicht mehr richtig laufen kann. Ich zum Glück bin noch ganz gut beieinand, ich mache ja auch täglich meine Gymnastik, wissen Sie, seit der Schulzeit schon.«

»Na denn Aatschüß ook.«

murmelte Ingo und schob seinen gelben Karren weiter.

Der Oberschenkel gebrochen. Dann lag sie sicher in Ost, die Chirurgie dort war weithin bekannt für gute Versorgung der Patienten, nur mit der Betreuung gab es Probleme. Aber das erst seit ein paar Jahren, erst nachdem sie das Personal reduziert hatten. Es war eben doch überall dasselbe, dachte Ingo, vieles im öffentlichen Leben hatte sich verschlechtert, weil es jetzt einfach an Personal fehlte, das galt für die Krankenhäuser, die Polizei, die Post, die Bahn und sicher bald auch für die Schulen; nur in den Finanzämtern, da gab es keinen Mangel, da wollten selbst die hohen Herren nicht, dass ihnen auch nur ein müder Euro entginge. Na, mit uns können sie es ja machen, Hauptsache, die Kasse stimmt.

Nachdenklich ging Ingo Peters weiter. Bei Herrn Reich musste er einen eingeschriebenen Brief abgeben, sicher wieder wichtige Dokumente über waidgerechte Gesetze oder das Jagen in der Stadt, denn Herr Reich war der Stadtjäger, er durfte auch innerhalb der Stadtgrenzen jagen. Das war in Zeiten der Tollwut bei Füchsen sicher dringend erforderlich gewesen, aber heutzutage... Obwohl, so hatte es ihm Herr Reich in der letzten Woche erklärt, es hätten sich in den letzten Monaten vermehrt viele Tiere im Stadtgebiet angesammelt. Nicht nur die Waschbären, die auf Futtersuche die Mülltonnen durchwühlten und sich ungehindert vermehren konnten, weil es für sie in unseren Breiten keine natürlichen Feinde gab, auch die Wildschweine seien vermehrt in den Randgebieten aufgetaucht, sie hätten schon ganze Sportplätze zerwühlt und viele Müllcontainer bei den hohen Miethäusern umgeworfen und neugierig nachgeschnüffelt, was dort wohl an Leckereien verborgen sei. Und dann gab es noch die Marderhunde, die seien seit einigen Jahren erst ins Land gekommen und würden sich wie die Meerschweinchen verbreiten. Es gäbe ja viele sogenannte Naturfreunde, die gern alle möglichen Tierarten hier in den Wäldern sehen wollten, auch die Wölfe hätten sie wieder angesiedelt und die Luchse im Harz, und einige von denen wollten auch größere Raubtiere im den deutschen Wald ansiedeln, aber sie waren nicht bereit, die Risiken mitzutragen oder gar die finanziellen Dinge mit zu bezahlen, zum Beispiel die erheblichen Summen für Schäfer, deren Schafe von Wölfen gerissen worden waren, oder die Tausende von Jungfischen, die alljährlich von Anglervereinen in Flüssen ausgesetzt wurden und an denen sich dann oft Otter und Marderhunde gütlich taten.

Sinnvolles und Unsinniges gingen oft Hand in Hand bei den sogenannten Gutmenschen. Dass diese an den Krötenzäunen im frühen Morgen die Unken und Frösche aufsammelten und über die viel befahrenen Strassen trugen hin zu den Teichen und Gewässern, in denen sie sich fortpflanzen wollten und konnten, das war schon in Ordnung, fand Ingo. Seine Frau Siglinde hatte mit den Frauen ihres Sportvereines auch schon sogenannte Insektenhäuser im Forst unter Anleitung der Waldarbeiter aufgestellt und in jedem Jahr machten Ingo und Siglinde mit bei den Aufräumarbeiten am Dummersdorfer Ufer; was dort an Müll und Schrott weggeworfen worden war im Laufe eines Jahres, das füllte manch einen Container; im letzten Jahr hatten sie Mopedteile, Fahrradrahmen, Autoreifen und große Mengen Plastikmüll gefunden und weggeschafft. Weil einige Leute zu bequem waren oder einfach nicht nachdachten, meinte Siglinde. Aber es gab noch anderes, was hinsichtlich der Umwelt zu bedenken war. Ingo dachte an den Baustopp an Autobahnen zum Beispiel, nur weil einige sogenannte Experten glaubten, dass der Verkehr die Flugbahnen der Fledermäuse beeinträchtigen würde, dabei gab es allüberall auf der Welt Fledermäuse und auch Autobahnen und es war bisher zu keinen nennenswerten Verlusten der Wildpopulation gekommen. Aber wie oft hatte eine Windelbauchschnecke oder ein selten gehörter Zaunkönig nicht schon ein Bauvorhaben gestoppt, von den Wildbrücken, die den armen Steuerzahler Millionen kosteten und oft im Nichts endeten, ganz zu schweigen.

Ingo klingelte bei dem Stadtjäger vergebens, der war nicht zu Hause. Also nahm er den Brief wieder mit und steckte Herrn Reich nur eine Benachrichtigung in den Briefkasten.

16

Hermann konnte sich einfach nicht konzentrieren. Seine Planung vom Anbau bei Herrn Graumann blieb stets in konventionellen Entwürfen stecken. Dabei hatte ihm Herr Feldmann dringend angeraten, etwas freizügiger umzugehen mit Glas, er wollte alles hell haben, luftig und frei, wie er sagte, es solle ein Gefühl von Luft und Wärme ausstrahlen, denn er wolle dort sein Musikzimmer einrichten, und immer, wenn er Puccini oder Mahler hörte, sollte die Umgebung ihn quasi in Natura hineinversetzen in musikalische Schwingungen. Ansonsten gab es keine einschränkenden Vorgaben, auch nicht finanziell, Herr Feldmann konnte sich leisten was er wollte, nur gefallen müsse es ihm schon, das sei die einzige Bedingung, und es solle eben sehr ausgefallen sein, es müsse vom Üblichen deutlich abweichen. Hermann warf den Stift auf das Zeichenbrett. Das mit dem Glas war schön und gut, aber das in rotem Backstein errichtete Nachbarhaus war nur fünf Meter entfernt und über zehn Meter hoch, wie sollte er da ein Refugium von Kunst und Musik und Helle aufbauen. Er konnte doch nicht gut das Nachbarhaus abreißen lassen, nur weil Herr Feldmann seinen ihm zugestandenen exquisiten Musikgeschmack ausleben wollte. Es wollte ihm einfach nichts einfallen, was auch nur annähernd einer praktikablen Idee entsprochen hätte. Er war mit seinen Gedanken bei Inge, das heißt bei der Vorstellung, was sie jetzt wohl gerade tue und mache, mit wem und warum. Er wusste ja, dass sie im Stoffladen bei Frau Meiners die wichtigen Kleiderstoffe aussuchte und sicher auch diverse Accessoires, Gürtel, Broschen oder Knöpfe oder Reißverschlüsse oder was auch immer, und er war sich sicher, dass nur selten ein Mann seinen Fuß in diesen Laden »Samt und Seide« setzte, aber wenn doch....!

Er schalt sich selbst einen Narren, hatte er nicht gerade erst Inge versprochen, seine dämliche Eifersucht an den berühmten Nagel zu hängen? Und nun das. Er konnte nichts mehr konstruieren, immer kreisten eher obszöne Gedanken in seinem Hirn. Er musste wohl doch ernstlich erkrankt sein, dass er nur noch an Sex denken konnte. War er etwa sexbesessen? So wie die Engländer offensichtlich? Erst neulich hatten sie einen englischen Krimi im Fernsehen angeschaut, und da war es ihm wieder aufgefallen, alle englischen Fernsehkrimis hatten sehr viel mit Sex zu tun, Sex mit Kindern, mit jungen Teenagern, mit Kollegen, miteinander, im Gegensatz zu französischen oder amerikanischen.

Ja, die Amerikaner, die schienen ja sogar Angst vor Sexualität zu haben, da sah man selbst bei Liebesszenen nie eine nackte Brust, immer hatten die Frauen auch im Ehebett noch einen BH an oder ein Nachthemd. Die waren eben sehr prüde. Oder sie wollten ihre eigenen Filme eben auch in den sogenannten Bibelstaaten verkaufen: Wyoming, Montana, Utah, Oklahoma und wie die alle sonst noch hießen. Da konnte noch so das Blut von der Leinwand fließen, das war egal, die Waffengesetze dort waren ja dementsprechend, aber wehe auch nur eine Brustwarze lugte vorwitzig aus dem Ausschnitt der Heldin, so wie unlängst auf dieser Preisverleihung bei den Musikern, da war doch der einen Sängerin das hautenge Kleid geplatzt und die Brust präsentierte sich in ganzer Pracht im Freien, das gab vielleicht einen Aufschrei in den Staaten! Vielleicht hatte die das ja auch absichtlich so gemacht, schließlich gab es viel publicity deswegen. Es waren die reinsten Pubertätsrituale, die bei den Amerikanern zu beobachten waren.

Pubertär, ja das war es überhaupt. So wie die gesamte Politik der Amis, schlicht und pubertär: Willst du nicht mein Bruder sein, dann schlag ich dir den Schädel ein. Erst werden die Unzufriedenen in welchem Land auch immer mit Waffen und Sprengstoff versorgt, dann gibt es einen Aufstand, dann wenden die Sieger sich von den Amerikanern ab und singen Ami Go Home und dann werden die ehemaligen Freunde zu Feinden erklärt und bekämpft, andere Parteien bekommen nun Waffen und Geld und Panzer. Und weil jetzt in Amerika selbst genug Öl gefördert wird, da brauchen die USA bestimmte Staaten am Golf eben nicht mehr; früher waren das wohl die besten Freunde, weil sie das Öl brauchten. Nun nicht mehr. Und schon wurde alles zurückgefahren, Soldaten abgezogen, das Geld sowieso, übrig blieb ein Vakuum und da hinein stießen die islamistischen Gruppierungen wie der IS oder die Al Khaida. Und diese verübten dann auch in Europa ihre Attentate, nur um nicht in Vergessenheit zu geraten. Und dann sollte man auch nicht vergessen, dass die allermeisten der Flüchtlinge, die aus

Syrien, dem Irak oder Afghanistan jetzt nach Europa flohen oder zu fliehen versuchten, ebenfalls Moslems waren. Hermann hatte da ein sehr ungutes Gefühl. Er kannte zwar keinen Moslem genauer, und was er am Tag der offenen Tür in der Moschee hier in der Stadt gesehen und gehört hatte, das war ihm einleuchtend erschienen und hatte ihm gefallen. Auch das Essen, da konnte man nicht meckern, die türkische Küche war ziemlich lecker. Türkisch. Hörte der Herr Graumann nicht gern Mozart, a la turka oder so etwas ähnliches?! Wenn er nun den ganzen geplanten Anbau in einen Wintergarten eben als türkischen Garten gestaltete, mit breiten Palmen, hängenden Ampeln voller Blumen und Duft, vor allem duftende Blumen, und viel Plüsch, weiche fließende formen, ein Plumeau, ja, das war es doch, eine Art Türkenzimmer!

Hermann grinste, er war doch noch nicht zu alt, seine Kreativität war wieder da, sie war wohl nur etwas eingerostet, hatte die Beschäftigung mit dem Sex doch ihr Gutes gehabt, jetzt hatte er den Einfall, wie er die Wünsche dieses Bauherrn umsetzen konnte.

Eifrig machte er sich ans Werk, am Zeichenbrett schnellte der Stift hin und her, die Ideen flogen ihm nur so zu und er hörte Inge erst, als sie in sein Arbeitszimmer kam und »Hallo Hermann, ich bin wieder da!,«

sagte. Sie freute sich, dass er so bei der Arbeit war und offenkundig voller Tatendrang kaum einen Blick für sie hatte. Sie glaubte, dass die Aussprache über seine oft so störende Eifersucht am Morgen wohl dazu beigetragen hatte, dass jetzt neue Energien in ihm frei geworden waren und seine Gedanken beflügelten. Inge hatte alles gefunden, was sie brauchte, bezaubernde hellblaue Stoffe für die Kleider der Brautjungfern, passende Knöpfe und Reißverschlüsse. Sie setzte sich gleich ans Telefon:

»Hallo Frau Wesemann, hier ist Inge Althaus. Ich brauch Sie mal wieder. Ja, ein paar Kleider, und wie immer haben es die Damen sehr eilig. Für eine Hochzeit... Ach, Sie wissen schon, wann haben Sie denn Zeit...Ja, das passt mir gut, also gleich am Montagmorgen, dann machen wir uns an die Arbeit, bis dann und ein gutes Wochenende. Tschüss!«

17

Angelika Wilkening erwachte mit einem Lächeln, so jedenfalls fühlte sie sich. Als sie die Gardine beiseite schob und in den hellen Tag hinaus schaute, ging ihr doch wieder der Martin durch den Kopf. Sie war sich nicht sicher, ob sie von ihm auch geträumt hatte, auf jeden Fall war es ein angenehmer Gedanke, dass dieser Mann heute seinen Umzug bewältigte und dann ganz hier wohnen würde. Und er hatte schon im Büro angerufen. Also in der nächsten Woche konnte sie ihn wiedersehen. Es gab also doch noch Erfreuliches in ihrem Leben. Moment, heute Abend die Party, das war doch auch etwas Schönes. Oder nicht? Bei Wolli ging es immer hoch her, sie erinnerte sich noch an den November, als sie dort eine Adventsparty gefeiert hatten, es gab viele Weihnachtsmänner und Nikoläuse, die hatten dort die Tanzbeine geschwungen und viel Wein getrunken, sie hatte sich an Aperol Spritz festgehalten und sich eines besonders hartnäckigen Verehrers erwehren müssen, das war ein spezieller Freund von Wolfgang gewesen, er schien aus Hamburg zu sein und war dort nach eigenem Bekunden ein äußerst wichtiger Mann bei einer Privatbank, dementsprechend war auch seine Einstellung, er fühlte sich hier in der Provinz als König aller Reussen und wollte für eine Nacht ein Mädel aufreißen, wie er lauthals in der Küche seinen Zuhörern verkündet hatte. Dann war er im Verlaufe der Nacht an Angelika geraten, aber die hatte ihn abblitzen lassen, und als er sich nicht mehr anständig benehmen konnte oder wollte, hatte sie ihm ihren Drink ins Gesicht geschüttet und war gegangen. In der Woche darauf hatte Wolli sie auf der Straße während der Mittagspause getroffen und sich entschuldigt und gemeint, dass er diesen Bekannten nie wieder einladen würde. Sie waren dann noch für einen Glühwein auf den Markt gegangen und Angelika war richtig versöhnt wieder zurück in ihr Büro gekommen.

Nach Duschen und Zähneputzen saß Angelika am offenen Fenster und frühstückte genüsslich. Sie hatte sich sogar ein Ei gekocht, das kam nur selten vor, weil sie nicht oft zu dem Bauern hinausfuhr, bei dem sie im Hofladen neben den frischen Eiern auch oft ihr Gemüse einkaufte und die Kartoffeln. Vor allem die Kartoffeln, sie schmeckten besonders gut, fand sie jedenfalls. Wie früher. Ihre Mutter hatte ihr ein Rezept für Kartoffelsalat hinterlassen, all ihre Freunde schwärmten davon und sie musste ihn oft mitbringen, wenn sie zu einem Geburtstag oder einer Feier eingeladen war. Und ein derartiger Salat hing nun einmal von der Güte der Kartoffel ab, da konnte man nichts machen, wenn der Boden eben nicht so gut war, dann konnte man auch keine guten Kartoffeln ernten. Aber ihr Bauer hatte guten Boden und auch die richtige Sorte, und seine Frau kochte eine herrliche Marmelade. Angelika hatte sich beim letzten Besuch richtig eingedeckt, zehn Gläser hatte sie gekauft, sie hatte sogar Rabatt bekommen, wie die Frau Brodersen ihr lachend gesagt hatte, sie hatte nämlich ein Glas eingewecktes Huhn dazu umsonst bekommen. Das hatte sie noch nicht aufgemacht; sie wollte sich das für ihren Geburtstag aufheben und es dann genießen, und wenn es so schmeckte, wie es aussah, dann würde sie sich sicher noch ein paar Gläser davon holen. Sie konnte sich noch an die Erzählungen ihrer Mutter erinnern, die hatte auch von eingewecktem Fleisch gesprochen und wie gut das immer geschmeckt habe. Angelika selbst hatte noch nie Fleisch aus dem Glas gegessen. Dabei soll ihre eigene Großmutter eine Meisterin von eingewecktem Kalb gewesen sein, hatte ihre Mutter jedenfalls oft erzählt. Schade, das war alles vorüber. Nach Mutters Tod war so vieles anders geworden. Angelika kaute nachdenklich und schaute über die roten Dächer der Stadt mit ihren hohen Türmen in den endlosen Himmel. Ach Mutter, wenn du doch noch hier wärest!

Das Smartphone summte. Es war Ludmilla:

»Na, hast du es dir auch wirklich überlegt, ich meine nicht, dass du noch in der letzten Minute absagst. Na, ich kenn dich doch. Es wäre ja nicht das erste Mal, dass du den Gang in die Menge scheust. Aber na gut, und ich soll dich auch nicht abholen? Nein? Schade, wie wäre es dann mit Holger, der ist doch solo zur Zeit und hat einen ganz flotten Wagen, wie ich höre. Der würde dich sicher gern abholen, und auch wieder nach Hause bringen, wenn es hell wird. Nein? Weil du Holger nicht magst oder? Ach nein, sag doch so was nicht, er ist doch ein lieber Schatz. Und so arm ist er auch nicht. Albert hat mir erzählt, dass er Holger schon ein paar Mal in New York getroffen hat. Und das kann doch kein Zufall sein, wo Albert dort doch nur im Bankenviertel verkehrt. Oder natürlich in den Bars am Broadway. Und da hat er den Holger schon getroffen. Und soweit ich weiß, ist er auch noch nicht weiter liiert, hat also keine feste Freundin, ist also noch frei. Wenn du also wirklich clever sein möchtest...«

»Nein, das möchte ich ganz und gar nicht, das weißt du doch, Milla!«

Dass der Holger seit Jahren einen festen Freund in Hamburg hatte, mit dem er auch seine teuren Reisen unternahm, so etwas erzählte sie der Milla lieber nicht. Ludmilla war in mancherlei Hinsicht eben doch etwas naiv.

»Ja ja ich weiß, aber ich mein es doch nur gut mit dir. Immer läufst du rum mit so einem Gesicht, dass man das Fürchten kriegen kann. Und wenn da mal einer kommt, der unbeweibt ist und auch noch ein bisschen was auf der Bank hat, da muss man doch zugreifen, oder?«

»Milla, lass man sein. Ich komm schon zurecht. Weißt du was, bei der Taufe eures ersten Kindes bin ich sicher schon verlobt.«

Kurze Stille, dann ein:

»Also doch! Du hast jemanden. Ist es einer, den ich kenne, oder ist das wieder so ein armer Wicht, vielleicht einer von den Flüchtlingen?«

Ludmilla hatte die fixe Idee, dass Angelika sich in einen der gut aussehenden muskulösen braunen Flüchtlinge verlieben könnte, um die sie sich im Rahmen ihrer freiwilligen Arbeit bei der Tafel kümmerte.

»Nein, keine Sorge, da ist kein Flüchtling in Sicht, der mir mein Herz stehlen könnte.«

»Wirklich nicht? Aber du hast so komisch geklungen, es war wie eine Art Gewissheit.«

»Ich wollte damit nur sagen, du kümmerst dich um deine eigenen Sorgen, und wenn die gelöst sind und du endlich das hast, was du wirklich willst, dann hab ich auch sicher schon das gefunden, was du immer für mich suchen möchtest.«

»Manchmal bist du gemein! Ich kann dich überhaupt nicht leiden. Aber sei's drum, wir sehen uns dann bei Wolli.«

»Bis nachher dann. Und lass es gut sein, meine Männer such ich mir schon selber!«

Angelika drückte den Ausknopf.

18

Siglinde hatte zum Abendbrot Matjes gekauft, ganz frisch aus der Fischfabrik ein paar Straßen weiter. Dazu machte sie Bratkartoffeln und einen kleinen Salat. Ingo schmeckte es sehr. Er hatte ihr von der Frau Wichmann erzählt, als er am frühen Nachmittag in sein Reihenendhaus gekommen war; sie hatten dieses dreigeschossige Haus vor über fünfundzwanzig Jahren erworben, damals hatte ihr Sohn Udo ganz oben sein Zimmer mit den abgeschrägten Wänden und fand es einfach herrlich, so weit abgeschieden von den elterlichen Einflüssen sein zu können. Siglinde hatte darauf bestanden, das Endhaus zu nehmen, obwohl es drei Außenwände hatte und damit im Winter mehr Heizgas verbrauchte als die anderen. Aber es hatte einfach mehr Gartenfläche und das für den gleichen Preis wie die anderen. Siglinde war ein richtiger Gartenfanatiker, was hatten sie nicht in den Jahren alles gepflanzt, von Weinreben und Pfirsichen über Apfelsinenbäumchen und Avocados bis zu spanischem Pfeffer und Limonen. Meist waren die Ergebnisse aber nicht so eindrucksvoll, nur die Pfirsiche hatten all die Jahre überlebt, das Bäumchen stand auch an der Südwand neben dem großen Fenster und zeigte jetzt Mitte April die ersten Blüten. Zur Straße hin hatte Siglinde Osterglocken und Rhododendren gepflanzt, die trugen jetzt auch ihre Knospen, und am Eingang blühten rotgelbe Tulpen und ein großer Forsythienstrauch.

Ingo hatte auch von seinem Plan erzählt, am Montag, wenn die Postler Betriebsversammlung in Neumünster hatten, mit ihr zusammen an die See zu fahren. Siglinde fand das auch eine gute Idee. Es gab eine Tasse Kaffee und dann ging es in den Garten. Die Nachbarn waren auch schon da, die Beete sollten vorbereitet, abgesteckt und gedüngt werden, das Gemüse musste gepflanzt werden, und mit einem kritischen Blick auf die Knospen hatte Siglinde noch da und dort an den Rosensträuchern etwas abzuschneiden. Gegen halb sieben machten sie dann Schluss und gingen ins Haus, zum Abendbrot gab es die Nachrichten aus der Region im Fernsehen, danach eine Flasche Bier für Ingo und dann sahen sie sich die

Quizzsendung an. Um zehn lagen sie im Bett. Ingo war es so gewohnt, er musste ja wochentags früh hoch, und Siglinde hatte sich im Verlauf der langen Ehejahre auch daran gewöhnt; sie hielt beim Einschlafen wie immer seine Hand, so fühlte sie sich sicher und behütet.

Auch Ingo mochte das; sie hatten es sich auf ihrer ersten Reise so angewöhnt, da waren sie mit dem Rad nach Fehmarn zum Zelten gefahren. Bei Staberhuk auf dem Campingplatz hatten sie das kleine Zelt aufgebaut, es war zunächst doch schwieriger als gedacht, und der Platzwart hatte ihnen helfen müssen.

»Das ist wohl eure erste Campingreise, wie? Seid wohl ganz frisch verheiratet, oder?!,«

hatte er grinsend gefragt, aber durch seine Tatkraft stand das graue Zelt in kurzer Zeit festgezurrt und windsicher; Ingo hatte es sich von einem Kollegen von der Post geliehen. Sie richteten sich ein und gingen dann zum Meer, saßen schweigend auf dem steinigen Strand und schauten Hand in Hand den Schiffen zu, die unter der Brücke –bei den Insulanern hieß sie auch wegen ihrer Form der Kleiderbügel - hindurchkamen, dann aßen sie in dem kleinen Imbiss Currywurst mit Salat und zogen sich dann in ihr Zelt zurück. Die beiden Schlafsäcke ließen sich per Reißverschluss zu einem großen vereinen, das taten sie auch und so gab es zumindest in der ersten Nachthälfte nicht viel Schlaf.

Noch Jahre später behauptete Ingo auf Familienfesten, dass in dieser Nacht »der Grundstein für Udos Existenz gelegt« worden war. Zum großen Leidwesen von Siglinde und Ingo gab es nach Udo keine weiteren Kinder mehr, sie hätten gern noch ein oder zwei gehabt, Siglinde wollte zu gern noch ein Mädchen bekommen, aber der Frauenarzt hatte dringend abgeraten, da sei leider eine Veränderung gekommen, er nannte es Endometriose, und wenn sie wieder schwanger würde, er könne für nichts garantieren, dann sei auch Siglindes Leben gefährdet. Da hatten sie nach vielen langen Gesprächen auf weitere Kinder verzichtet und Siglinde hatte all ihre Kraft auf Udo gerichtet. Der war dann auch, wie Ingo mit Stolz nie aufhörte zu berichten, »etwas Ordentliches« geworden; er hatte seine Mittlere Reife gemacht und dann Bankkaufmann gelernt, später im Beruf hatte er das Abendgymnasium erfolgreich besucht und dann Volkswirtschaft neben der Arbeit als Banker bis zum Abschluss studiert. Seine Vorgesetzten hatten das honoriert und vor zwei Jahren war er Vorsitzender einer großen Filiale in Nienburg geworden. Seine Eltern waren natürlich sehr stolz auf ihn. Ihre Gedanken beim Einschlafen galten ihm und seiner Verlobten, die zumindest Ingo ganz reizend fand.

19

Weil er so gut vorangekommen war in seinen Planungen und Inge auch ganz fleißig beim Zuschneiden gewesen war, das heißt, sie hatte ihn nicht weiter gestört und ihn einfach machen lassen, wollte Hermann sich und ihr etwas Gutes antun und er hatte sie kurz entschlossen eingeladen zum Türken in der Hagenstrasse. Als sie dort angekommen waren, hatte er auch gleich einen Parkplatz gefunden und froh gestimmt gingen sie hinein, wurden von dem eher kleinen rundlichen Besitzer Machmud mit dem dichten schwarzen Schurrbart freundlich empfangen, Man kannte sich, sie waren schon öfter hier gewesen. Sie erhielten einen Platz an der Balustrade für zwei, ein junger Kellner brachte ihnen die umfangreiche Speisekarte, die sie eifrig studierten.

Hermann studierte auch die Einrichtung, schließlich stahlen Architekten mit ihren Augen überall Ideen und Anregungen. Sie bestellten gefüllte Lammschulter und eine Flasche Buzbag. Inge erhob ihr Glas und trank ihm zu:

»Na, du Eremit, da hast du aber mal ein gute Idee gehabt.«

»Es wurde mal wieder Zeit, dass wir zusammen ausgehen. Dachte ich mir. Und heute ist ja auch Wochenende, da passte es ganz gut.«

»Ja, wir waren lange nicht hier, lass mich nachdenken, zuletzt im Januar, mit den Karlows.«

»Ach die, das war vielleicht ein Reinfall.«

»Wie die nicht auf deine Planungen eingegangen sind, oder? Du hast dich ganz schön geärgert.«

»Das sind einfach Banausen, was verstehen die denn schon vom Bauen. Schau dir bloß mal an, was die jetzt machen. Die stellen einen grauen viereckigen Klotz mitten in die Landschaft, der verschandelt die ganze Gegend.«

»Na, was die von der Stadt dort planen, das ist auch nicht viel besser.«

»Du hast ja so recht. Dieser lahme Bausenator sollte lieber Würstchen verkaufen. Aber du kennst das ja, das geht seit Jahren so, jeder Politiker will sich ein Baudenkmal setzen, man könnte ihn ja sonst auch zu leicht vergessen.«

»Und die meisten von denen hatten auch dieses Glück, ich hab zum Beispiel keine Ahnung, wer diese dämliche Klappbrücke verbrochen hat, dabei wussten sie doch alle, wie das mit so einer Brücke ist, wir hatten ja lange Jahrzehnte die Herrenbrücke, und immer, wenn ich da hinüber wollte, war sie hochgeklappt. Ich bin nur froh, dass wir da jetzt den Tunnel haben.«

»Aber der rechnet sich doch nicht, es fahren dort zu wenig Autos durch, das ist ein reines Zuschussgeschäft für die Betreiber.«

»Die können einfach nicht rechnen, ich meine auf lange Sicht. Die wollen nur in kurzer Zeit die Unkosten wieder raushaben. Wenn sie einfach die Durchfahrt billiger machen würden, dann würden auch viel mehr Leute da durch fahren. Aber es dauerte dann eben etwas länger, bis die Baukosten wieder hereingekommen sind. Aber Geduld ist schon immer bei den hohen Herren eine Tugend gewesen, derer sie nicht teilhaftig geworden sind.«

»Das hast du aber schön gesagt.«

Ihr Essen kam, in die geschmorte Lammschulter waren in einer Tasche Reis, Gewürze, Pilze, Frühlingszwiebeln und Knoblauch mitgebraten. Es schmeckte einfach köstlich und als der Besitzer Machmud sich erkundigte, gab Inge ihm einen kleinen Applaus und alle Gesichter erstrahlten vor Wohlgefallen. Zum Abschluss gab es noch einen türkischen Mokka, der gekonnt auf einer getriebenen Kupferschale serviert wurde.

»Die Kellner hier sind wohl alles Verwandte von Machmud. Und in der Küche hat seine Frau das Sagen.«

»Was willst du, so sind alle versorgt, das ist dann Integration auf hoher Ebene. Sie sind hierher gekommen, und wie er mir im letzten Jahr erzählt hat, hat er in der Fischfabrik angefangen, und dann hat er seine Frau und die Kinder nachgeholt, und alle haben zuerst in der Fabrik gearbeitet, und als dann genug Geld vorhanden war, da erst haben sie hier ihr Restaurant aufgemacht. Ohne Schulden, find ich toll. Und es läuft ja sehr gut, wie man sieht.«

»Das ist denen auch zu wünschen. Und wenn du so in der Stadt in die kleinen Läden schaust, ich meine die Änderungsschneidereien oder Lederwaren, da sind immer Kunden drin, die haben gut zu tun.«

»Es ist eben doch nicht so, wie es früher immer hieß, der kranke Mann vom Bosporus. Diese Vorstellung, das der Türke faul im Kaffeehaus herumsitzt und seine Pfeife raucht. Nein, ich denke, die Türken sind ein sehr fleißiges Volk, und das trifft nicht nur auf die nach Deutschland ausgewanderten zu, sondern auch in der Türkei selbst. Denk doch nur mal an den Urlaub dort, und nicht umsonst reisen so viele im Sommer nach Antalya oder Marmara, Und das sind nicht nur die Deutschen inzwischen.«

»Aber die Sache mit dem Islam macht mir Sorgen. Die Türken sind doch alle Mohammedaner, oder nicht?«

»Die meisten schon. Aber du darfst den Islam nicht verwechseln mit dem Islamismus, mit den Terroristen, mit der IS. Denn diese Terroristen sind fast alles Araber oder kommen aus dem Irak oder Syrien, da sind keine Türken drunter.«

»Manchmal denke ich, die sind uns Europäern im Vergleich wohl ein halbes Jahrtausend zurück, wir haben diese Art von Religionskriegen doch schon längst hinter uns gelassen.«

»Du denkst wohl an den dreißigjährigen Krieg, Wallenstein und König Gustav Adolf von Schweden. Ja, da ist wahr. wir haben derartige blutrünstige Fehden weit hinter uns gelassen. So hoffen wir jedenfalls. Aber denk nur an Nordirland, da schießen die Vertreter der katholischen IRA immer noch und immer wieder auf die Protestanten oder werfen Bomben in deren Häuser, und die protestantischen Oranjebrüder marschieren jedes Jahr durch die katholischen Vororte und beginnen so die Krawalle. Das geht bis heute so, und es ist kein Ende absehbar.«

»Also dann lieber die Türken. Die lassen die Andersgläubigen doch wenigstens leben, all die Touristen jedes Jahr. Vielleicht sollten wir wieder einmal hinfahren, auch wegen der neuen Fundstücke aus dem Altertum.«

»Ich denke, wir sollten das in diesem Jahr nicht tun, denn wenn ich mir vorstelle, dass ich drei Wochen lang so ein Essen vor mir habe, dann zeigt mir die Waage aber deutlich an, wie sehr ich gesündigt habe. Und dann ist wieder Fastenzeit für mich. Lieber so wie jetzt, hin und wieder so etwas Gutes wie heute Abend, da kann ich mich gut drein schicken.«

»Ja, kochen können sie, das muss man ihnen lassen. Aber es ist schon spät geworden, lass uns lieber nach Hause fahren.«

Sie zahlten und fuhren in dem Bewusstsein nach Hause, dass sie einen schönen Abend mit einem vorzüglichen Mahl genossen hatten.

20

Wolli war schon immer eine Klasse für sich. Er hieß eigentlich Wolfgang Paulsen und verkaufte Versicherungen; da er aber von seinem Vater dessen ganze Versicherungsklientel übernommen und auch das wertvolle Wassergrundstück geerbt hatte, konnte er sich viele materielle Dinge leisten. Er hatte schon vorher viele Freunde gehabt, und das musste man ihm zu gute halten, er pflegte diese alten Freundschaften. Er gab gerne eine Party und ließ es dann an nichts fehlen. Oft schon hatte er eine kleine Kapelle aus Studenten der Musikhochschule engagiert, das war immer äußerst angenehm gewesen, auch für die Musiker, die neben einer Gage auch Gelegenheit bekamen, sich und ihr Können vorzustellen und in den Pausengesprächen unter Umständen schon ein anderes Engagement auch im klassischen Bereich bei dem einen oder anderen Gast abzumachen.

Angelika schminkte sich nur wenig, Kajalstift und etwas abgetönte Hautcreme musste schon sein, die Brauen etwas nachziehen, Nagellack nur leicht getönt, aber auf den Lippen nur eine farblose Fettsalbe gegen die Sprödigkeit. Sie schaute sich im Spiegel an und dann auf die Ansammlung ihrer Kosmetikutensilien. Hatte sich wohl nicht allzu viel geändert seit den Phöniziern und Römern, die hatten auch viele Tiegel, Fläschchen und Töpfchen voller Cremes, Salben und Tinkturen, schon damals galt es für die Frauen, die Modeströmungen richtig zu erfassen, heute etwas Rouge auf den Wangen und morgen eine knallweiße Bleiche, vormittags schwarz und am Abend dann rote Haare, mal barbusig mit getönten

Nippeln, dann wieder hochgeschlossen bis zum Hals, aber dafür reichlich Schmuck, viele goldene und silberne Ketten. Und alles in dem Bewusstsein, ja nur schön sein zu wollen, zu müssen, denn schon damals galt für jede Frau: die Konkurrenz schläft nicht. Es war die Zeit der Giftmorde und Frauenräuber, manche wurde als Sklavin verkauft, andere endeten in der Arena als Löwenfutter, wenn sie ihren Ehemännern zu viel geworden waren. Oder sie wurden schlicht verkauft in fremde Länder, wo man weiße Haut oder gewandte Manieren zu schätzen wusste. Heutzutage verkauften sich die Frauen meist selber, für einen Pelz, für einen guten Job, für ein sorgenfreies Leben, jedenfalls materiell gesehen.

Ludmilla war auch so eine, dachte Angelika, sie hatte sich mit ihrem Albert doch sicher nur des Geldes wegen zusammengetan. Angelika hatte sich schon bei deren Hochzeit gewundert, dass Milla diesen fast kahlen Langweiler mit dem kleinen Bäuchlein zum Ehemann genommen hatte.

»Er ist ja nicht der perfekte Liebhaber, aber er bemüht sich sehr, ist lieb und nett und tut alles, was ich gern möchte; auch im Bett!«

Albert war immer höflich und zuvorkommend und hatte neben diversen Aktienpaketen und Wohnhäusern –meist alles ererbt!- auch ein Faible für weite Reisen in exotische Länder, also all das, was Ludmilla so zu schätzen wusste. Und das musste man sagen, sie war ihm treu ergeben, da gab es keine Affären, jedenfalls soweit Angelika es wusste. Sie flirtete sehr gern, das schon und auch mit Erfolg, viele Männer lagen ihr zu Füßen und hätten sie gern erobert, aber sie gab bisher keinem nach. Statt dessen ging sie regelmäßig zum Fitness, zur Kosmetikerin und zur Frisörin, und da sie zweimal im Jahr ihren Albert nach New York begleiten durfte und dort einkaufte, war sie immer nach der neuesten Mode bekleidet. Die meisten Frauen in Angelikas Umfeld beneideten sie und oft wurde Ludmilla als Vorbild genommen. Angelika wusste es besser, sie fühlte sich von Milla stets gleichwertig behandelt, das war schon in der gemeinsamen Schulzeit so gewesen. Und sie kannte Ludmillas geheimen Wunsch nach einem eigenen Kind. Je älter Milla wurde, desto stärker wurde dieser für Angelika sehr verständliche Wunsch.

Natürlich träumte auch sie von einem umwerfenden Ehemann, der sie nur so in die starken Arme riss und mit dem sie dann zwei oder drei Kinder haben würde, die ebenso schön wie klug waren und an denen sie ihre helle Freude haben würden. Aber im Leben kam eben immer eins nach dem anderen. Sie hatte hin und wieder schon daran gedacht, wie es wäre, ein Kind ohne Mann aufzuziehen. Es würde sicher gehen, mit dem Dienst wäre es auch zu vereinbaren, und später, wenn das Kind zur Schule ginge, dann wäre das Schlimmste wohl geschafft. Halt, die Pubertät, die kam dann sicher und das wäre noch eine ziemlich hohe Hürde. Aber Angelika hatte keine Angst davor, sie konnte sich noch gut an ihre eigene schlimme Zeit erinnern, wo sie ihre Mutter so manchen Abend hatte verzweifeln lassen, wenn sie sich wieder einmal in ihr Zimmer eingeschlossen hatte, weil ihre Mutter ihr bestimmte Wünsche nicht erfüllen wollte oder konnte. Aber das war alles in allem nur eine kurze Zeit gewesen, so etwa ein halbes Jahr, dann hatte sie eingesehen, dass die Mutter doch in den meisten Fällen richtig lag mit ihren Ansichten. Diese Einsicht war nicht von allein gekommen, der Tod einer guten Freundin an harten Drogen war wohl der Auslöser gewesen; danach hatte Angelika wieder mehr und lieber auf das gehört, was Mutter zu sagen wusste.

Vor dem Kleiderschrank überlegte sie eine Weile, die Auswahl war nicht allzu groß. Bei Wolli war es oft ziemlich luftig, alle Türen und Fenster weit offen, er war ein Frischluftfanatiker, und jetzt Mitte April war es nachts noch erheblich kühl; also besser etwas Wärmeres anziehen. Angelika entschied sich für ihr dunkelblaues Kostüm, das tat ihr auch bei Konzertbesuchen gute Dienste. Sie konnte dazu ihre Opalbrosche tragen, schon wäre sie festlich geschmückt. Dazu die halbhohen Pumps, sie waren viel bequemer als die mit den ganz hohen Stahlstiften, und wer weiß, wie lange sie darauf herumstehen musste, wenn es nur Häppchen und Sektkelche gab, alle Gäste umeinander wandelten und Schlaues oder Nettes von sich gaben. So etwas kannte sie auch. Angelika mochte es meist etwas bequemer, sie musste nicht immer nach der neuesten Mode angezogen sein und wollte auch nur selten von allen beachtet werden. Gegen halb zehn rief sie ein Taxi und fuhr zu Wolfgang Paulsens Haus.

Das einstöckige Haus mit seinem Flachdach lag hell erleuchtet, der Weg durch die blühenden Osterglocken und Forsythien war von Solarleuchten in Laternenform gesäumt; an der Tür öffnete ein offenkundiger Student in einer Art Portiersuniform mit Schirmmütze, typisch Wolli, einerseits tat er etwas Gutes und beschäftigte Studenten, andererseits aber mussten diese dann seine

Marotten ausführen und den Gästen einen »großen Bahnhof« bieten. So ging auch innen weiter, im geräumigen Flurbereich half Angelika eine schwarz bekleidete Studentin mit weißem Häubchen aus dem Mantel und wies sie in das große Wohnzimmer, eigentlich eher eine Halle. Dort standen schon dreißig oder vierzig festlich gekleidete Menschen mit Gläsern in den Händen und redeten miteinander oder lauschten der noch gedämpften Musik, die wurde aufgelegt von einem professionellen Discjockey, der seine Plattenteller und Verstärker in der Türnische an der linken Raumseite aufgebaut hatte, wo der Zugang zu Wollis Büro lag; rechts war im rechten Winkel ein kaltwarmes Büffett aufgebaut, hinter den Platten mit Räucherfisch, frischen Austern auf Eis und diversen Käsesorten standen zwei Jungköche mit ihren weißen hohen Mützen und verteilten bei Nachfrage Bratenscheiben, Putenstücke in Curry oder Lachs in einer Sanddornsauce, dazu gab es Bratreis mit Gemüse, Bechamelkartoffeln oder Spaghetti; drei oder vier junge Studentinnen in schwarzen Rollis und Miniröcken mit weißen Häubchen schlängelten sich durch die Menge und hielten auffordernd Silbertabletts mit vollen Gläsern den Gästen hin. Die vier Ölbilder mit Landschaften aus dem achtzehnten Jahrhundert waren dezent beleuchtet, ansonsten gab es indirektes Licht, was den Anblick vom Teint der meisten Damen erheblich verbesserte. Die großen Glastüren zum Garten waren weit geöffnet – wie gesagt, Wolli war ein Frischluftfanatiker, und auf der gefliesten Veranda standen etliche Rauchergruppen um die hohen Aschenbecher herum. Im Garten selbst, der sich sanft zum Fluss abschwang, brannten etliche Feuerkörbe, die schwankende Blütenzweige der Apfelbäume und Kirschen in ein Flackerlicht tauchten. Den grünen Abschluss des Grundstücks zum Uferpfad bildete die dichte Hecke aus Kirschlorbeer und Brombeeren, dort befand sich auch die Eisenpforte, durch die man die paar Schritte zum Fluss gehen konnte, zu dem kleinen Bootssteg; Wolli hatte im Sommer dort sein Segelboot liegen.

Wolli trug heute Abend seinen Smoking, die dunklen Haare nur leicht gegelt, das Studio hatte sein markantes Gesicht schon etwas gebräunt, er kam gleich auf Angelika zu:

»Wie schön, dass du auch gekommen bist. Und wie du wieder aussiehst, einfach phantastisch. Wir werden heute Abend noch eine Menge Spaß haben. Der Gernot ist mit seinen Freunden gekommen und es wird eine Scharade geben. Aber das soll ja eine Überraschung bleiben, also sag bitte noch nichts den Anderen. Hast du Peggy schon gesehen? Ich glaube, sie kümmert sich um die Freunde auf der Veranda, ja, dort ist sie ja. Sei ein braves Mädchen und sag ihr guten Tag, sonst denkt sie noch, ich hätte was mit dir.«

Er schaute sich um, als wolle er sich gewiss sein, dass kein unbefugter Lauscher zuhöre, dann sagte er, sich vertraulich zu Angelika niederbeugend:

»Und wo du schon mal da bist, wenn du dich ihrer ein wenig annehmen könntest. Ich glaube nämlich, sie hat da etwas missverstanden. Sie schmollt mal wieder oder so was. Du, ich kann im Moment noch nicht mit ihr reden, das würde sie wieder auf hundertachtzig bringen. Du verstehst, ja? Vielen Dank auch.«

Er drückte ihr zur Bekräftigung beide Hände und

verschwand mit einem breiten Grinsen in einem Gästeknäuel, wo lautes Lachen hervorquoll.

Wolli war wie immer, dachte Angelika und ging auf die Veranda, grüßte und wurde wiederbegrüßt, von den Mutigeren mit einem Küsschen hier und dort auf die Wangen, und die langbeinige Peggy – heute frisch erblondet in einem schulterfreien Kleid in Orange mit zarten Spitzen, welches an den schönen Knien endete - nahm gleich Angelikas Hand und zog sie in den Garten zu einem der lodernden Feuertöpfe. Dort war es wenigstens warm.

»Weißt du, Geli, wir müssen einfach miteinander mal in aller Ruhe reden,«

begann Peggy und nahm einen Zug an ihrer Zigarette.

»Ich weiß ja, dass es so nicht weiter gehen kann. Aber ich mag und kann mich einfach nicht entscheiden. An einem Tag will der Wolli mich unbedingt heiraten, am nächsten schreit er mich an, ich sei nur ein Klotz am Bein und er wäre mich am liebsten los und möchte ins Kloster gehen. Ich versuche ihn ja zu verstehen, aber er weicht mir ständig aus. Und das macht mir einfach Angst! Ich kriege noch die Panik, wenn ich an all das Getue denke. Wenn ich bleibe, dann kommt es noch so weit, du weißt ja, Brautkleid und Schmuck und Schuhe und dann die Einladungen, und Wolli kennt ja alle Welt, und dann wird es wieder so groß wie der Silvesterball letztes Jahr, oder heute, schau dich doch nur mal um, was das wieder für Leute hier sind, die meisten wollen sich einfach nur auf seine Kosten vollaufen lassen, oder? Und was nun die Hochzeit angeht, ich will doch nur etwas Kleines, etwas ganz Intimes, wenn ich schon eine

Ehe eingehe, dann sozusagen unter uns, nur wir beide, das wäre mir am liebsten. Oder nur das Standesamt, man braucht ja heute nicht einmal mehr Trauzeugen. Stell dir vor, nur Wolli, ich und der Standesbeamte, dann ist alles in einer Viertelstunde vorbei und das war es dann. Wäre das nicht herrlich? Kein Stress, kein albernes Getue, keine unliebsamen Menschen um mich herum. Sag, was hältst du von der Idee, wenn ich Wolli zusage unter der Bedingung, dass nur wir beide es machen?!«

Angelika drückte ihre Hand. Sie war von dieser Entwicklung völlig überrascht. Dass ausgerechnet die Peggy Angst vor der eigenen Courage hatte...

»Also quasi eine Art heimlicher Hochzeit? Aber hast du auch an eure Familien gedacht? Ich denke, seine Oma und dein Bruder, die wären doch zutiefst bis in die Steinzeit beleidigt, wenn sie nicht zu eurer Hochzeit eingeladen werden.«

»Das ist es ja! Bei mir ist es ganz einfach, da gibt es ja nur meinen Bruder. Aber bei Wolli, wenn wir seine Familie einladen wollen, dann kommen noch Onkel Joachim und Tante Anneliese dazu und dann all die Cousinen von Wolli, das sind sechs, mit ihren Männern, und die haben schon Kinder, und Mamas Brüder mit ihren Frauen, dann sind wir ja schon weit über dreißig Leute, dann könnten wir gleich einen großen Saal mieten oder mitten im Dorf das Festzelt fürs Schützenfest aufbauen lassen.«

»Diese Idee mit der Hochzeit nur für euch zwei beide, das finde ich einfach zauberhaft. Ja, das solltest du mit Wolli durchsprechen. Und wenn er dann doch etwas anderes will, dann könnt ihr ja zweimal heiraten. Schau,

Liebe, das machen doch viele andere auch so, und üblicherweise ist an einem Tag die Hochzeit im Standesamt und an einem anderen Tag, meist dann am Samstag, die eigentliche Hochzeit in der Kirche. Von der Kirche aus geht es dann zur großen Feierei.«

»Aber ich mag keine Kirche. Das wäre für mich, wie soll ich sagen, das wäre einfach nicht ehrlich. Ich meine, ich und der liebe Gott, wir sind nicht so gut miteinander, ich hab ihn lange nicht mehr in meinem Herzen.«

»Hast du denn wenigstens den Wolli in deinem Herzen, oder bist du dir einfach nicht sicher, ob er der Richtige für dich ist?!«

Peggy blickte sie ganz erstaunt an.

»Nicht der Richtige? Ja wer denn sonst?! Natürlich ist er der Richtige, der Einzige, schon seit Jahren. Sonst hätte ich ihn doch nicht so lange hingehalten. Aber früher hab ich mir gedacht, der Richtige muss um dich kämpfen, er soll mich wieder und wieder für sich gewinnen. Aber er ist auch so kompliziert. Immer hat er was zu meckern, dabei bemühe ich mich doch so sehr, ihm zu gefallen. Ich möchte immer so sein, wie er es gern hat, verstehst du? Er hat so etwas ja auch probiert. Aber jetzt hat er mir die Pistole auf die Brust gesetzt und mir ein Ultimatum gestellt. Bis zum ersten soll ich ihm nun sagen, wann die Hochzeit sein kann. Sonst wird er Schluss machen.«

»Schluss machen, mit dir? Das kann doch nicht sein.«

»Ich denke mir, er wird Schluss machen mit sich. Mit uns. Mit der ganzen Welt.«

»Das klingt mir aber doch sehr nach Erpressung.«

Peggy drückte ein paar Tränen weg.

»Siehst du, das hab ich ihm auch gesagt. Da hat er nur aufgelacht und mir gesagt, und wenn schon, ich hätte ihn all die Jahre erpresst, nun sei Schluss damit. Entweder oder, hat er gesagt, du wirst meine Ehefrau oder es bleibt gar nichts von deiner Liebe. Das hat er gesagt.«

»Aber siehst du denn nicht, das war doch eine Liebeserklärung! Wenn auch etwas verklausuliert, aber es war eine tiefe Liebeserklärung. Jetzt sollst du über deinen eigenen Schatten springen, über deine eigene Angst hinweggehen und ihm sagen: Jawohl, ich will dich heiraten. Über das wie und wann könnt ihr dann ja in aller Ruhe noch reden.«

»Ach Geli, du bist wirklich die beste Freundin, die man nur haben kann!«

Peggy drückte sich an sie und küsste sie auf beide Wangen, dann rieb sie sich die Augen und spielte wieder die Gastgeberinrolle.

»Aber du hast ja noch gar nichts zu trinken. Warte, ich hol dir was.«

Sie ging ein paar Schritte in Richtung Veranda, drehte sich dann um und sagte leise:

»Ich bin dir etwas schuldig. Wirklich. Und danke noch mal!«

21

Martin Schneider lenkte den Lastwagen vorsichtig in die Yorckstrasse vor das Haus, in welchem er die Wohnung im ersten Stock gemietet hatte. Frau Wesemann, die Hausbesitzerin, hatte vorsorglich eine Sperre mit zwei Stühlen und einem blauweißen Plastikband aufgebaut, so dass er direkt vor dem kleinen Gärtchen parken konnte. Er war ziemlich müde, erst in Münster mit den Freunden alles einpacken und aufladen und dann die ganze lange Stecke nur mit den gedrosselten achtzig Stundenkilometern des Leihwagens die Autobahn immer auf der rechten Spur zu fahren, das war langweilig, machte müde und fast wäre er hinter Hamburg eingeschlafen. Zum Glück hatte ein schwedischer Laster mit Anhänger ihn dann überholt und ein lautes Hupsignal gegeben. Sein Freund Robert Feldmann hatte zwar auf dem Beifahrersitz vielerlei Späße gemacht, anfangs Witze erzählt und sogar versucht, Schlager zu singen, aber dann war auch er still geworden und hatte vor sich hin gedöst. Es war alles in allem eine langweilige Fahrerei gewesen und beide waren sehr froh, dass jetzt fast um Mitternacht das Ziel heil erreicht worden war. Sie zerrten die Matratze und das Sofa aus dem Wagen –das hatten sie so in Münster besprochen und dementsprechend aufgeladen – und so konnten sie nach einem kalten Imbiss mit Bouletten, Ketchup und Brot sich gleich hinlegen. Am Morgen würden sie alles ausladen, dann sollte Robert wie geplant den Wagen zurück nach Münster fahren und Martin konnte in aller Ruhe seine neue Wohnung einrichten, so gut es eben ging mit den paar Sachen, die er sich bisher angeschafft hatte. Ein Teil war in Münster geblieben, die Freunde hatten den alten Eichenschrank gewollt und bekommen, er war einfach zu schwer und für Martins Zwecke auch zu klein geworden. Diese dunklen Gründerzeitmöbel, mit geschnitzten Köpfen an den Schrankecken und Sesseln, die lange Vitrine mit der Empore mit geschliffenen Glasfenstern, Martin mochte das nicht. Es war zwar ererbt von seinem Onkel Erich, aber für ihn selbst wirkte alles viel zu schwer und wuchtig, es erdrückte eher als das es ihn erfreute, wie Onkel Erich zu sagen nicht aufhörte: »So etwas Gediegenes hat nicht jeder, da solltest du stolz drauf sein, solche Möbel zum Bewohnen zu haben.«

Er wollte sein Leben schlichter einrichten, alles sollte leichter sein, moderner eben, er war kein Erbschleicher. Wir sind sowieso ein Volk von Erben, dachte er oft, wenn er in der Tageszeitung auf die Todesanzeigen stieß, und bei etlichen Freunden hatte er es selbst erlebt, wie eine Erbschaft, wenn sie sich denn wirklich lohnte, eine ganze Familie auseinander brachte, so dass keiner mehr mit dem anderen redete. Er selbst hatte vor einem halben Jahr erst eine Anfrage erhalten, da war eine Frieda Lohr gestorben in einem Ort im heutigen Polen, und über viele weitläufige Umwege, die zum Teil über Unterlagen aus den Jahren 1760 und 1820 stammten, stand er zusammen mit etwa fünfundzwanzig anderen auf der Liste der Erbberechtigten. Da gab es eine Firma in Berlin, die war darauf spezialisiert, auch die entferntesten Verwandten zu finden. Er hatte dort angerufen und nach langem hin und her war herausgekommen, dass sein Anteil am Erbe dieser Frau Lohr etwa tausend Euro betragen sollte. Er wollte und mochte aber dieses Erbe nicht antreten, er hatte keinerlei Bezug zu dieser Frau, und so hatte er auf sein Erbteil verzichtet, sollten die anderen doch dafür etwas mehr erhalten dürfen. Jetzt hatte er keinen Ärger mehr, keine Schreibereien, brauchte keine beglaubigten Urkunden nach Berlin zu schicken, kurz, er hatte seine Ruhe wieder und konnte sich ganz wieder auf seine Arbeit konzentrieren. Und seinen Umzug. Und seine Gedanken über diese Angelika, die ihm nicht mehr aus dem Kopf ging.

22

Bei dem Feuertopf war es angenehm warm, Angelika hielt ihre Hände über die zuckenden Flammen, aus dem Menschengewimmel in Wollis großer Halle löste sich eine Gestalt und kam auf sie zu den Rasen hinab, es war Ludmilla, sie trug einen eleganten schwarzen Hosenanzug mit silbernem Strassbesatz an der Seite, der genau zu den silbernen Spitzen ihrer neuen Frisur passte; sie trug zwei Gläser und hielt Angelika eins hin und lächelte:

» Eine klassische Weißweinschorle. Ich weiß doch, dass du so früh am Abend nur etwas Leichtes trinken möchtest. Wer weiß, was die Nacht noch bringen mag.«

Angelika nahm ihr dankend ein Glas ab, sie tranken und schauten auf das Halbhelle der hohen Halle, ein plötzlicher Posaunenstoß ertönte, dann kamen einige laute Worte von Gernot zu ihnen herübergeweht und eine seltsam hektische Musik erklang.

»Das ist was indisches, Geli, der Gernot hat mir das vorhin schon erklärt. Er und Wolli sind ja bei den Rotariern und die, ich meine die Rotarier hier im Norden, die haben sich zusammengetan und unterstützen ein Dorf in Südindien, und da haben sie schon eine Schule gebaut und eine Kinderstation für das Krankenhaus und seit einigen Jahren unterstützen sie die Ausbildung der

Tempeltänzerinnen dort, und dafür ist jetzt eine von den Tänzerinnen hierher gekommen und die wird uns jetzt etwas vortanzen.«

In der Halle hatte sich ein Kreis gebildet und im Mittelpunkt stand eine barfüssige etwa zwanzigjährige schlanke indische Frau mit seidenen Gewändern und bemaltem Gesicht, die sich zu den Klängen eines indischen Orchesters vom Band bewegte, mal hüftschwingend, mal fest auftretend oder in fremdartigem Rhythmus in die Hände klatschend, ihr Körper bog sich durch als hätte sie keine Wirbelsäule, dabei lächelte sie unentwegt. Die meisten Gäste standen staunend wie erstarrt, wie hypnotisiert, sie atmeten kaum, niemand wagte es etwa ein Glas an seine Lippen zu führen oder gar einen Bissen zu essen. Nach einer halben Stunde etwa sank der schlanke Körper der Tänzerin in sich zusammen, Stille, und dann kam der Beifall, erst zögerlich, denn es war ja als religiöses Ereignis angekündigt worden, aber dann brandete es in der Halle auf wie bei einem Popkonzert. Die Tänzerin verbeugte sich nach allen Seiten und glitt dann durch die Menge, war verschwunden.

Gernot wies noch darauf hin, dass am Ausgang bei der Garderobe ein kleiner Bastkorb für eventuelle Gaben zur Unterstützung der Tänzerin bereitstehe. Angelika nahm noch einen Schluck und wollte gerade etwas äußern, da stieß Ludmilla sie an und zeigte nach oben auf den Dachfirst:

»Schau, da! Was soll das denn jetzt wieder?!«

Angelika schaute hoch, und da stand eine Frau, schwankte auf dem Dach, in ihrer rechten Hand schwenkte sie eine Flasche.

»Aber das ist doch Peggy!«

»Wie bitte, das soll die Peggy sein? Aber die hat doch rote Haare, eine wahre Mähne von roten Haaren!« sagte Ludmilla ungläubig.

»Als ich vorhin ankam, war sie erblondet. Und sie war gar nicht gut drauf.«

»Wieso, hat der Wolli sie versetzt?«

»Nein, aber er hat ihr ein Ultimatum gestellt.«

»Ach, ist er endlich zur Vernunft gekommnen, der Gute.«

»Er hat sie vor die Wahl gestellt, entweder Heirat jetzt bald oder die Trennung.«

»Die Arme.«

Ludmilla war ganz auf Peggys Seite.

»Das kann ich mir denken, das wird sie ganz schön umgehauen haben.«

Auf dem Dach schwankte Peggy wie betrunken, die jetzt blonden Haare bildeten einen guten Kontrast zum nachtblauen Himmel. Von Zeit zu Zeit nahm sie einen Schluck aus der Flasche und wollte einen Schritt machen, aber es schien, als könne sie ihre Beine nur sehr schwer heben. Die Musik in der Halle war verstummt, alle hatten sich nach draußen gedrängt, standen auf der Terrasse oder im Gras, die Raucher gruppierten sich um die Feuertöpfe und qualmten um die Wette. Erste Rufe wie »Peggy, sing uns was!« oder »Tanz mal eine Rumba!« ertönten.

»Wo ist denn nur der Wolli?,« fragte Angelika, »Der müsste doch den Weg aufs Dach kennen.«

»Ich weiß auch nicht. Aber jemand sollte was tun!«

Ludmilla stellte ihr Glas ins Gras hielt sich die Hände trichterförmig vors Gesicht und rief:

»Holt eine Leiter, schnell, eine Leiter!«

Ein paar Männer setzten sich in Bewegung und rannten um die Ecke zu den Nebengebäuden, auf dem Dach drehte Peggy sich um und zeigte den Zuschauern jetzt ihren Rückenausschnitt; sie schwankte vor und zurück, dann warf sie beide Arme empor, ließ die Flasche fallen und sich nach rückwärts auch.

Hell und kurz wie abgebrochen schrie Ludmilla auf. Angelika dachte nur: Was für ein seltsam flaches Geräusch, als der Schädel auf den roten Fliesen zerplatzte. Die Menschen sprangen erschrocken zurück, viele schrieen, andere knieten sich hin und weinten, die Männer kamen mit einer Holzleiter um die Ecke und ließen diese dann fallen. Gernot trat zögernd an Peggys Körper heran, hielt sich dann ein Taschentuch vors Gesicht und rannte weg, in die Toilette, ihm war übel. Angelika stand wie eine Statue, die Hände halb erhoben, das nicht ganz geleerte Glas krampfhaft als ein Stück Wirklichkeit umklammernd, sie schaute von der Szene auf der Veranda zu Ludmilla und wieder zurück. Diese stammelte nur:

»Wo bleibt Wolli? Wo bleibt Wolli?«

Alles wirkte wie ein eingefrorenes Bild im Fernsehen. Aber die Flammen der Feuertöpfe flackerten immer noch, ein paar Männer nahmen ihre Frauen in den Arm und drängten sie in die Halle und dann rasch nach draußen. Plötzlich war das Tatütata eines Martinshorns zu hören, dann betraten uniformierte Polizisten die Halle und gingen auf die Terrasse, weitere kamen hinzu, sperrten den Teil mit einem weißen Band ab, in dem Peggys Körper lag. Plötzlich war auch Wolli wieder da, er hatte sichtlich geweint. Ludmilla rannte zu ihm und wollte ihn in den Arm nehmen, sie wurde von einem Polizisten abgedrängt. Angelika, die auch zum Trösten gekommen war, hörte nur, wie der Wolli immer wieder stammelte:

»Alles nur meine Schuld! Alles meine Schuld! Oh Peggy. Warum nur, warum?!«

23

Die Nacht war sehr kurz gewesen für Angelika. Sie hatte wie alle anderen Gäste auch ihre Aussage gemacht, und dann mit Gernot und Ludmilla inmitten der anderen über das Ereignis geredet, aber alle nur in gedämpfter Tonlage, oder sie hatte einfach nur zuhört, getrauert und Kaffee getrunken. Es war plötzlich kalt geworden in der großen Halle, deren weite Glastüren immer noch geöffnet waren. Peggys Leichnam war inzwischen abtransportiert worden, Wolli hatte sich zurückgezogen oder war mit der Polizei mitgefahren, aus all dem Gerede hatte sich für Angelika noch kein klares Bild ergeben, einige meinten, dass Peggy und Wolli vermutlich einen heftigen Streit gehabt hatten, auf jeden Fall hatten sie miteinander geredet, waren sogar beide in Wollis Büro gegangen. Dann war Wolli wieder erschienen und zur Bar geschritten und hatte - ganz untypisch für ihn - sich einen großen Wodka eingegossen und das Glas in einem Zug ausgetrunken. Peggy hatte sich eine Flasche Champagner gegriffen und war nach oben gegangen, danach hatte man sie erst wieder auf dem Dach gesehen. Sie musste sich durch die enge Dachluke hindurch gezwängt haben und dann an den Rand geschwankt sein, wo sie zu einer inneren Melodie getanzt hatte, dann war sie einfach nach hinten abgestürzt. Oder sie hatte sich einfach fallen gelassen. Der Bereich auf der Veranda war noch immer abgesperrt, die Blutlache war inzwischen getrocknet und sah jetzt eher braun aus. Ein schmutziger Fleck auf den sonst glänzenden Fliesen.

Zuerst hatten alle Gäste wie versteinert herumgestanden, keiner mochte auch nur ein Wort sagen; aber allmählich kam das Gefühl von Alltag wieder auf, von Wir-leben ja- noch, zumal bei denen, die Peggy nicht gekannt hatten. Und auf einmal, als sei ein Ventil aufgedreht, redeten alle durcheinander, sie schrieen zum Teil, manche Männer bekamen feuchte Augen; in der Ecke hinter den Lautsprechern hatte sich ein Mann hingekniet und betete halblaut für Peggy. Langsam kam wieder das altbekannte Alltagsgefühl, man rückte zusammen und zeigte die Smartphones herum, auf denen hatten vier Frauen Peggys Tanz auf dem Dach gefilmt, weil es erst so lustig erschienen war, die Frau auf dem Dach. Auf zwei Handys war dann auch zu sehen, wie Peggy die Flasche losgelassen hatte, die Arme ausbreitete und rückwärts in die Tiefe stürzte.

Angelika hatte mit Ludmilla zusammen diese Bilder gesehen und sich dann abgewandt; sie war in den Garten geflüchtet und hatte sich an einer Eibe festgehalten. Aus dem Inneren stieg ein heftiges Zittern und die Tränen liefen ihr nur so übers Gesicht. Sie schaute in den noch immer nachtblauen Himmel voller Sterne, der ihr aber jetzt viel schwärzer erschien. Sie hatte noch nie einen Toten gesehen, noch nie das Sterben eines Menschen erlebt. Und dann diese Schuldgefühle, die sich vom Magen her überall ausbreiteten:

Wenn sie doch mit Peggy mitgegangen wäre...Aber es war doch eine Angelegenheit allein von Wolli und Peggy ...Wenn die beiden miteinander leben wollten oder sollten, dann mussten sie auch ihre Schwierigkeiten allein mit sich ausmachen und lösen. Schließlich hatte sie Peggy doch klargemacht, was sie davon hielt. Und wenn Peggy sich nun mit Wolli hatte aussprechen wollen und der hatte sie abblitzen lassen, weil er nicht kapiert hatte, dass Peggy in dem Augenblick nur ihn wollte, dass es für sie nichts Wichtigeres gab als Wolli, und er musste unbedingt noch erst mit Frank reden oder noch Sekt ordern oder oder. Und dann wusste sich Peggy keinen anderen Rat, als eine Flasche Champagner zu trinken und hoch oben aufs Dach zu steigen. Sie wollte ihm aufs Dach steigen, wollte ihm damit noch einmal deutlich machen, wie wichtig er für sie war, wie wichtig sie für ihn sein wollte, und dann kam alles zusammen: der Alkohol, der Frust, ihre Höhenangst.

Was hätte Angelika denn nur besser machen können? Wie hätte sie das verhindern können? Aber bei Peggy wusste man ja nie, was als nächstes geschehen würde, konnte oder sollte. Sie war immer schon sehr sprunghaft gewesen. Sprunghaft, warum fiel ihr dieses Wort jetzt gerade ein? Sollte sie sich nicht schämen, auch noch im Tode die arme Peggy.. Aber nein, sie war ja so gewesen. Und die Idee mit dem Dach, sie wollte immer schon hoch hinaus, hatte sie nicht sogar vor einigen Jahren einen Fernkurs für Jura begonnen gehabt? Nur weil Wolli ihr damals gesagt hatte, dass sie ja von Geschäften nicht viel verstehe; sie wollte es ihm zeigen, sie wollte, dass er auch ihren Kopf akzeptierte, dass er sie als gleichwertige

Partnerin ansah, dass sein Abitur und das abgebrochene Studium der Volkswirtschaft ihr nicht soviel imponierte wie er gehofft .hatte. Und sie hatte tatsächlich ihr Studium bis zum ersten Staatsexamen durchgehalten. Niemand hatte das für möglich gehalten, Peggy galt in der Stadt als das Partygirl schlechthin.

Wie hatte Ludmilla sie damals charakterisiert:

»Sie ist wie eine Honigbiene, mal hierhin, mal dorthin, von einer Blüte zur anderen, immer auf der Suche nach Honig. Und im Gegensatz zu den richtigen Bienen, die ja den Honig erst produzieren, möchte sie immer gleich das fertige Ergebnis haben, sie möchte sich gleich in den größten Honigtopf setzen. Süßes saugen ohne zu schwitzen. Das ist Peggy!«

Im Lauf der Jahre aber hatte sich das Bild gewandelt, zumindest für Angelika, Peggy war im Grunde eine beständige Freundin, auch dem Wolli war sie immer treu, auch wenn sie gern flirtete.

»Ich möchte schließlich sehen, was für Marktchancen ich noch habe, bevor ich mich ganz und gar an einen Mann verkaufe.«

Angelika glaubte, dass Peggy den Wolli immer geliebt hatte, aber sie hatte es ihm nicht leicht gemacht:

»Weißt du, ich möchte einfach mal erobert werden, so wie im Kino, nicht einfach nur zusammensein und irgendwann heiraten, weil es sich so ergibt, nein, es muss schon etwas mehr sein.«

Mitunter dachte Angelika, dass für Peggy das Leben mit Wolli ein täglicher Testlauf war, aber ein Test für beide. So dachte sie jetzt. Vielleicht hatte Peggy ja Wollis Geduld überstrapaziert oder ihn am Ende gar falsch eingeschätzt und dann blieb ihr nur die Flasche.

Schäm dich, Geli! So schalt sie sich selbst, vielleicht war es auch ganz anders und Peggy hatte sich einfach wohl gefühlt, zu wohl, und wenn es dem Ochsen zu wohl wird, oder auch der Kuh, dann rennt sie aufs Dach. Gab es nicht dieses Lied von der Kuh und dem Mond auf dem Dach oder so? Richtig, the cow jumped over the moon, so hieß es. Das hatte uns noch Miss Siebert beigebracht. Ach, Miss Siebert. Wie lange ist das her? Da war ich vierzehn und hatte noch Zöpfe. Und träumte von Gernot, dem Schwarm aller pubertierender Schülerinnen des Katharineums. Der war in der Oberstufe und sah so toll aus, allein seine Haarlocke, und wenn er die in der großen Pause immer nach hinten warf, und seine Blicke. Angelika fand, dass er wie Omar Sharif schaute. Sie liebte den Film über den Doktor Schiwago, sie hatte ihn mindestens achtmal gesehen, und wenn er im Fernsehen lief, kaufte sie eine große Tüte Chips, stellte das Telefon ab, schaltete ihr Smartphone aus, rollte sich in ihre warme rote Fleecedecke auf dem Sofa ein, legte die Tempotaschentücher bereit und genoss den überlangen Film.

Peggy. Ja, und was nun? Sie ließ noch einmal die ganze Szene innerlich ablaufen, wie sie dort oben auf dem Dach getanzt hatte. Vielleicht hatte sie auch laut gesungen, im Garten unten war nichts zu hören gewesen. Angelika dachte angestrengt nach. War es eher eine Art Glücksgefühl gewesen, nach dem Motto: Hurra, ich hab es geschafft! Oder war es ein Bonjour-tristesse-anfall, der sie aufs Dach getrieben hatte? War es wirklich ein Unglücksfall, ein in dem Wortsinn Ausrutscher, der Peggy hatte fallen lassen, oder war es Absicht gewesen? Ein Selbstmord, weil sie so nicht mehr weiterleben wollte oder konnte? Was hatte sie mit Wolli beredet? Hatte sie überhaupt mit ihm gesprochen, oder war alles für die Katz gewesen, er hatte sich nicht mehr blicken lassen und sie war frustriert mit dem Champagner auf den Dachboden gestiegen und dann auf die Idee gekommen, ich zeig es ihm jetzt mal, und dann lief alles ganz anders als geplant. Oder hatte sie es von Anfang an so geplant, erst hatte sie Wolli all das ins Gesicht geschrieen, was sie endlich mal loswerden wollte, dann mit genug Alkohol im Blut kam der Mut für diese Tat, und dann der Sprung. War sie nun gesprungen oder war sie abgerutscht? Diese Frage stellte sich Angelika immer wieder, auch als die Polizei alle Gäste vernahm. Sie geriet an einen müden älteren Kripobeamten, der mit Kugelschreiber ihre Aussage auf einen Block notierte und sie dann ganz sachlich, aber nicht unfreundlich, nach Hause schickte. Die Polizei nahm die Smartphones mit den Filmen von Peggys Sturz zur Auswertung mit und langsam in kleinen Gruppen verließen die Gäste Wollis Haus. Er selbst blieb für Angelika verschwunden.

24

Viel zu früh klingelte der Wecker. Martin spürte noch die Verspannung zwischen den Schulterblättern, aber ansonsten hatte er gut geschlafen.

Sein Freund Robert Feldmann hatte sich schon aufgesetzt und rieb sich noch die Augen.

»Dein Wecker ist ja eine richtige Höllenmaschine. Der kann sicher das ganze Viertel aufwecken. Vergiss nicht, heute ist Sonntag, da ist Ruhe angesagt.«

Nach dem Kurzwaschgang fuhr Martin zu einer Tankstelle und holte frische Brötchen und eine lokale Zeitung; diese erschien am Sonntag in einer viel dickeren Ausgabe, dafür gab es montags keine, die nächste Zeitung kam erst am Dienstag.. Dann frühstückten sie mit einer große Kanne Kaffee und begannen, den kleinen Lastwagen auszuladen. Martin wunderte sich, wie viele Kisten und Kasten er immer noch verstaut hatte, obwohl er das Meiste seiner Besitztümer doch in Münster an die Freunde verschenkt hatte. Aber da zum Beispiel war der breite und bequeme Schreibtischsessel seines Vaters, der musste unbedingt mit, der Schreibtisch selbst mit der Vitrine, beides nur Glas und Stahl, sehr funktional, aber nicht ganz leicht zu tragen.

»Qualität hat eben nicht nur ihren Preis, sondern auch ihr Gewicht!«

Lachte Robert. Sie schleppten viele Kisten mit Büchern, auf die wollte Martin nicht verzichten. Er war kein Freund von diesen e-readern, wo man mit einem Wisch die nächste Seite aufblättern konnte. Er brauchte dieses Gefühl, ein richtiges gebundenes Buch aufschlagen zu können, allein schon, wie das Papier mit der Druckerschwärze roch, und bei alten Büchern kam noch etwas anderes dazu, er schmeckte es förmlich, eine Mischung aus Jahrzehnten und Vergilbtheit, Tränen und Schweiß früherer Leser, eventuell ein Goldrand und tief eingegrabene Buchstaben des Titels, abgegriffene Umschläge und ein rotes Lesebändchen, oft geknickt. In einigen seiner

Bücher hatte er noch Anmerkungen mit Bleistift in der sparsamen Schrift seines Großvaters gefunden, und in dem dicken Gedichtband mit Balladen lag immer noch seit mindestens fünfzig Jahren neben dem Gedicht von den Nibelungen eine gepresste Rose, vermutlich hatte seine Oma seinerzeit diese Rose erhalten, ein Freund des Hauses? Ein Hausfreund? Oder das erste Geschenk des Großvaters an seine künftige Braut?

Martin mochte diese Bücher. Sie begleiteten ihn überall hin, auch wenn er nur gelegentlich hineinschaute, er musste sie um sich haben. Genau wie die alten Bücher seiner Jugend, die Schatzinsel oder Winnie der Puuh. Gelegentlich, wenn er über einem schwierigen Arbeitsproblem brütete, nahm er den zerlesenen Winnie der Puuh aus dem Regal und schlug es irgendwo auf und las eine Seite. Mitunter half ihm so die Weisheit des Kaninchens oder er musste über den alten Esel lachen, dann dachte er, dass er selber dieser Esel sei und setzte sich wieder voll guter Laune an den Schreibtisch.

Sie brauchten den ganzen Vormittag, um den Laster zu entleeren, danach gingen sie in ein Lokal und stärkten sich. Robert umarmte Martin kurz aber herzlich zum Abschied, sagte noch

»Bis dann, altes Haus, und das mir keine Knaben kommen!«

Dann setzte er sich ins Führerhaus und brauste los, zurück nach Münster. Martin sah ihm lange nach, dann ging er in seine neue Wohnung und stand vor dem Kisten- und Kastengebirge, seufzte kurz auf, stellte sein Radio an und begann mit dem Aufstellen der Regale im Wohnzimmer.

25

Ingo Peters hatte seine Siglinde an diesem Sonntag so richtig ausgeführt, er war mit ihr nach Eutin gefahren. Über die Landstrasse ging es mit ihrem älteren Volkswagen, Ingo mochte nicht mehr so gern auf der Autobahn fahren, dort waren die anderen viel zu schnell für ihn, es war ihm viel zu hektisch; er liebte es, so mit achtzig durch die Gegend zu fahren, den gelben Schimmer jetzt über den Rapsfeldern zu bemerken und dem Habicht beim Kreisen über den Feldrainen zuzuschauen. Auch durch den kleinen Ort mit dem bezeichnenden Namen »Swinekuhlen« fuhren sie und natürlich konnte Siglinde auch diesmal die entsprechende Bemerkung nicht unterdrücken. Das Gras wurde zusehends grüner, unter den hohen Waldbäumen hinter den Gräben blühten die Anemonen, in den Vorgärten reckten sich Tulpen und Osterglocken zum hellen Himmel, weiß und gelb, sie sahen sogar eine Hummel über den Blüten kreisen.

»Die kann sich gar nicht entscheiden, welche Blume sie als erste besuchen soll.«

Siglinde mochte Hummeln und erst recht die Bienen, sie war ein echter Honigfreund. In ihrem Bowlingverein hatte Rudi Mensching seit Jahren schon selbstgemachten Honig, er hatte sechs Bienenvölker insgesamt, diese transportierte er immer wieder zu anderen Standorten, je nachdem, wo gerade die Blütezeit der Bäume und Pflanzen ihm am günstigsten erschien. So konnte er neben Akazienhonig auch Rapshonig anbeten. Siglinde kaufte regelmäßig bei ihm, sie hatte auch schon oft beim Entnehmen der Waben und dem anschließenden Schleudern zugesehen. Und Ingo mochte all die leckeren Kekse und Kuchen, die sie mit Rudis Honig backte.

So fuhren sie ganz gemütlich durch die hügelige Landschaft, überall standen die ziemlich hohen Windräder.

»Sag mal, Ingo, warum drehen sich denn manche von den Windrädern nicht?«

»Die haben sie still gelegt. Weil es sich entweder nicht mehr lohnt, die Ausbeute ist wohl zu gering, denn der Wind ist heute nicht so heftig, du kannst das an den Bäumen sehen. Oder aber sie haben schon ihr Soll erfüllt. Jeder Windmüller hat so seine Vorgaben, wie viel Strom er erzeugen darf. Und wenn er die Quote erfüllt hat, dann schaltet er ab, weil es ihm nichts mehr bringt.«

»Was für eine sinnlose Verschwendung! Das ist doch Energie, die fast umsonst ist.«

»Das denkst aber auch nur du. Das Teure sind ja nicht die Windräder, sondern die Leitungen. Die haben doch in der Woche erst wieder gestritten, ob sie nun die Leitungen nach Süden über der Erde oder unter die Erde verlegen sollen. Aber die da unten in Bayern haben ja sowieso immer eine andere Meinung als wir hier oben. Auf jeden Fall, wir haben hier genug von der erneuerbaren Energie, unser ganzes Land wird damit versorgt, wir brauchen nichts mehr von anderen zuzukaufen.«

Sie kamen sie in der Rosenstadt Eutin gegen halb elf an und Ingo fand auch zum Glück in der Nähe vom Schloss einen Parkplatz. Dann gingen sie zuerst in das kleine Museum, dort gab es eine neue Ausstellung über die Heilkunst und Heilkunde im Mittelalter. Sie hatten die äußerst gefährlichen Instrumente betrachtet, wobei Siglinde sich besonders über die metallenen kleinen Skalpelle gewundert hatte, die man schon im Mittelalter für Operationen am Auge entwickelt hatte.

»Und stell dir vor, damals gab es noch keine Narkose, die armen Menschen mussten das alles bei vollem Bewusstsein miterleben.«

Ingo war mehr über die Schädellöcher erstaunt, die Trepanationen am lebenden Menschen, die schon damals häufig gemacht worden waren und, wie er der Schautafel entnahm, schon die alten Inkas ausgeführt hatten.

»Damals war die Überlebensrate wohl nicht sehr groß,«

sagte Siglinde mit einem Schauer. Sie beschauten auch die Vielzahl von Medikamenten, die in Tiegeln und kleinen glasierten Töpfen ausgestellt waren. Wie der Text auf den Schautafeln deutlich machte, waren viele der damaligen Salben, Tinkturen und Pillen auch heute noch im Gebrauch.

»Die wirksamen Substanzen schlucken wir ja wohl heute noch,«

grinste Ingo.

»Wer hätte das gedacht, dass es dein Mittel gegen Kopfschmerzen schon damals im Mittelalter gegeben hat.«

»Du hast ja recht. Es wurde nur gereinigt, heute kann man die pure Substanz schlucken, damals gab es das nur mit den Beimengungen, die von der Natur in den Blumen und Pflanzen vorhanden sind.«

Sie schlenderten gemächlich durch die liebevoll gemachte Ausstellung und gingen dann zum Marktplatz, wo sie sich an einen Holztisch in die Sonne setzen konnten. Siglinde las begeistert die Speisekarte, sie war froh, heute nicht kochen zu müssen und Ingo freute sich auf eine Mahlzeit mit einer anderen Geschmacksrichtung. Nicht dass Siglinde nicht gut kochen konnte, sie hatte ihn schon oft richtig verwöhnt, hatte sich aus dem Fernsehen etwas abgeschaut, da gab es ja jeden Tag mindestens eine Kochsendung, man brauchte sich gar kein Kochbuch mehr zu kaufen, sie brachte so hin und wieder auch exotische Dinge auf den Tisch. Ingo mochte besonders gern diese mexikanischen Gerichte mit Mais, scharfem Chili und eingelegten gebackenen Bohnen.

»Sie haben schon Spargel hier, was meinst du, sollten wir den nicht probieren?«

»Ist das nicht etwas früh im Jahr?«

Ingo beäugte die Karte skeptisch.

»Ach ja, hier steht es, Spargel aus Behlendorf, also hier aus der Region, kein Import aus Spanien.«

»Die haben das Feld sicher mit viel Folie abgedeckt gehabt, und der Regen in den letzten Wochen war ja auch nicht so doll gewesen. Jedenfalls für April. Die Sonne hat ja auch schon eine große Kraft.«

»Vielleicht haben sie ja auch in den Spargelfeldern so etwas wie eine Fußbodenheizung eingebaut, ich hab das mal im Fernsehen gesehen, da haben sie gezeigt, wie richtige Röhren verlegt werden, und da geht dann das warme Wasser durch und so kommt der Spargel immer früher raus.«

»Aber was für ein Preis. Dafür kann man ja schon ein ganzes Menu in einem teuren französischen Restaurant essen.«

»Sei nicht albern! Außerdem ist heute Sonntag und wir machen Urlaub. Jedenfalls so etwas wie Kurzurlaub. Da können wir uns schon mal was gönnen. Und so richtig Spargel essen machen wir sowieso Mitte Mai, wenn Heini Drebber Geburtstag hat.«

»Dann aber auf die gute holsteinische Art, mit geschmolzener Butter und Katenschinken!«

»Ja, das kannst du dann gern haben. Den Schinken hole ich wieder auf dem Wochenmarkt direkt vom Bauern. Aber lass uns heute man den ersten Spargel der Saison versuchen. Wir müssen doch prüfen, ob der schon gut ist.«

So saßen sie in der Sonne, es war noch nicht ganz warm, aber in den Anoraks ließ es sich aushalten, und der Spargel schmeckte ihnen schon trotz des Preises.

26

Ein fürchterlicher Alptraum weckte Angelika nach einem unruhigen Schlaf schon früh. Es war kurz vor dem Morgengrauen. Sie duschte ausgiebig, um die bösen Gedanken aus dem Hirn zu bekommen. Natürlich kreisten diese um Peggy. War sie nun gesprungen oder nur ausgerutscht?! War es Absicht oder ein Unglück? Hatte Wolli sie in eine derartige Stimmung gebracht, überhaupt Wolfgang; war der nicht an allem schuld? Oder war es wie bei vielen Gelegenheiten nur ein Zusammentreffen verschiedener Ursachen? Auf jeden Fall, Peggy und Wolli waren schon seit Jahren zusammen. Wirklich? Oder taten die nur so, weil Wolli eigentlich schwul war und Peggy ein gutes Aushängeschild für ihn bedeutete? Oder war Peggy schwul und hatte Wolli daher an der langen Leine geführt?! Hatte eigentlich irgendjemand mal irgendwo die beiden bei Sex erwischt? Oder hatte Peggy überhaupt einmal auch nur eine einzige Nacht mit Wolli verbracht? Waren die beiden jemals zusammen im Urlaub gewesen? Oder waren solche Gedanken alles nur Quatsch, nur mühsame Versuche, diese besondere Beziehung zwischen Peggy und Wolfgang zu erklären, weil sie einerseits so stark gewesen war und andererseits so ganz anders.

Angelika trocknete sich ab und machte sich einen starken Kaffee. Essen mochte sie nichts, sie nahm nur einen Zwieback und stellte sich mit dem Kaffeebecher ans Fenster. Aus dem Nachtdunkel dämmerte langsam ein Hauch von Helligkeit. Das Grau wurde zu einem Aprilhimmel mit langen grauschwarzen Wolkenstrichen und dazwischen ein sehr helles Blau, das Rot der Ziegeldächer glänzte noch vom Tau der Nacht. Es schien etwas sehr kühl zu sein, die Menschen, die vom Kanal in die Stadt gingen, trugen zum großen Teil wieder warme Schals und sogar Handschuhe. Vereinzelte Lieferwagen und der mähliche Beginn einer zunehmenden Radfahrerflut, meist Schulkinder, begann sich von den Außenbezirken in die Strassen zu wälzen.

Wolli. Er war immer so charmant. Ein guter Tänzer. Und das mit Peggy, so schien allen, als ob die beiden zusammengehörten, aber so ganz richtig war es nie gewesen. Oder sie hatte es einfach nicht zugelassen. Ein Jojo. Ein Gummiband, und selbst bei der teuren Wäsche leierte das Gummiband aus, wenn man es wieder und wieder ausdehnte. Ein ewiges hin und her. Natürlich mochten sie sich, aber war das auch Liebe? War das etwa so wie bei ihr und Rolf gewesen?

Da war sie ja auch am Anfang so fasziniert von seinem Auftreten, der ganz Starke, der alles besser wusste, der ein Hufeisen verbiegen konnte, der Motorrad fuhr und immer einen flotten Spruch auf den Lippen hatte, der sie bei den ersten Malen fast mit Gewalt genommen hatte, er hatte sie ganz hart angefasst, aber da war noch ein Rest an Rücksicht gewesen. Zumindest am Anfang. Später war das wie weggefegt, und als Angelika merkte, dass ihr Postsparbuch wichtiger war als sie selbst, da hatte es ihr mehr als gereicht. Und sie hatte ihn rausgeschmissen, und Rolf war gegangen. Ein großer Kloß löste sich, Tränen liefen ungehemmt. Der Blick wurde ziemlich unscharf, der innere Fernseher zappte wie wild durch alle Jahreszeiten, durch alle Feiereien, durch Geburtstage, Ferienreisen, auch mit Rolf nach Sylt, an den Nacktbadestrand, und sogar sie hatte sofort gesehen, wer von den Freunden und Bekannten schon Erfahrung mit dem Nacktbaden und nackend Sport treiben oder einfach nur ohne alles in der Sonne liegen hatte. Sie waren alle auf Gernots Wunsch hin hierher nach Sylt gekommen, Gernot hatte eine Zweitwohnung in Westerland und nutzte diese oft, und zu seinem Geburtstage hatte er gesagt:

»Wer mutig genug ist, der ist eingeladen, Buhne sechzehn, aber ohne alles, das muss schon sein!«

Rolf kannte keinerlei Skrupel oder gar moralische Bedenken, und sie hatte sich damals auch in ihrer Haut sehr wohl gefühlt und sich, sie musste es zumindest jetzt sich selbst eingestehen, in den Blicken der Männer gebadet und von einigen Frauen war sie doch ziemlich neidisch angesehen worden. Das Nacktsein war ihr keineswegs unziemlich erschienen. Wolli hatte es ihnen erklärt, dass zur Kaiserzeit das Nacktsein eine Art Ungehorsam gegen die strenge Regelung der moralinsauren Gesellschaft der Monarchie gewesen war, denn

»Nackt gab es keine Rangabzeichen, keine vons und zus. Da gab es eben nichts mehr zu verstecken hinter steifen Kragen oder künstlichen Hinterteilen, da hatte Frau Mode keine Macht mehr. Und so wurde das Nacktsein als solches später häufig auch als Protest verstanden gegen die Herrschenden. Später kamen die sogenannten Naturfreunde, dann die Wandervogelbewegung, und der Gedanke des nackten Menschen wurde aus ideologischen Gründen von den Nazis aufgegriffen. Man kann es noch in den Filmen von Leni Riefenstahl sehen, wie dieser Gedanke der blanken weißen Haut die Reinheit des Körpers den wahren Arier zeigen soll im Gegensatz zu den meist gedrungenen Gestalten anderer Rassen. So jedenfalls schrieb es der Reichspropagandaminister Goebbels in einem seiner Pamphlete. Und im Gegensatz zu uns im Westen, wo meist der rheinisch-katholisch geprägte Umgang mit dem Körper und der Sexualität vorherrschte, war es im Osten Deutschlands ganz anders. Da dachte man sich eben nichts dabei, es gab an der Ostsee überall in jedem Seebad die Nacktbadestrände, und das ohne jegliche Ideologie. Ihr könnt das bis heute noch sehen. Und mitmachen. Ich persönlich tue das nicht, jedenfalls nicht in der Ostsee, denn da könnten ja meine edlen Teile in Berührung mit einer Feuerqualle kommen, und leiden möchte ich nur sehr ungern.«

Soweit Wolfgangs Erklärungen an den Freundeskreis.

Angelika trank noch einen Schluck Kaffee. Auf der Strasse trug ein junger Mann einen großen Strauss Gladiolen in rotem Papier. Das sind die Friedhofsblumen, hatte Oma immer gesagt. Und auf einmal musste sie an das Begräbnis von Tante Else denken. Das erste Begräbnis, an dem sie bewusst teilgenommen hatte. Moment, da war doch als Kind, das kleine Dorf, eine einsame Glocke, ein schiefer Holzzaun um den Friedhof, schwarze Menschen und die Frauen hatten dunkle Schleier vor den Gesichtern, das hatte sie innerlich erheitert und sie hätte fast laut losgelacht, war sie damals drei oder vier gewesen? Jemand hatte sie an der Hand festgehalten. Sie hatte keine Ahnung mehr, wessen Beerdigung es wohl gewesen war. Oh Gott. Peggy. Wieder eine Beerdigung.

27

»Du siehst aber völlig fertig aus heute morgen,«
begrüßte Astrid Kortmann Angelika, als diese in den Dienstraum eintrat und zu ihrem Arbeitsplatz ging.
»Du hast wohl ein heftiges Wochenendabenteuer hinter dir, oder?!«
Angelika winkte müde ab. Sie fühlt sich ziemlich elend und wusste, dass sie die Ringe unter den Augen nicht unter noch so viel Tagescreme verstecken konnte, also hatte sie es gar nicht erst versucht. Sie setzte sich, packte ihre Schreibutensilien aus und beugte sich zu Astrid:
»Es war schon ziemlich heftig. Ich glaube, es wird auch morgen in der Zeitung stehen, du kennst doch die Peggy auch, nicht wahr?«
Und dann erzählte sie von Peggys Tod und all der Aufregung, die am Samstag in Wollis Haus entstanden war.

Astrid war ziemlich geschockt, und während der Vormittag vor sich hin tröpfelte und sie Kunden und Besucher bedienten, Formulare ausstellten und die Parkausweise in Plastik einschweißten, begann auch Astrid allmählich zu verstehen, was Angelika erlebt hatte. In der Mittagspause dann bei strahlendem Sonnenschein setzten sie sich ins Domcafe und tranken wie so oft Kakao, dazu gab es gefüllte Baguettes.

Erst hier, nach dem sich dahinschleppenden Vormittag, in der Sonne und in der gewohnt vertrauten Umgebung schien es Angelika, als falle eine wirkliche Last von ihr ab. Sie hatte es als durchaus erleichternd erlebt, Astrid alles erzählen zu können. Die Ereignisse zu formulieren, sie einem Unbeteiligten verständlich zu machen, das hatte ihr doch wirklich geholfen, den Abend und die Nacht einsortieren zu können, Klarheit zu gewinnen und schon einen gewissen Abstand aufbauen zu können. Irgendwie war es innen jetzt etwas leerer geworden.

Sie gingen zurück ins Büro, mit der Post waren ein Haufen Formulare gekommen, die mussten einsortiert werden, außerdem gab es zwei Rundschreiben von der Verwaltung, die sollten gelesen, verstanden und abgezeichnet werden. Dann, kurz vor Büroschluss, kam ein Anruf für Angelika.

»Hallo, hier spricht Martin Schneider. Ich hoffe, Sie können sich noch an mich erinnern.«

»Ja, ziemlich gut sogar. Wie geht es Ihnen?«

»Danke, ich stecke mitten im Chaos. Ich meine, in meiner Wohnung, da sieht es aus, als ob ein Dutzend Flüchtlinge einziehen wollten. Aber heute war mein erster Arbeitstag und ich muss sagen, es gefällt mir gut, mein neuer Arbeitsplatz. Alles noch neu, die Kollegen scheinen nett zu sein und das Gebiet meiner Tätigkeit klingt ganz reizvoll.«

»Wie erfreulich. Dann gewöhnen Sie sich man erst so richtig ein.«

»Sehen Sie, deshalb rufe ich Sie doch an. Das mit dem Eingewöhnen, das würde mir doch viel leichter fallen, wenn mir jemand zur Seite stünde, der die Stadt und ihre Eigenheiten schon gut kennt. Ein Einheimischer sozusagen, hätten Sie nicht Lust, mein Reiseleiter zu sein und mir die Stadt zu zeigen und zu erklären?«

Angelika musste lächeln. Zum ersten Mal an diesem Tag.

»Also, hören Sie mal, das ist vielleicht..Aber Sie haben recht. Jede Stadt hat so ihre Eigentümlichkeiten, und es gibt sicher einiges, was ich Ihnen zeigen könnte. Aber heute ist es ganz schlecht, wissen Sie, Ich muss erst mal das Wochenende verdauen.«

»Da werden Sie es wohl mal wieder so richtig übertrieben haben, oder?«

»Nein, sicher nicht so, wie Sie meinen. Aber lassen Sie uns einen Termin Ende der Woche festmachen, wie wäre es mit Freitag zum Beispiel, da könnte ich schon so ab zwei.«

»So lange soll ich auf Sie warten? Ich weiß nicht, ob ich das aushalten kann.«

»Nun stellen Sie sich mal nicht so an. Bisher haben Sie ja auch auf mich warten müssen, ja Sie wussten nicht einmal, dass es mich überhaupt gibt.«

»Aber jetzt kenne ich Sie doch. Und ehrlich gesagt, das mit dem Warten, wenn ich es mir recht überlege, ich muss ja auch noch meine neue Wohnung einrichten, also viele Kisten auspacken, und auf der neuen Arbeitsstelle, da muss ich mich auch erst langsam hineinfinden. Insofern passt das schon, das mit Freitag.«

»Fein, dann am Freitag, um zwei Uhr, abgemacht.

»In Ordnung. Freitag. Dann werden wir erst gemeinsam etwas essen gehen und dann zeigen Sie mir ihre Stadt.«

»Mal sehen. Ich hab da auch schon etwas Besonderes im Auge. Wo treffen wir uns?«

»Sagen sie es mir. Vielleicht da auf dem Marktplatz beim Rathaus, wo wir uns das erste Mal getroffen haben, wie wäre das?«

»Ja, das ist eine gute Idee. Da hab ich es auch nicht so weit vom Dienst. Also bis zum Freitag Mittag.«

»Ich freu mich drauf. Bis dann.«

Er legte auf und Angelika spürte wirklich so etwas wie freudige Erwartung. Da war jemand, der sie meinte, sie als Person. Das hatte sie schon bei dem langen Abend in der Jazzkneipe so empfunden, diesem Martin ging es nicht um ihr Frausein als Objekt, als Bettgenossin, er meinte tatsächlich sie als Person, als Angelika. Es war wie eine Bestätigung ihrer ganzen Erscheinung, von Kopf bis Fuß, von oben bis unten, von rechts bis links, und dazu noch ihren Verstand, das helle Köpfchen, so hatte Oma es oft gesagt: du bist eben ein helles Köpfchen!

28

Frau Wesemann war so gegen neun gekommen und von Inge schon freudig begrüßt worden. Inge hatte die meisten der Kleider schon zurecht geschnitten und jetzt begannen beide Frauen mit dem Nähen. Inge Althaus stellte das Radio an, den Lokalsender, der meist unverfängliche harmlose Unterhaltungsmusik brachte, und so saßen sie bei weit geöffnetem Fenster mit dem Blick in den von Obstblüten schimmernden Garten. Sie unterhielten sich immer nur kurz. Beide kannten sich seit Jahren und Inge vertraute Frau Wesemann unbedingt, sie war eine vorzügliche Schneiderin, aber eigene Entwürfe machte sie nur hin und wieder für den Hausgebrauch, für ihre Nichte zum Beispiel. Sie hatte aber auch damals bei der Hochzeit ihrer Tochter die Inge gefragt, ob diese nicht das Kleid für die Hochzeit entwerfen wolle, und Inge hatte es unentgeltlich und gern getan; und bei der Hochzeitsgesellschaft war das Kleid auch sehr gelobt worden. Nach einigen Veränderungen, die Frau Wesemann selbst gemacht hatte, trug die ehemalige Braut jenes Kleid auch heute noch zu großen Festen, beim Presseball zum Beispiel. Inge fand es einfach wunderbar, wenn sie mit Hermann auf der Balustrade saß und unter ihnen auf der Tanzfläche drehten sich die unterschiedlichsten Roben mit und ohne Tüll, eng anliegend oder weit ausschwingend, da gab es alle Farben, es wurde viel lang getragen und auch einig Minis waren zu sehen, zu Hermanns Entzücken, wie Inge belustigt festgestellt hatte. Und noch etwas hatte sie bemerkt: solange die Presse fleißig fotografierte, so lange drehten sich die sogenannten Prominenten mit ihren Damen, Herren oder andern bekannten Menschen wie Filmstars, Theaterleute, Firmeninhaber oder Senatoren. War die ungeliebte Presse abgeschwirrt, weil die Termine für den Andruck näher kamen, dann setzten sich die meisten fußmüde in die bequemen Sessel und nahmen dankbar ihre meist auch alkoholfreien Getränke zu sich; dem Image war genüge getan, jetzt konnte man unter sich sein und beginnen, den Abend und die Nacht zu genießen. Doch einige gab es auch unter den Damen und Herren der gehobenen Gesellschaft, die einfach gern tanzten und sich weiter zu den Klängen der herausragenden Kapellen drehten, Frackschöße flogen, tüllgefüllte bunte Röcke wirbelten, sehr hohe Hacken bohrten sich in das versiegelte Parkett, die Frisuren saßen meist bombenfest dank der Haarfestiger, die Damengarderoben rochen noch nach Tagen danach.

Frau Wesemanns Tochter hatte einen Schlachtermeister geheiratet, dieser machte für die ganz großen Bälle das Catering, wie man heute sagt, früher war es einfach die Belieferung des Balles mit Speisen: kalte und warme Platten, gegrilltes Spanferkel oder geräucherte Pute, dazu Kartoffelsalat und Würstchen –manch einer der vornehmsten Gäste mochte es nämlich ganz einfach, schlicht wie bei Muttern, das bekam er nicht so oft. - Frikadellen und Schlachtplatten, Gänseleberterrinen und Lachspasteten.

So fühlte sich auch Inge immer bestens informiert, denn an solchen Tanzabenden schaute auch Frau Wesemann gern einmal hinein in das Gewühle der sogenannten guten Gesellschaft, wobei sie vor allem natürlich auf die Garderobe der Festgäste achtete und dann darüber berichten konnte. Inge mochte die Art, wie Frau Wesemann das tat, sie sagte nie etwas Schlechtes über jemanden, nur die Art und Weise, etwa fehlende lobende Beiworte, die ließen meist deutlich werden, wen sie nicht leiden konnte. So saßen die beiden Frauen auf und an dem langen glatten Zuschneidetisch, genossen den Ausblick auf die Blütenpracht des großen Gartens und redeten und schwiegen in einem sehr vertrauten Miteinander.

So war es immer gewesen. Aber heute war es merklich anders, Frau Wesemann konnte gar nicht an sich halten und berichtete von dem tragischen Tod einer jungen Frau.

»Sie müssen sie zumindest auch mal gesehen haben, die war ja auf jeder Feier, auf jedem Ball mit dabei. Sie war mit dem Paulsen zusammen, dem Wolfgang Paulsen, wissen Sie. Und der hatte am Samstagabend eine Party und mein Schwiegersohn hat ihm das Essen geliefert. Und wie der also am Sonntagmorgen da hinkommt und seine Sachen abholen möchte, da wird er zunächst gar nicht ins Haus gelassen. Eine Polizistin hat ihm das verboten. Einfach so. Aber dann ist zum Glück so ein Kommissar gekommen und hat ihr deutlich gemacht, was Sache ist. Der Tatort sei auf der Veranda und auf dem Dach, hat er gesagt, und das Geschirr und alles steht innen in der Halle. Also gibt es gar keinen Grund dafür, dass der Chefkoch, er meinte meinen Schwiegersohn, den Steffen, jetzt nicht seine Sachen abholen sollte. Sie gehen aber mit und passen auf, dass er nur das mitnimmt, was ihm gehört. Da hörte er zum ersten

Mal davon, die Putzfrau hat ihm alles haarklein erzählt, dass diese Peggy vom Dach runter ist. Und man weiß nicht so recht, ist sie nun gesprungen oder gestoßen worden. Also was mein Steffen ist, der Schwiegersohn, der hat seine Schüsseln und Platten zusammengeräumt und zu mir gesagt, er habe so etwas noch nie erlebt, es sei kaum etwas gegessen worden, und da hat er eben alles wieder mitgenommen und nun essen sie zu Hause ganz fürstlich.«

»Aber sollten die Sachen nicht vernichtet werden, wenn sie schon draußen bei den Gästen gewesen sind?«

Frau Wesemann fädelte sorgfältig einen blauen Faden ein.

»Das gilt für Gaststätten und Restaurants, ja, da ist das auch sinnvoll. Aber hier, wo doch alles quasi unberührt geblieben ist, und mein Schwiegersohn hat ja auch eine ganz Menge für die Tafel abgegeben, er ist ja kein Unmensch. Aber kann man denn wirklich so gute und so viele Lebensmittel einfach wegschmeißen, nur weil sich da eine von diesen Partydamen vom Dach gestürzt hat?! Ich weiß nicht, das wäre mir viel zu schade um das Essen. Na, was soll's, wieder eine weniger, die ihren Hintern über das Tanzparkett schwingt. Es kommen andere, und wie ich die Männer so kenne, die werden immer jünger, je älter die Männer werden. Vorausgesetzt, die Mäuse stimmen. Sie können sagen, was sie wollen, Frau Althaus, aber wenn das Konto anwächst und der Bauch ebenso, dann steigen auch die sexuellen Wünsche und Bedürfnisse, und die meist schon lang verheirateten Ehefrauen können diese dann nicht mehr erfüllen. Da muss junges Blut her.«

»Aber es gibt doch Ausnahmen, meinen Sie nicht?«

»Natürlich. Aber von den meisten Senatoren zum Beispiel, ich will ja nichts gesagt haben, aber wenn Sie das so auch in der Zeitung lesen, wie die sich in die Haare kriegen wegen letztlich Nichts, und eine Woche später ziehen alle wieder am gleichen Strick, raten Sie mal, wer den Strick wohl geknüpft hat! Ich gehe jede Wette ein, dass da wieder ein paar Frauen ihre Hände im Spiel haben. Ist ja auch ganz bequem, die Ehefrau kommt weg zur Kur, der Weg ist frei, es gibt ja genügend frustrierte Weiber in der Stadt, und da ist es völlig egal, ob sie davon in der richtigen Partei ist oder nicht. Am liebsten werden durchreisende genommen. Ich kenne da eine von der Sozialstation, und die Frau Pastor von der Telefonseelsorge, was die so zu erzählen haben, alles anonym natürlich, aber es ist schon so manch junges Mädchen zu später Stunde in das verkehrte Bett gestiegen, nur wegen eines Jobs oder aus Geldnot. Das sind keine Prostituierten, ich meine so richtige Professionelle, das sind ganz simple Frauen aus meist guter Familie, die nur durch falsche Versprechungen und zu großen Hoffungen ins Bett gelockt werden. Immer wieder. Seien Sie nur froh, dass sie keine Tochter haben. Auf meine passt ihr Steffen schon auf, und ich kann Ihnen sagen, wenn der auf einen zukommt, da bleibt kein Auge trocken.«

Es war schon eine richtige Tradition, dass gegen elf Uhr Hermann mit einem Tablett erschien, auf dem eine große Kanne Kaffee mit den hohen weißen Bechern stand und ein duftender Napfkuchen, den Inge gestern frisch gebacken hatte. Hermann wünsche dann guten Appetit und verzog sich wieder in sein Arbeitszimmer, wo er weiterhin voll Begeisterung an den Entwürfen zu einem türkischen Haremsraum arbeitete. Fast war er betrübt darüber, dass der ihm zur Verfügung stehende Raum so beengt war. Er hätte gern noch weiter geplant, hatte im Kopf eine ganze Zeile, oder eine Art Rundbau, in dem speichenförmig wie in einem Araberzelt verschiedene Zimmerarten aufeinander treffen können. Nun musste er aus seinen überbordenden Einfällen das auswählen, was wohl am ehesten dem Bauherren gefallen konnte, dann musste er noch gut überlegen, mit welchen Argumenten er seinen Entwurf so überzeugend anpreisen konnte, dass der Bauherr auch zustimmte. Dann musste er nur noch kalkulieren, was das alles wohl kosten würde, wen er wohl mit der Bauausführung beauftragen konnte oder musste, wenn seine bevorzugte Baufirma etwa keine Zeit haben würde.

Er nahm einen Schluck Kaffee, schaute kurz auf den wieder ergrünten Rasen, den er in den nächsten Tagen wohl wieder mähen sollte, damit auch in diesem Jahr sein Rasen so richtig voller Saft sein konnte wie im letzten auch. Er war sich klar darüber, das er nie einen englischen Rasen hinbekommen würde, denn dazu brauchte man laut Aussage eines Lords aus Shropshire mindestens dreihundert Jahre regelmäßiger Pflege, aber Hermann war mit dem Ergebnis seiner bisherigen Bemühungen sehr zufrieden; er hatte das Moos fast gänzlich ausgerottet und dem Giersch den Garaus gemacht, der Rasenmäher war neu justiert und die Messer geschliffen worden, der Dünger lag bereit, die Gartensaison, was zumindest den Rasen anbetraf, konnte beginnen.

Entschlossen wandte er sich wieder dem Zeichenbrett zu, er hatte noch eine Menge Arbeit vor sich.

29

In der Dienstagsausgabe der Zeitung stand es im Lokalteil, dass das in Gesellschaftskreisen unter dem Namen Peggy wohlbekannte Partygirl anlässlich einer Feier im Hause des Wolfgang P. tödlich verunglückt sei; die Polizei bemühe sich, Klarheit in den Fall zu bringen.

Auf seiner Tour wurde Ingo Peters immer wieder darauf angesprochen, selbst die meist unzugängliche Frau Buthmann lauerte ihm auf, sie solle doch die Post von Frau Wichmann abholen und ihr dann nachmittags ins Krankenhaus bringen.

»Und von dieser Geschichte mit der sogenannten Peggy haben Sie doch gehört, nicht wahr? Wenn die Zeitung schon schreibt sogenannt, das sagt doch alles, oder? Haben Sie für die auch die Post gebracht, ich mein ja nur, man erzählt sich ja sonst was in der Stadt, und mit Rauschgift soll das was zu tun haben, da haben sie eine richtige Bande im Verdacht. Mein Schwager, wo bei der Polizei ist, er ist im Hafen auf einer Barkasse, der meint ja, dass sind die Bulgaren. Ich denk mir ja, die wird wohl ihre Spielschulden nicht mehr hat zahlen können, das sieht man doch immer im Fernsehen, und nun hat sie die Quittung dafür bekommen.«

Als Ingo bei dem Schuster in der Fleischhauerstrasse bei einer Tasse Kaffee saß und dieser auch die Peggy erwähnte, reichte es Ingo:

»Was hat diese Frau nur gemacht, dass alle Welt über sie Bescheid wissen möchte. Ich hab hin und wieder mal die Tour gehabt zu dem Paulsen, ein schickes Haus, muss ich schon sagen. Aber das jetzt alle sich für diese Peggy interessieren, die hätten sich vielleicht für das junge Mädel interessieren sollen, als die noch lebendig war, vielleicht hätten sie ihr helfen können. Ein Unfall, schreiben die in der Zeitung. Das kann alles Mögliche sein, vom Hühnerknochen quer im Hals bis zum Beinbruch auf der Kellertreppe.«

»Dann bleibt die Frage, wer sie da hinunter gestoßen haben mag.«

Sagte der Schuhmacher und goss Kaffee nach. Ingo putzte seine Brille. Das Sehen wurde auch immer schlechter. aber er hatte ja bald schon einen Termin beim Augenarzt.

»Weißt du, je älter ich werde, ich verstehe das immer weniger. Alle diese Zeitungen für die Frauen, da steht nur drin, wer mit wem und warum und welche Scheidung ansteht und wie der Sohn von A die Tochter von B und vielleicht noch eine Prinzessin und der Filmstar X und die Sängerin Y und und und…Nichts wie Tratsch und Klatsch über Leute, die keiner von denen kennt. Und unser Käseblatt hier, wenn da der Senator A was mit der Frau von B hat und der Gemüsehändler C trinkt zu viel und befummelt Frau D oder so, und auch das mit der Peggy passt dazu. Alle kümmern sich um ungelegte Eier, sie tun so, als ob das Wissen um das Leben dieser Leute so ungeheuer wichtig für sie wäre. Sie sollten sich lieber um ihre eigenen Probleme kümmern und die lösen! Sollten sich um ihre Kinder sorgen, denen helfen, sollten um die Schulen besorgt sein, dass zum Beispiel die Klos dort immer dreckig und kaputt sind. Wie kann das angehen. Sind doch alles Kinder von Leuten, die sich wohlsituiert nennen, oder? Und die randalieren in den Schulklos, wenn man der Zeitung glauben darf. Und die Turnhallen und Sportplätze, was da alles so kaputtgemacht wird im Laufe eines Jahres. Und wen kümmert das? Alle sagen dann, da muss sich die Stadt drum kümmern. Aber ja, weil sich keiner von denen drum kümmern will. Weil es einfach zu anstrengend ist, sich um die eigenen Kinder zu kümmern oder die in der Nachbarschaft. Manchmal wundere ich mich, dass nicht noch mehr passiert, ich kann dir sagen!«

Die beiden Männer tranken nachdenklich ihre Tassen leer, dann füllte Ingo seinen Karren mit den vollen Posttaschen und ging weiter auf seiner Tour, der Schuhmacher schnitt die Ledersohlen zurecht, Frau Meiners wollte am nächsten Tag unbedingt ihre besten Pumps wieder abholen.

30

Angelika schleppte sich so durch den Tag. Es gab nichts besonderes, aber allein schon der alltägliche Trott machte ihr zu schaffen; viele dunkle Gedanken kreisten ständig um Peggy, und ob sie nicht und hätte sie doch und und und...Da rief nach dem Mittag Wolli bei ihr im Amt an, ob sie bitte bitte am Abend zu ihm kommen könne, er müsse ihr unbedingt etwas zeigen, es sei wichtig, am Besten gleich nach dem Dienst, sie müsse ihm unbedingt helfen, Und natürlich ginge es um Peggy.

Angelika sagte zu und fuhr mit dem Bus gleich nach Dienstschluss zu Wolfgang Paulsen. Der Tag war hell und klar, Vögel sangen, überall in den Gärten blühten die Bäume, japanische Zierkirschen, die Apfelbäume begannen ebenfalls, Tulpen und Osterglocken, die Hecken waren wieder ergrünt und meist frisch beschnitten, der Rasen spross und wollte bald gemäht werden. Das ist alles so normal, dachte Angelika. Es ist wie ein vergessener Traum, das Wochenende. Sie klingelte und Wolli öffnete fast sofort. Bleich und unrasiert führte er sie in sein Arbeitszimmer. »Komm setz dich doch, ich habe etwas gefunden, heute Mittag, ich kann es fast nicht glauben. Aber komm. Möchtest du etwas trinken?«

»Ja bitte, hast du eine Cola?«

»Moment.«

Wolli ging in die Küche und holte eine große Flasche Cola und ein Glas für Angelika. Er selbst hatte seine geliebte eiserne Teekanne auf dem Arbeitstisch und goss sich nach.

»Ich wollte eigentlich noch etwas tun am Nachmittag, den Nachlass regeln, die Beerdigung planen, irgendwas in der Art. Weißt du, ich musste einfach etwas zu tun haben. Und da hab ich das hier gefunden, ich hab es noch keinem gezeigt, und die Polizei weiß auch nichts davon. Ich hab meinen Rechner angemacht und da fand ich das dann.«

Wolfgang stellte seinen Computer an und verschob den Bildschirm so, dass auch Angelika gut sehen konnte.

»Das muss sie gemacht haben, als sie von dir kam. Im Garten, weißt du, da habt ihr doch noch miteinander geredet.«

Auf dem Bildschirm sah man den Blick der Computerkamera in das weite Arbeitszimmer und mitten im Bild Peggy. Sie saß auf Wolfgangs Bürostuhl und zündete sich eine Zigarette an.

»So, das wäre es also. Ich hab genug jetzt. Der Schmerz brennt nicht mehr, er fühlt sich dumpf und taub an. Meine Gefühle sind wie eine graue Masse, die mich lähmt. Gestern Abend war wieder eines dieser unfruchtbaren Gespräche mit dir, Wolli, immer wieder diese endlosen grauenvollen langen Aneinanderreihungen von Vorwürfen. Und wenn ich interessiert nachfrage, dann nennst du das ein Zerpflücken deiner Gedanken. Wie kann man da miteinander reden geschweige denn auch nur versuchen, sich zu verstehen? Immer nur soll ich versuchen, dich zu verstehen. Ich soll überhaupt aufhören, immer wieder an solch schlechte Dinge wie die Sache mit der Conni zu erinnern, ich solle endlich dich als positiven Menschen sehen. Ha, der einzig positiv Mensch, den ich kenne, das ist Angelika, die mag mich. Das weiß ich. Das hab ich heute Abend wieder gemerkt. Die will nichts von mir, da kann ich so sein wie ich bin, da muss ich keine Leistung erbringen, die nimmt mich so, wie ich nun mal bin und trotzdem mag sie mich. Angelika. Ja. das ist wohl auch die Einzige, die in sich gefestigt ist. Trotz der Sache mit Rolf. Ich glaube, sie ist an der Trennung gewachsen, sie hat sich endlich von ihm lösen können, jetzt ist die innen ganz bei sich, ist ausgeglichen und gefestigt. Ich beneide sie. Und wir beide, Wolli, was machen wir? Wir tun uns nur noch weh. Ich soll berücksichtigen, dass du auch schon öfters etwas Gutes getan hast, auch an mir, und damit hätte ich jedes Recht auf Kritik an dir verloren, oder? Und alles Schlechte, was du gerade wieder praktizierst, das soll ich ausblenden. Das ist ein geniales Konzept, da kannst du nie festgenagelt werden. Und wenn ich dann all deine seltsamen Wünsche, so wie ich sie in dem Moment wahrnehme, zusammenfasse, dann wirst du aggressiv. Obwohl du immer wieder betonst, all die Jahre hindurch, dass du niemals gegen wen auch immer aggressiv sein könntest. Du merkst einfach nicht, wenn du mich verletzt. Manchmal denke ich, du willst gar keine Partnerin, du willst nur eine zweite Mutter, denn auf deine mir ans Herz gehende Verhaltensweise ist es genau das, was deine Mutter immer wieder mit dir gemacht hatte. Und dann kommt immer dieser Stoss, im Fußball wäre es wohl ein Elfmeter, dann sagst du, dass du Angst hast vor mir! Angst wovor, frage ich mich. Das Stellen einer solchen Frage führst du dann immer wieder auf meine dir deutliche Unfähigkeit zurück, dir ein umfassenderes Verständnis entgegenzubringen. Du hast ja versucht, so etwas wie die Wahrheit zu sagen, aber immer, wenn du es getan hast, dann wäre ich so wütend gewesen über das, was da zu tage gekommen war, dass du es aufgegeben hast. So sprachest du zu mir. Außerdem seien deine Lügen ja nicht gegen mich persönlich gerichtet gewesen, aber du musst wohl damit rechnen, dass ich es immer persönlich nehmen würde. Natürlich. Das tue ich. Wen denn sonst belügst du, wenn ich dich mal ausschließen soll?!

Du sagst mir, du kannst mit meiner Art, immer alles gleich emotional aufzuladen, nicht umgehen. So ein Ausrutscher wie der mit der Conni sei ja nicht gegen mich gerichtet. Gegen wen denn sonst? Das machst du, weil du dich selbst quälen willst? Träum weiter!«

Auf dem Bildschirm zündete Peggy sich eine neue Zigarette an. Wolfgang saß wie versteinert auf seinem Stuhl und stierte auf das Bild, Angelika hockte auf dem Sesselrand mit dem Glas in ihrer Hand und bemerkte nicht einmal, wie ihr Tränen über die Wangen rannen. Auf dem Bildschirm gestochen klar reckte Peggy sich und fuhr mit einer deutlichen, aber jetzt leiseren Stimme fort:

»Und dann, fast das Schlimmste für mich. Wir konnten nicht mehr reden, du hast mich dann genommen, auf deine schnelle Art und Weise, und du hast nicht einmal bemerkt, wie ich dabei geweint habe. Ich dachte während des Beischlafes an Joachim, der mir gesagt hatte, dass ein Miteinanderschlafen nach längerer Zeit der Abstinenz nicht als Zeichen von Zuneigung gewertet sein möchte oder als Bedürfnis nach Nähe, es könnte auch gut sein, dass es einfach mal wieder sein müsste, so als körperliches Bedürfnis, einfach als Abreaktion. Du hast dich umgedreht und bist schnell eingeschlafen. Ich war müde und lahm, so wie jetzt.«

Auf dem Bildschirm drückte Peggy ihre Zigarette aus, grinste in die Kamera und zog einen Schmollmund. Sie konnte das, sie hatte das vor dem Spiegel schon seit Jahren eingeübt, das hatte sie Angelika im letzten Jahr anvertraut.

»So, nun mach es gut, mein Allerliebster, ich werde mich jetzt schlicht besaufen mit deinem besten Champagner. Wir sind eben doch die beiden Königskinder, die konnten zusammen nicht sein. So geht doch das Lied, oder?»

Dann hatte Peggy den Computer abgeschaltet.

31

Zum gemütlichen Frühstück am Mittwochmorgen gegen acht Uhr genoss Inge Althaus die frischen Brötchen, die Hermann schon auf seinem Morgenlauf mitgebracht hatte. Sie hatte unterdessen Kaffee gekocht und auch die Eier, davon gleich sechs, so hatte sie gleich etwas für das Mittagessen. Sie wollte eine Schüssel Salat machen mit Mais, Äpfeln, Frühlingszwiebeln und einer leichten Majonäse. dazu wurden die übriggebliebenen Brötchen aufgewärmt. Sie wusste, dass auch Frau Wesemann ein solch leichtes Essen schätzte und genießen würde.

Die kleine Notiz in der Zeitung, dass die Leiche der Peggy S. nach sorgfältiger Überprüfung durch die Gerichtsmedizin jetzt freigegeben sei, es hätten sich keine Hinweise auf Fremdverschulden ergeben, es sei wohl als unglücklicher Unfall anzusehen, an welchem doch der reichlich genossene Alkohol seinen erheblichen Anteil hatte, die wurde von Hermann überlesen. Genau wie die Nachricht im Wirtschaftsteil, dass die örtliche Graumanngruppe im Visier der Steuerfahndung stand und deren Aktionäre mit erheblichen Verlusten zu rechnen hätten. Hermann war guter Dinge, er hatte gestern seine Planungen weitgehend abgeschlossen und für heute Nachmittag um vier einen Termin bei Herrn Graumann festgemacht, da wollte er ihm seinen Traum von einem türkischen Anbau als das ultimative Wohnideal verkaufen. Mit Inge besprach er die erforderlichen Einkäufe, die er am Vormittag tätigen wollte. Auch Inge war zufrieden mit sich. Die Nacht war gut gewesen, das schmerzhafte Karpaltunnelsyndrom am linken Arm hatte sie ruhig schlafen lassen, obwohl sie gestern viele Stoffbahnen zugeschnitten hatte. Mit Frau Wesemanns Hilfe kamen sie gut voran, vier Kleider waren schon halb fertig. Frau Wesemann saß an den Roben für die Brautjungfern, Inge selbst hatte sich für heute den ziemlich kniffligen Teil mit dem Brustteil des Brautkleides vorgenommen.

Um neun klingelte Frau Wesemann und beide Frauen setzten sich gleich in das Atelier, wie Hermann Inges großes Arbeitzimmer nannte. Der Apriltag war durchwachsen, aber zum großen Teil ließ die Sonne doch ihre warmen Strahlen durch die Lücken in den Regenwolken auf Gärten und Dörfer, auf Städte und Felder fallen, und wie in jedem Jahr trieb der stete Wechsel von Regen und Sonne das Wachstum in der Natur voran, Knospen brachen auf, Bienen und Hummeln summten und bestäubten, Schwäne und Gänse fraßen sich satt und die notwendigen Reserven an, um ihre langen Flüge nach Sibirien zu ihren Brutgebieten durchzuhalten, in einigen Regionen des Landes flogen schon Schmetterlinge und sogar Maikäfer.

32

Mit den neuen Kollegen und seinem Arbeitsprogramm kam Martin Schneider sehr gut zurecht. Es ging um neuro-optimierte Grundstoffe, um Carbon Nano Tubes, kurz CNT. Das hatte eine hohe spezifische Leitfähigkeit und jetzt sollte er mit seinen Kollegen möglichst die beste thermoelektrische Abwärmenutzung berechnen. Er konnte mittags in der Werkskantine essen, sein Ingenieurskollege hatte ihm erzählt, dass seit etwa einem halben Jahr auch die Verwaltungsleute dort in der Kantine essen mussten oder konnten und sich seitdem die Qualität des Essens erheblich verbessert habe. Es könnte natürlich auch an dem neuen Koch liegen, der Chef persönlich habe ihn abgeworben in einem Sternelokal in Hessen, es gäbe jetzt alles frisch zubereitet mit Zutaten nur aus der Region, und seit einigen Monaten gab es sogar täglich ein veganes Gericht. Ansonsten versorgte Martin sich selbst, aber sein Kühlschrank war nicht sehr angefüllt. Nach der Arbeit begann er mit dem Einrichten der Wohnung, Das hieß für ihn als erstes die Stereoanlage zum Klingen zu bringen und die Lautsprecher in die richtige Position, so dass der Sitzbereich gut beschallt wurde, dann Lampen anbringen, die Regale aufstellen und die Bücher hineinpacken. Er wollte sich doch immer ein System überlegt haben, wonach er seine Bücher ordnen konnte, schon sein Vater hatte das doch ausprobiert. Aber auch beim ihm zu Hause war es nie dazu gekommen, und er mochte nun in seinem Freizeitbereich keine langen Listen mehr anfertigen, wo die Bücher nach Titeln oder Schriftstellern geordnet waren. Und außerdem, wohin sollten dann die Bildbände kommen, an denen auch Schriftsteller mitgewirkt hatten, oder sollte er doch einfach alle nur nach Größe sortieren, das war bei den Taschenbüchern ja nicht schlecht, und wenn er seine Sammlung von Suhrkamptaschenbücher ansah, deren Farbgebung allein schon eine Augenweide war, das hatte auch ästhetisch etwas Faszinierendes. Und dann die Goldmannkrimis, in Rot, davon hatte er auch eine ganze Menge, oder die Rorokrimis in Schwarz und all die anderen von Ullstein, Knaur oder Fischer und manch anderen, deren Rücken doch ziemlich unterschiedlich ausfielen; wie die broschürten neben den gebundenen, da waren die mit Schutzumschlag und die ohne und die, deren Schutzhülle schon zerfleddert waren. Und dann erst die signierten Bücher; sein Vater hatte sie regelecht gesammelt. So habe er einen Hauch des Dichters bei sich zu Hause, hatte er immer gelächelt. Ja, Vater hatte immer ein oder zwei Bücher auf seinem Nachtisch liegen, und auch als er dann an seinem kranken Herzen verstarb, lag ein viel zerlesener Band von Siegfried Lenz auf dem Fußboden vor seinem Bett, als die Schwester morgens hereingekommen war.

Also keine systematische Ordnung, Martin ordnete seine vielen Bücher, die Gefährten so manch langer Nächte und regenreicher Wochenenden, einfach nach Größe ein. Nur seine Lieblingsbücher kamen ganz nach oben, außer der Reichweite von eventuellen Gästen. Und seine vielen Bücher mit Gedichten, mit moderner und klassischer Lyrik, mit Balladen und der komplette Wilhelm Busch, die kamen in Augenhöhe, er wollte diese jederzeit griffbereit haben.

Fast noch schwieriger als die Ordnung der Bücher war es mit dem Aufhängen von Bildern. Martin hatte ein paar signierte Originaldrucke von zeitgenössischen Künstlern, aber was sollte nun wohin? Er stellte die farbigen Blätter zunächst in ihren Rahmen an die Wände und wollte sich dann inspirieren lassen. Aber er war sich nicht sicher, da sollte vielleicht doch noch ein anderer mit entscheiden. Vielleicht diese Angelika, die hatte einen sehr sympathischen Eindruck auf ihn gemacht, und sie war vor allem nicht fordernd gewesen, war nicht so ein oberflächliches Mädchen. Mädchen, so hatte sein Vater immer gesagt, wenn er mit einer neuen Freundin ankam und sie seinem Vater vorgestellt hatte, für Vater waren alle Frauen unter fünfzig Mädchen gewesen. Nun ja. Aber immerhin, diese Angelika, die hatte schon was. Und es war auch ein paar Monate her, seit er sich von Gerlinde getrennt hatte. Zwar ohne großen Krach, ohne viele böse Worte, einfach so, ganz schlicht, aber sie hatte es ihm auch leichtgemacht, Martin hatte schon damals den Verdacht gehabt, dass da ein anderer Mann im Spiel gewesen war, und nach ein paar Tagen hatte er recht gehabt, er hatte Gerlinde mit dem neuen im Restaurant gesehen, und wie sie den geküsst hatte...!

Er hatte letzte Woche diese Angelika nicht geküsst. Obwohl er sich nicht sicher war, das sie ihm das übelgenommen haben würde, nein, er hatte es einfach nicht gemacht, weil er nicht daran gedacht hatte. Sie hatten sich so gut unterhalten und er dachte noch, wie gut wir uns verstehen, und das wollte er nicht kaputtmachen. Aber mal sehen, wenn es sich ergeben sollte, beim nächsten Mal, Freitag, wenn sie sich wiedersehen würden, dann wäre es vielleicht eine gute Idee, das mit dem Küssen. Oder?

33

Siglinde begleitete ihren Ingo am Donnerstag auf dem Wege zum Augenarzt. Er hatte in der letzten Woche erst einen Termin bekommen, obwohl er es schon letzten Monat versucht hatte. Aber da war wohl einer der Ärzte krank gewesen. Sie fuhren mit dem Bus bis zum Markt und gingen dann in den Nebeneingang des großen Kaufhauses, fuhren mit dem Aufzug in das Dachgeschoss und warteten dann geduldig vor der Eingangsbarriere. Links der große Wartebereich mit vier Stuhlreihen, schon gut besetzt, obwohl es erst halb zehn war. Die meisten Patienten waren weit über sechzig.

»Der nächste bitte!«

Ingo Peters schritt an die rote Theke.

»Ihr Name bitte! Waren Sie angemeldet?«

»Ingo Peters. Ja, ich hab einen Termin.«

»Ach, ja, da sind Sie schon. Wegen einer neuen Brille. Sie sind zum ersten Mal hier?«

Die nette junge Arzthelferin in dem roten Hemd und der weißen Hose tippte auf ihre Tastatur und schaute auf den Bildschirm.

»Dann hätte ich bitte gern Ihre Karte!«

Ingo gab ihr die Plastikkarte der Krankenkasse, diese wurde dann in das Lesegerät gesteckt und seine Daten direkt auf den Bildschirm übertragen. Mit einem kleinen Lächeln gab die Helferin ihm die Karte zurück.

»Nun dürfen Sie sich bitte noch dort hinsetzen. Sie werden gleich aufgerufen.«

Ingo setzte sich mit Inge in die letzte Reihe der weißen Sessel, sie konnten von oben auf den Markt mit seinen Ständen schauen und die neu geweißte Fassade des Rathauses.

»Das wimmelt ja man richtig. Und von hier oben sieht der gar nicht mehr so groß aus,«

sagte Siglinde.

»Und schau dich mal um, wie groß das hier ist.«

»Ja, das ist doch was anderes als wie bei Doktor Menzel.«
Der alte Augenarzt in Wesloe, bei dem Ingo seit Jahren schon gewesen war, hatte letztes Jahr aufgehört und war, so sagten die Gerüchte in den umliegenden Kneipen und in der freiwilligen Feuerwehr, mit seiner Frau für immer in sein Feriendomizil nach Lanzarote gezogen, er solle dort einen ruhigen und frohen Altersabend erleben, so hatte es ihm der Bürgermeister noch gewünscht. Bei der Feuerwehr aber hieß es, dass er dort seinen beiden Hobbies, dem Surfen und dem Frauenangeln wohl nun mit ungebremster Kraft nachgehen könne, denn seine Ehefrau hatte ja nur noch Sinn für ihre Bücher, seit ihrem Schlaganfall konnte sie sich auch nicht mehr so gut und schnell bewegen.

»Da schau mal!«

Siglinde deutete auf eine Menschentraube direkt vor dem Rathaus,

»Das sieht doch so aus wie Minchen und ihre Strickfrauen, oder?«

Tatsächlich, die eher etwas ältere Frauengruppe hatte sich um einen Stadtführer geschart und wie auf Kommando zogen sie alle ganz brav nacheinander ins Rathaus hinein.

»Ich möchte wetten, dass sie zuerst in den Rathauskeller gehen und es sich gut sein lassen. Die wollen sicher ihre Jahreskasse versaufen!«

«Aber Ingo! Wer wird denn sowas von diesen netten Damen annehmen können. Also weißt du..«

»Herr Peters bitte!«

Eine andere kleinere Arzthelferin auch in roter Bluse und weißer Hose stand wartend am Rande der Stühle und schaute erwartungsvoll in die Runde. Schnell erhob sich Ingo und ließ sich in ein kleines Gemach führen. Die Helferin schloss die Tür.

»Bitte nehmen Sie hier Platz.«

Sie zeigte auf einen runden Hocker vor einem Gerät, dort musste Ingo dann sein Kinn aufstützen und geradeaus schauen.

»Und immer die Augen ganz weit öffnen, und jetzt nicht erschrecken, es pustet ein wenig.«

Das Pusten ins Auge kam und dann ins andere.

»So, das war es schon, jetzt kommen Sie bitte mit.«

Die Helferin führte ihn in einen langen Gang und dann dort in ein Arztzimmer.

»Bitte auf den roten Sessel da hinten.«

Er setzte sich brav und die Helferin ließ einen schweren blinkenden Apparat von links vor sein Gesicht fahren mit zwei Löchern für die Augen, dann wurde ein Auge abgeblendet und er musste Zahlen auf der Tafel an der Tür lesen und laut benennen. Dann wurde das Sehvermögen des anderen Auges gemessen, schließlich durfte er sich zurücklehnen, das Gerät fuhr wieder zurück und die Helferin tropfte ihm etwas in seine Augen.

»Das waren die ersten beiden Tropfen zur Erweiterung ihrer Pupillen, Sie bekommen noch zwei davon. Jetzt können Sie sich schon in die Reihe hier im Gang setzen. Frau Doktor wird Sie dann aufrufen.«

Er setzte sich draußen in den langen Gang neben eine ältere Frau, die immer wieder mit einem weißen Tupfer ihr linkes Auge rieb. Er wartete und wartete. Immer wieder gingen Helferinnen mit bedeutungsvollen Gesichtern an ihm vorüber, eine Patientin schob ihren

Rollator vorbei und setzte sich zwei Stühle weiter hin. Zuweilen öffnete sich eine der vielen Türen und entließ einen Patienten und etwas später rief dann der Arzt :
»Frau Möller bitte.« Oder »Herr Langhans bitte.«
Eine andere schlanke dunkelhaarige Helferin kam zu Ingo:
» Bitte den Kopf ganz zurück und nach oben sehn, ja, so ist es gut.«
Er merkte, wie sich sein scharfes Sehen verschlechterte, die vergrößerten Pupillen konnten nur noch die Eindrücke als Ganzstück erfassen.
Ganz schöner Betrieb hier ,dachte Ingo, wie auf dem Bahnhof. Ruckzuck ging das. Die reinste Massenabfertigung. Aber was hatte er erwartet? Diese Vielzahl an Patienten hatte sicher auch ihr gutes: Je mehr Augen ein Arzt untersuchte, desto mehr Erfahrung bekam er auch. Und je größer die Erfahrung eines Doktors war , desto geringer würde auch seine Fehlerquote sein.
Das Ausmessen der Augen hatte er schon hinter sich, jetzt musste nur noch der Arzt feststellen, welche Brillenstärke er nun wohl brauchte. Im rechten Auge waren die Buchstaben in letzter Zeit etwas verschwommen gewesen. Zuerst hatte er nicht weiter darüber nachgedacht, aber vor einigen Wochen schien es ihm, als ob in der Zeitung die Ergebnisse der Regionalliga immer kleiner gedruckt würden. Das war schon richtig anstrengend für ihn gewesen, und da hatte er erstmals an eine neue Brille gedacht. Ja, das mit klaren Sehen, das war ihm doch wichtig. Er merkte es immer wieder; sein Knie links war auch nicht mehr das, aber das war nicht so schlimm, und bei Heini Drebber musste er in den letzten

Monaten auch schon lauter reden, das Ohr, er wurde wohl schwerhörig. Und bei ihm war es das Sehen, was zunehmend wichtiger wurde; nicht nur wegen der Zeitung oder wegen des Fernsehens, auch die Adressen auf den Briefen, die er jeden Tag lesen und sortieren musste, und überhaupt, wenn er mal rausfuhr mit Siglinde, das Meer sehen, wie es die Farbe ständig ändert, und wenn die Sonne hinter einer Wolke hervorbricht und alles in gleißendes Gold taucht und die Wellen leise auf den hellen Sand auslaufen, oder die langen Fahrten mit der freiwilligen Feuerwehr, letztes Jahr in die Heide, auf dem Pferdewagen durch die Ginsterbüsche, die hohen Wacholder und Hühnengräber an den Eiben entlang, wenn er da das Fernglas nicht bei sich gehabt hätte, der Hirsch oben dort war schon gewaltig gewesen. Ein toller Anblick, dabei ganz in der Nähe des Wilseder Berges. Wie war das noch?

Zum Sehen geboren, zum Schauen bestellt. Das war ein Gedicht aus seiner Schulzeit, Moment mal, Goethe, ja, Johann Wolfgang von Goethe. Sicher aus dem Faust oder so. Seine Lehrerin damals war ganz begeistert gewesen von seinem Vortrag, und Ingo musste es vor der ganzen Klasse laut aufsagen.

»Herr Peters bitte!«

Die Ärztin stand in der Sprechzimmertür, kein Kittel, Jeans und weißer Pullover.

»Bitte kommen Sie herein.«

Sie setzte ihn wieder auf den Sessel an diesem blitzenden Gerät und ließ es vorfahren, schaute ihm mit strahlend hellem Licht in die Augen, ließ ihn die Pupillen nacht links und rechts drehen, nach oben und unten, dann schob sie das Gerät wieder weg und wandte sich ihm zu.

»So, das hätten wir. Ist ja gar nicht so schlecht. Das Sehvermögen in ihrem Alter ist noch in Ordnung, links haben Sie hundert Prozent und rechts noch vierundachtzig. Das kommt aber nur daher, weil sich dort eine Linsentrübung entwickelt. Wir nennen das auch grauen Star. Das ist aber nicht weiter schlimm, das hat fast jeder. Diese Linsentrübung wird noch zunehmen, das heißt für Sie, das Sehen wird auf dem Auge immer schlechter, aber nur ganz langsam. Und dann, so in ein, zwei Jahren, dann werden wir die Linse herausnehmen und durch eine aus Kunststoff ersetzen müssen. Sie haben also noch Zeit. Und erst wenn es soweit ist, werden wir das Notwendige besprechen. Aber das ist nicht schlimm, diese Operation dauert nur eine halbe Stunde etwa und Sie können direkt danach wieder nach hause gehen. Hier ist das Rezept für Ihre neue Brille. Ich hoffe, dass die Stärke nun erst einmal ausreichen wird für das nächste Jahr, und wenn sonst noch irgendetwas sein sollte, kommen Sie einfach vorbei.«

Ingo Peters erhob sich und bedankte sich, ging wieder in die Wartezone, wo ihn Siglinde schon erwartete und gespannt

»Na, wie ist es gewesen?«

fragte.

»Ich brauche eine neue Brille und dann später mal muss ich operiert werden, wenn ich den Star habe.«

Erschrocken hielt sich Siglinde die Hand vor den Mund.

»Du hast den Star?«

»Ja, aber den harmlosen. Noch nicht ganz, aber so in ein paar Jahren, da wird er wohl kommen. Aber das ist nicht weiter wild. Nun komm man, lass uns hier raus, ich brauche jetzt erst mal frische Luft.«

34

Am Freitagvormittag hatte es einen kurzen, aber heftigen Regenschauer gegeben und Frau Wesemann hatte ziemlich nasse Haare bekommen, Inge Althaus führte sie ins Bad; mit Föhn und Handtuch trockneten die Haare schnell.

Als sie wieder beide im Atelier saßen, meinte Frau Wesemann, dass sie nur ungern zum Frisör ginge:

»Mir kommt das immer wie verlorene Zeit vor.«

»Aber wieso, da erfährt man doch so manches, was los ist in der Stadt, und dann die vielen Zeitschriften, ich komme ja sonst nie dazu, solche bunten Zeitungen anzusehen.«

»Das ist wahr. Aber was da drinsteht, über die Könige und die Filmstars, wenn ich so überlege, manchmal ist mir, als ob diese Illustrierten immer wieder über dasselbe berichten. Das hab ich doch alles schon vor Jahren gelesen und gesehen. Da werden nur die Bilder ausgetauscht und die Namen, aber worum es geht, Liebe, Scheidungsgerüchte, fragliche Schwangerschaft, Trennung oder Verlobung, es ist doch immer wieder das gleiche. Die Gesichter wandeln sich, aber sie haben alle das gleiche festgefrorene Lächeln auf den maskenhaften Schminkgesichtern, und die Rezepte, im Frühling für die Schlankheitskultur, im Herbst für die Fitness, auch immer das gleiche Jahr für Jahr.«

»Mein Gott, Frau Wesemann. Ich hätte gar nicht gedacht, dass Sie ein solcher Snob sind.«

»Wissen Sie, liebe Frau Althaus, mich langweilt das eigentlich, wo ich doch diese Leute gar nicht kenne. Und dann diese Angewohnheit, immer nur mit nassem Daumen die Seiten umzublättern. Ist ja ekelhaft. Wer weiß, was die für Krankheiten haben. Nein, ich lass mir höchstens eine gute Tasse Kaffee geben und schaue aus dem Fenster, wenn ich beim Frisör bin.«

»Ich muss auch mal wieder hin, aber ich lass mir dann nur die Spitzen abschneiden. Mein Mann mag es, wenn ich die Haare eher etwas länger trage.«

»Bei längeren Haaren fällt mir ein.«

Frau Wesemann zog ein neues Ärmelteil aus dem Regal und setzte sich auf den Tisch.

»Ich hab ja einen neuen Mieter und der hat auch eine ganz schöne Matte. Er ist Ingenieur, ein gewisser Martin Schneider, und ganz neu in der Stadt. Als ich ihn gefragt habe, was er denn so macht, da hat er erst gesagt, dass er sich nur mit Kleinigkeiten beschäftigt.«

»Mit Kleinigkeiten? Baut er sowas wie Legobausteine?«

»Nein, das ist schon viel seriöser. Er macht Werkzeuge für winzigste Dinge, er sagt, dass er so etwas wie einen Schraubenzieher basteln soll, der aber an der Spitze nur so dick ist wie ein Atom. Er hat es mir erklärt: wenn man ein Stück Würfelzucker in den Bodensee hineinwirft, dann soll man das noch messen können. So etwas arbeitet er.«

»Aber was hat das für einen Nutzen, was kann man damit nur machen?«

»Das hat er mir erklärt. Mit dieser Art von neuer Technik kann man zum Beispiel erreichen, dass man nie wieder Fenster putzen muss. Weil die Fenster mit einer Sonderbeschichtung so spiegelglatt werden, dass all der Schmutz und Regen einfach herunterläuft. Sie haben doch auch sicher schon diese hohen Hotels gesehen im Fernsehen, in Dubai und den anderen arabischen Ländern, und die sind doch nur aus Glas und Stahl. Und da werden eben die ganzen Glasfassaden mit dieser neuen Art so beschichtet, weil man so die Fensterputzer erspart. Außerdem würden die so hohe Häuser auch schlecht putzen können.«

»Also ich weiß nicht, wenn ich daran denke, wir waren mal im Maritim in Travemünde, ganz oben im Restaurant..«

»Das ist doch im vierzehnten Stock, nicht wahr?«

»Ja, ganz oben. Ich mag ja dieses ganze Gebäude nicht, es verschandelt Travemünde total, meine ich jedenfalls. Aber wenn man da oben sitzt, kann man es wenigstens nicht mehr sehen. Und das Essen ist ganz ordentlich. Aber ich muss sagen, diese Höhe. Sicher, man kann weit ins Land schauen, bis tief nach Mecklenburg hinein, aber ein komisches Gefühl ist es doch, so hoch über der Erde.«

»Ich war mal in Bayern gewesen, wissen Sie, zur Kur, von der AOK aus, wegen der Bandscheibe, da hab ich noch in der Fabrik gearbeitet. Und ich erinnere mich an den Ausflug mit dem Bus nach Oberammergau. Also diese Kurven und auf der einen Seite ging es immer so steil nach unten, das war nichts für mich. Ich brauche meinen festen Boden unter den Füßen, nein, auch ins Maritim, da kriegen mich keine zehn Pferde hoch, auch wenn meine Freundinnen vom Ausblick noch so sehr schwärmen.«

»Ich brauche auch meine Erdverhaftung. Hermann, mein Mann, der meint immer, ich sei eigentlich eine richtige Erdmute. So hieß meine Großmutter, die war auf einem Gut großgeworden, in Pommern. Aber das ist lange her, und ich bin sehr froh, dass ich nicht solch einen Namen habe. Erdmute, kein Mensch heißt heute noch so.«

»Ich finde ja, wie die heute alle ihre Kinder benennen, das klingt mir, als ob die ihre Lieblingsschlagertexte zum Leben bringen wollen. Alles so ausländisch, so fremd irgendwie.«

»Aber die beliebtesten Namen sollen ja wieder die alten sein, Anne, Paul, Kathrin und Dieter, hab ich neulich mal gelesen.«

Das Telefon klingelte. Inge steckte ihre Nadel fest und nahm ihr Handy ans Ohr. Es war Frau Lilo Seeger, die eine ganze Weile redete, dann schaltete Inge das Handy wieder ab und legte es auf den Tisch. Sie schaute aus dem Fenster in den hellen Tag und dann zu Frau Wesemann hin, setzte sich, seufzte und sagte:

»Liebe Frau Wesemann, ich weiß gar nicht, was ich sagen soll. Das war Frau Seeger, und die sagte mir, dass die Hochzeit abgeblasen ist. Ihre Tochter habe nun gemerkt, dass sie nicht zueinander passen. Dass dieser Jürgen nicht der Traummann ist, den sie sich immer gewünscht habe. so ist sie dann mit einer Freundin nach Spanien geflogen, um das alles richtig zu verdauen. Ja, und wir sollten die Kleider nun nicht mehr fertig machen, es wird ja keine Hochzeit mehr geben.«

Frau Wesemann nahm einen Schluck Kaffee und schenkte sich nach, dann grinste sie und lachte plötzlich lauthals los.

»Das ist ja einfach köstlich. Da erleben wir das heute doch mal in Echt, was sonst nur in diesen bunten Illustrierten steht. Da haben wir doch erst vorhin drüber gesprochen. Wie ist das nur denkbar, sagen Sie mal an! Da wird einfach eine Hochzeit abgesagt. Und das hier in unserer Stadt. Und das ausgerechnet bei dieser hochnäsigen Frau Seeger, die ja viel zu vornehm ist für unsereins. Das gönn ich ihr richtig.«

Inge sah sie mit großen Augen an. So hatte sie Frau Wesemann noch nie über jemanden reden hören. Sie schluckte und sagte:

»Ich habe einfach Mitleid mit ihr. Die wird sicher auch darüber geweint haben, dass ihre Tochter, die Ilona, jetzt ohne Mann dasteht. Ist heute ja nicht so einfach, auch wenn genügend Geld da ist, so ganz ohne Mann. Ich weiß nicht, was ich ohne meinen Hermann tun sollte.«

»Nun, Sie würden auch ohne ihn zurecht kommen. Wir Frauen kommen immer zurecht. Es gibt schließlich seit dem ersten großen Krieg immer mehr Frauen als Männer, da hat niemals jede Frau einen abbekommen. Viele mussten allein klarkommen, und das sind sie auch! Wir Frauen können das sehr viel besser als die Männer. Denken Sie nur an all die jungen Schnösel, die sich ihre weißen Kragen von Mama waschen lassen und noch gern und lange zu Hause wohnen wollen. Nein, sagen Sie mir nichts, wir Frauen kommen auch ganz gut ohne Männer zurecht.«

Inge zuckte nur die Achseln, was sollte sie auch darauf erwidern, denn im Großen und Ganzen hatte Frau Wesemann wohl recht. Sie nahm auch noch einen Schluck Kaffee, schaute in den Garten, dann auf die Stoffe, dann zu Frau Wesemann:

»Hier hängen die halbfertigen Kleider für die schönen Brautjungfern. Und wir sollen alles so belassen, alles einfach hängen lassen. Die Nadel aus der Hand legen und den Faden abschneiden.«

»Liebe Frau Althaus, das ist doch totaler Quatsch!«

Inge schreckte hoch, mit fragenden Augen sah sie in Frau Wesemanns lachendes Gesicht:

»Wie meinen Sie das denn?«

»Na, das ist doch ganz klar. Wissen Sie, wir machen einfach die Kleider fertig. Sie haben doch die Maße der jungen Frauen, und die Ballsaison ist doch noch nicht vorüber, und wenn wir es geschickt anstellen, den Unterstoff etwas dünner nehmen, dann sind das doch ganz entzückende Kleider für den Sommer, oder etwa nicht?!«

»Sie meinen, wir sollten die einfach doch fertig machen?«

»Aber natürlich! Wann bekommen diese jungen Mädels denn schon mal ein maßgeschneidertes Kleid, nur für sie gemacht. Wenn Sie mit dem Preis etwas nachlassen, dann werden die Ihnen die Kleider aus den Händen reißen. Nein, wir machen weiter wie geplant, und den Termin in der nächsten Woche zur Anprobe, der bleibt. Wissen Sie, Sie können am Montag dann zur Sicherheit die einzelnen Mädels noch anrufen und den Termin bestätigen. Sie werden sehen, die Kleider werden Sie mit Kusshand los.«

Inge begann wieder zu lächeln.

»Da mögen Sie recht haben. Bei Gott, ich hoffe es sehr, das Sie recht behalten. Wir machen einfach weiter und dann verkaufe ich die Kleider einfach als Ballkleider an jede einzelne, vielleicht mit ein paar Abwandlungen. Die sollen dann ja nicht so gleichmäßig aussehen. Aber das bekommen wir schon hin. Frau Wesemann, ich möchte Ihnen danken. Sie können eben doch mehr als nur nähen!«

35

Bei Dienstschluss am Freitagmittag schritt Angelika voll Energie, aber auch mit einer gewissen Erwartungsangst zum Marktplatz. Sie hatte gestern Abend noch lange mit Wolli telefoniert; er hatte ihr gesagt, dass er mit Peggys Bruder Günter in Frankfurt geredet habe, sie hätten die Beerdigung festgemacht. Peggy sollte hier auf dem Vorwerker Friedhof beigesetzt werden, und zwar am Dienstag. Die Polizei hatte endlich den Leichnam freigegeben und Wolli hatte schon einen gut bekannten Beerdigungsunternehmer beauftragt. Am Sonntagmittag würde dann der Bruder mit dem Zug ankommen und Montag Nachmittag um drei sei dann die Trauerfeier auf dem Friedhof geplant. Am Sonntag würde auch eine Anzeige erscheinen, so dass alle, die es angehe, sich informieren könnten.

Angelika hatte weitgehend nur zugehört. Sie war noch immer ziemlich erschüttert über das, was Peggy in dem Video gesagt hatte. So etwas hatte Angelika von Wolfgang nicht gedacht, aber man kann eben nicht in die Köpfe der Menschen hineinschauen, das hatte schon ihre Großmutter immer gesagt. Jedenfalls jetzt wollte sie den freudigen Erwartungsdruck der erneuten Begegnung mit diesem Martin nicht durch die traurigen Gedanken an Peggy überlagert wissen, sie bemühte sich ganz bewusst um eine positive Einstellung auf ihr Rendezvous, genoss die wärmenden Sonnenstrahlen und schaute in die doch eher freundlichen Gesichter der Menschen auf dem Marktplatz; das war kein Wunder, die meisten waren Touristen, die sich im Urlaub befanden und die mittelalterlichen Bauten bestaunten, zu viel Marzipan aßen und kauften und vor allem Selfies machten, einige auch mit den ausziehbaren Stangen, damit sie auch von einem erhöhten Blickwinkel sich und ihre Freunde für die Ewigkeit festhalten konnten.

Es musste wohl dieser Drang nach Unsterblichkeit sein, der fast alle Menschen dazu verführte, Bilder von sich selbst und den Freunden, der Familie, dem Verein, der Geburtsstadt oder den Gegenden, in denen sie reisten, zu machen. Und dann? Sie dachte noch an die unzähligen Dias und Fotoalben, die sie bei der Ausräumung in der Wohnung ihrer Eltern gefunden hatte. Kein lebender Mensch kannte die Damen und Herren, zumal die aus dem vorigen Jahrhundert oder die ganz alten gelbstichigen auf fester Pappe geklebten, man konnte auf manchen Aufnahmen noch die Halterungen für den Kopf sehen, diese Aufnahmen waren alle so um 1875 gemacht worden; vermutlich war damals ein reisender Fotograph durch die Lande gezogen und hatte auch in den Orten, in denen damals diese Vorfahren gelebt hatten, seine Bildkunst angepriesen, und weil es damals noch neu war und modern, da hatten sich eben fast alle, die es sich finanziell leisten konnten, ein Konterfei von sich machen lassen. Und jetzt, über ein Jahrhundert später, interessierte sich kein Mensch mehr für diese Bilder. Angelia hatte sich alle Bilder und auch die Dias angesehen, aber dann kamen alle in den Müll. Zum einen würde sie nie wieder diese Bilder anschauen, sie würde sie auch nicht vermissen; und zum anderen wollte sie auch nicht, dass die in die Grabbel kamen, etwa auf Flohmärkten in Kästen angeboten wurden und so der Neugier von Sammlern in die Hände fallen sollten.

Ihr Herz klopfte schneller, als sie den Martin Schneider quer über den Markt auf sich zukommen sah. Er trug eine helle Cordhose und eine blaue Windjacke, also genau die richtige Kleidung für das, was sie geplant hatte.

»Hallo, schöne Frau!« begrüßte er sie.

Angelika wurde fast ein bisschen rot.

»Guten Tag. Wie schön, Sie sind ja richtig pünktlich.«

»Nun ja, wie könnte ich eine schöne Frau auch warten lassen,« grinste Martin und zwinkerte ihr zu.

»Haben Sie Hunger?«

»Und wie!«

»Dann kommen Sie mit.«

Angelika führte ihn zu dem offenen Würstchenstand und bestellte zwei Thüringer.

»Nicht dass Sie glauben, ich würde Ihren Hunger so gering einschätzen. Aber ich habe etwas vorbereitet, und das soll gleich losgehen. Und deshalb jetzt nur auf die Schnelle etwas Warmes in den Bauch. Das richtige Essen heben wir uns für später auf.«

»Ich bin für alle Schandtaten gerüstet und schon sehr gespannt, was Sie machen wollen. Alles klingt mir so geheimnisvoll.«

Martin biss herzhaft in die Wurst. Sie schmeckte. Als sie sich dann den Mund mit der Papierserviette abgewischt hatten, führte Angelika ihn in einen Innenhof in der Aegidienstrasse.

»So, da wären wir. Ich hoffe, Sie sind in Form. Aber Sie haben ja etwas von Radfahren gesagt, nicht wahr?«

»Nun ja, ich radele ziemlich viel.«

»Dann können Sie ja sicher das Gleichgewicht halten und es wird Ihnen kein Problem bereiten, auf diesen Dingern zu stehen.«

Diese Dinger waren die zweirädrigen Stehroller, auf neudeutsch auch einfach Segways genannt; Angelia hatte für sie eine Segway City Tour gebucht. Sie selbst war schon einmal auf diesen Stehrädern gefahren und hatte es als schönes Erlebnis verbucht. Nun erklärte der Leiter der Tour, ein Herr Egon Möller, in dickem grünen Pullover mit einer bunten Pudelmütze, an der ein riesiger roter Bommel baumelte, wie man mit einem Segway fahren konnte. Die etwa zwölf Teilnehmer scharten sich um ihn, als er die Fahrradhelme verteilte und ihnen erklärte, wie durch die Gewichtsverlagerung gesteuert wurde und die Halbleitergyroskope den Halt gaben, man konnte sich an der starren Lenkstange festhalten, in der Stadt sollten sie ihre Geschwindigkeit den Fußgängern anpassen, denn so ein Gerät konnte bis zu zwanzig kmh laufen. Aber wenn sie immer auf den roten Bommel achten würden, kämen sie unbeschadet mit. Dann bestieg einer nach dem anderen solch einen Segway und Herr Möller erklärte jedem einzelnen die Funktion und ließ jeden einmal um den Hof fahren, bremsen und anhalten.

»Sie werden ja merken, wie so ein Segway auch dann, wenn er anhält, sein Gleichgewicht behält. Dafür sorgen die Gyroskope.«

Für Martin war das eine erfreuliche Angelegenheit, als Ingenieur war er Neuem gegenüber sehr aufgeschlossen und er freute sich, dass Angelika so eine tolle Idee gehabt hatte. Er bedankte sich bei ihr und meinte, wenn sich der Rest des Tages auch so voller Sonne und guter Einfälle gestalte, dann würde er nicht umhin können und ihr bei Anbruch der Nacht sicherlich einen Heiratsantrag machen. Oder ob ihr Freund etwas dagegen haben würde?

Angelika konnte eine leichte Rötung im Gesicht nicht verhindern und meinte nur, dass ihr Freund wohl in anderen Gefilden schwebe und sie im Moment frei und ungebunden sei, was er sicher hatte wissen wollen, oder?

Er lächelte sie an, und seine Augen strahlten:

»So hab ich es mir gewünscht. Ganz neu in der Stadt und dann per Zufall eine schöne Frau, die nur auf mich wartet. Wie im Märchen. Ich werde Sie Rosalinde nennen, wenn Sie gestatten.«

»Rosalinde?«

»Ja, wie im Märchen. Da heißen die doch auch Schneeweißchen und Rosenrot oder so, ich finde, zu Ihnen passt eben Rosalinde.«

»Auf geht`s!«

Herr Möller bestieg seinen Segway und dann fuhr die City Tour durch die Stadt, meist auf den kleinen Nebengassen mit Kopfsteinpflaster, vorüber am Holstenmuseum, am Buddenbrookhaus, der Marienkirche, durch die engen Gänge im Domviertel, entlang der Petrikirche, dem Marionettentheater und dem St.Annen Museum mit seinen gotischen Altären, an den Renaissancehäusern in der Mengstrasse und dem ehemals roten Lasterviertel in der Clemensstrasse, wo dereinst die Bordelle für die Matrosen geöffnet hatten und jetzt Wohnungen für Studenten gebaut waren, vorbei an den Schonern und dem Feuerschiff im Museumshafen und dem Nachbau der Korvette, an der Musik-und-Kongresshalle entlang und dem neuen Hansemuseum, durch die gerade Querstrasse und, was Martin besonders aufregend fand, die Fahrt durch das »Fegefeuer«, dann die »Hölle« linkerhand liegen lassen geradeaus zum »Paradies«, wie der Seiteneingang des Domes genannt wurde.

Nach gut zwei Stunden war die City Tour auf den Steh-Rollern vorüber und Herr Möller sammelte die Helme wieder ein und wünschte allen noch ein erfreuliches Wochenende. Angelika schlenderte mit Martin hinunter zum Flussufer und Martin war ganz begeistert:

»Ich fand das einfach Klasse! Obwohl, ich muss schon sagen, wenn ich das alles mit dem Rad, ich meine ein echtes Fahrrad, gemacht hätte, dann würde ich mich noch besser fühlen. Verstehen Sie, dieses Gefühl, etwas geleistet zu haben, so richtig kräftig in die Pedale zu treten, das hat schon was. Jetzt war s doch einfach nur ein Dastehen und schauen; das war wie gefahren werden. Vielleicht sind diese Segways ja so etwas wie die Fiaker von heute. Und dazu noch erheblich preiswerter. Man braucht nur eine Steckdose und das war es schon, kein Futter, kein Tierarzt, kein geheizter Stall im Winter. Hin und wieder mal einen Tropfen Öl zum Schmieren, das war es. Ganz schön bequem. So wollen wir es doch haben im Leben, oder?«

Angelika lachte laut.

»Es gibt Leute, denen kann man nichts recht machen. Gehören Sie etwa auch dazu?«

Er nahm ihre Hand und hielt sie zurück, schaute sich um. Sie standen am Flussufer, die Sonne kratzte mit ihren letzen warmen Strahlen an den Hausdächern und Baumwipfeln, ein paar Enten schnatterten im Wasser, der Verkehr rauschte mittelmäßig dahin, Martin schaute sie an, zog sie dann ganz dicht an sich und küsste sie.

»So, das hab ich schon die ganz Zeit machen wollen, aber auf so einem Segway geht es so schlecht.«

Sie barg ihren Kopf an seiner Schulter.

»Und ich hab so darauf gewartet. Schon beim letzten Mal hatte ich mir das gewünscht.«

»Und warum sagst du nichts? Wie soll ich denn deine Wünsche erfüllen, wenn du sie mir nicht sagen kannst?! Ich bin doch kein Hellseher, oder?«

Angelika drückte ihn und lachte.

»Dann muss ich es dir wohl immer sagen. Jetzt zum Beispiel. Jetzt habe ich einfach Hunger. Du nicht?«

Er grinste.

»Wo du es sagst, Rosalinde.«

Dann küsste er sie noch einmal.

»Wäre ja nicht schlecht, als Zwischenmahlzeit jetzt eine Kleinigkeit zu essen.«

»Komm. Ich weiß auch schon wo.«

Sie hängte sich bei ihm ein und führte ihn direkt an den Fluss; dort im Hotel Wakenitzblick setzten sie sich in den Speisesaal mit Blick auf die graublauen Wellen, das frische Grün am anderen Ufer und einigen Enten zwischen Schilf und Gras. Sie bestellten Fisch, gebratenen Lachs im Kräutersud mit Kartoffeln.

»Weißt du, du musst dir nur mal vorstellen, hier in der Stadt vor zweihundert Jahren war es verboten, den Dienstboten öfter als dreimal in der Woche Lachs zum Essen aufzutischen.«

»Na, die haben Sorgen gehabt damals.«

Das Essen schmeckte vorzüglich, sie bestellten aus der guten Stimmung heraus noch als Dessert je einen Coup Danmark und danach einen Espresso. Sie lachten viel und Angelika fühlte sich einfach wohl. Unbeschwert konnte sie das Dahinplätschern des Gesprächs genießen, es gab keine falschen Untertöne, sie schaute in seine Augen und fand nur liebevolle Blicke.

»Weißt du, es ist so schön mit dir. Einfach nur hier zu sitzen und dich anzuschauen, so ganz ohne Angst und ohne alle Bedenken.«

Er wurde deutlich ernster.

»Wo du das gerade sagst. Mir geht es ähnlich. Da bleibt keine Frage mehr, kein weshalb oder ob oder gar ein vielleicht. In mir schwingt so eine Art Gewissheit, weißt du. Nur hier bei dir sein. Und das den Rest meiner Zeit.«

»Das hast du aber schön gesagt, den Rest deiner Zeit.«

Er zahlte und sie gingen. Draußen standen sie am Flussufer und sahen die Nacht langsam heraufkommen.

»Wohin jetzt?,«

fragte Martin und drückte sie an sich.

»Warte mal, wohnst du nicht in der Yorckstrasse?«

»Ja. Das ist meine neue Adresse.«

»Dann lass uns dahin gehen. Erstens ist das ganz nahe und zweitens bin ich neugierig, wie du dich eingerichtet hast. Ich muss doch sehen, ob du nicht eine weibliche Hand brauchst für deine Wohnung.«

Hand in Hand gingen sie zu seiner neuen Adresse, Martin schloss die Tür auf, umfasste Angelika dann plötzlich mit Schwung und trug sie über die Schwelle.

Sie küssten sich und Angelika lächelte ihn an:

»Das war aber gar kein Hochzeitsbrauch.«

»Was nicht ist, kann es ja noch werden. Ich hätte nichts dagegen, mit dir ganz lange zu leben.«

»Aber du kennst mich doch gar nicht.«

»Ist das nicht herrlich? Ich kenne dich nicht, und du kennst mich nicht. Wir haben also noch so viel vor uns, so viele Erkenntnisse über den Anderen. So viele Überraschungen, das kann nur das Leben selbst bieten. Und wenn wir Glück haben, dann werden wir uns noch in hundert Jahren gegenseitig überraschen können.«

»Du Optimist! Dann bin ich längst alt und grau und voller Falten und du zitterst am Rollator durch die Strassen.«

»Besser am Rollator mit dir als ohne dich kerngesund.«

Sie küssten sich. Dann schaute Angelika sich um. Sie bewunderte die vielen Bücher und strahlte:

»So hab ich mir dich gedacht. Dabei bist du nicht der reine Kopfmensch.

Weißt du, Ingenieure hab ich immer für verkopft gehalten. Aber wer so schöne Bücher liest, und dazu noch sammelt, der muss irgendwie,...«

»Ja, nun sag schon, was muss ich sein?«

»Na, eben ausgeglichen. Du hast auch für die schönen Dinge im Leben ein Gespür. Nicht nur für Zahlen und Formeln.«

Sie umarmten sich und landeten auf der Couch. Das Licht war nicht zu hell, als sie sich gegenseitig entkleideten und erkundeten. Sie liebten sich, schliefen ein, liebten sich wieder, und irgendwann kam mit einem fröhlichem Vogelgezwitscher die Morgensonne durch die Scheiben.

36

In der dicken Sonntagszeitung standen ganz hinten im Immobilienteil die schwarz umrandeten Todesanzeigen. Auf einer Viertelseite wurde der tragische Tod von Gisela »Peggy« Stransky angezeigt, die Trauernden waren Günter Stransky, der Bruder und Wolfgang Paulsen, der Verlobte. Die Trauerfeier sollte am Dienstag um fünfzehn Uhr auf dem Vorwerker Friedhof in Kapelle zwei stattfinden. Von Beileidsbesuchen bitte man abzusehen.